JN401889

아가씨와 철학자

F. 스콧 피츠제럴드

아가씨와 철학자

서문 패트릭 오도넬

박찬원 옮김

펭귄클래식코리아

아가씨와 철학자

1판 1쇄 발행 2009년 5월 25일
1판 16쇄 발행 2020년 9월 21일

지은이 | F. 스콧 피츠제럴드 옮긴이 | 박찬원
발행인 | 이재진 단행본사업본부장 | 신동해 편집장 | 김경림
마케팅 | 이현은 문혜원 홍보 | 박현아 최새롬
제작 | 정석훈 국제업무 | 김은정

브랜드 펭귄클래식코리아
주소 경기도 파주시 회동길 20 웅진씽크빅 단행본사업본부 펭귄클래식코리아
주문전화 02-3670-1595
문의전화 02-3670-1024(영업)
홈페이지 www.wjbooks.co.kr
페이스북 www.facebook.com/wjbook
포스트 post.naver.com/wj_booking
발행처 (주)웅진씽크빅
출판신고 1980년 3월 29일 제406-2007-000046호

펭귄클래식 코리아는 유리장 에이전시를 통해 펭귄북스와 제휴한
(주)웅진씽크빅 단행본사업본부의 브랜드입니다. 펭귄 및 관련 로고는
펭귄북스의 등록 상표입니다. 허가를 받아야만 사용할 수 있습니다.
Penguin Classics Korea is the Joint Venture with Penguin Books Ltd.
arranged through Yu Ri Jang Literary Agency. Penguin and the associated logo
are registered and/or unregistered trade marks of Penguin Books Limited.
Used with permission.

이 책은 저작권법에 따라 보호받는 저작물이므로 무단 전재와 무단 복제를 금지하며,
이 책 내용의 전부 또는 일부를 이용하려면 반드시 저작권자와 (주)웅진씽크빅의
서면 동의를 받아야 합니다.

서문 ⓒ 패트릭 오도넬, 1998/펭귄북스
한국어판 ⓒ 웅진씽크빅, 2009

ISBN 978-89-01-09602-5 04800
ISBN 978-89-01-08204-2 (세트)

• 잘못된 책은 구입하신 곳에서 바꾸어 드립니다.
• 책값은 뒤표지에 있습니다.

차례

서문/ 피츠제럴드와 그의 초기 단편들 · 7

바다로 간 해적 · 19
얼음 궁전 · 68
머리와 어깨 · 109
컷글라스 그릇 · 148
버니스 단발머리를 하다 · 181
성체강복식 · 222
델리림플 잘못되다 · 249
네 개의 주먹 · 276

옮긴이 주 · 302

서문
피츠제럴드와 그의 초기 단편들

패트릭 오도넬

    프랜시스 스콧 키 피츠제럴드는 1896년 9월 24일 세인트폴에서 에드워드와 메리 피츠제럴드 사이에서 태어났다. 그의 아버지는 여행을 많이 하는 영업 사원으로 피츠제럴드가 어린 시절 성공을 찾아 뉴욕으로 이사했다. 하지만 피츠제럴드가 열한 살이 되던 해에 버펄로에서 해고당한 후 다시 세인트폴에 있는 외할머니 루이사 맥퀼란의 집으로 이사했다. 아버지의 경제적 파산으로 그는 부유한 가톨릭이었던 맥퀼란 집안의 가난한 친척으로 자랐다. 이때의 경험이 가난에 대한 두려움과 돈에 대한 집착의 근원이 되었고, 그것은 그의 인생과 작품 둘 모두에서 두드러지게 나타난다. 어린 시절에는 건강이 좋지 않아 그의 어머니는 그를 종종 세인트폴의 겨울을 피해 남쪽 워싱턴 D. C.로 데려가곤 했다.

    1908년 세인트폴 아카데미에 입학하면서 그는 글을 쓰고 친구들을 사귀기 시작했다. 1928년에서 1931년 사이에 쓴 '베이질과 조세핀' 이야기들의 많은 부분이 그가 이 학교에서 형성했던 사춘기 시절의 교우 관계를 바탕으로 하고 있다. 1911년,

그의 좋지 않은 성적을 염려한 부모는 그를 뉴욕시 근처에 있는 가톨릭 기숙학교 뉴먼에 입학시킨다. 피츠제럴드는 그곳에서 중부에서 온 외지인 취급을 받으며 행복한 생활을 하지 못했지만, 그럼에도 불구하고 계속 글을 썼다. 그리고 때때로 뉴욕 시내로 나가 '동부'의 화려함에 대한 자신의 환상과 문화적 경험에 대한 열망을 채웠고, 그렇게 해서 황량한 기숙학교 생활에서 잠시나마 일탈할 수 있었다.

피츠제럴드는 1913년 프린스턴 대학에 들어갔다. 루이사 맥퀼란에게서 받은 유산과 뉴먼에서의 뛰어난 성적 덕분에 세인트폴에서 자랄 때는 멀리 환상 속에나 존재했던 최고의 특권과 지적 풍요로움의 세계에 들어갈 수 있게 되었다. 프린스턴에서의 경험은 많은 그의 주인공들이 그러하듯 만족과 환멸의 모순적 경험이었다. 그곳에서 그는 크리스천 가우스와 같은 스승 아래에서 에드먼드 윌슨, 존 필 비숍 등의 동료와 함께 플로베르와 와일드, 단테 등을 공부하면서 사상의 혼돈 속에 빠져 있다가 근대적 정체성에 대한 자신의 관점을 정립하기 시작한다. 이러한 점진적인 개념의 형성에서 그의 '자아'는 세속적인 경험 속에 완전히 잠겨 있지만, 동시에 자신이 속한 그 세계를 탈출하고자 노력함으로써 시간과 상황의 한계를 초월하기를 갈구한다. 그의 작품 속에서 자주 발견되는 향수와 환멸이 결합된 경향은 이러한 모순과 그 모순이 주인공의 삶과 정신에 가져온 자기 인식에 의해 특징지어진다.

프린스턴에서 피츠제럴드는 끊임없이 글을 썼고, 그때 쓴 글들은 그의 첫 장편소설 『낙원의 이편』의 바탕이 된다. 1917년 10월, 그는 졸업을 하지 않고 4학년 때 프린스턴을 떠나 1차 세계대전에 참전하기 위해 입대했고, 미 육군 소위로 임관되었다. 앨라배마 몽고메리 기지에 주둔하는 동안 그는 젤다 세어를 만나 곧 사랑에 빠졌다. 초기 그들의 이 떠들썩한 관계는 이십 년 결혼 생활을 특징짓는 것이 되었고, 불륜과 악평, 경제적 곤란, 알코올중독, 정신병 등 반복되는 불행에도 불구하고 1940년 피츠제럴드가 죽을 때까지 유지되었다.

『낙원의 이편』을 고쳐 쓰고 있던 시기에 그는 단편들도 쓰고 있었다. 1919년 2월, 세계대전이 끝나면서 제대한 그는 뉴욕으로 이사를 하고 신문기자가 되려 했으나 결국 광고 회사에서 광고를 쓰는 직업으로 정착하게 된다. 직장 생활과 젤다와의 관계를 유지하려는 시도들, 그리고 첫 장편을 수정하는 등의 바쁜 와중에도 그는 이십여 편의 단편을 써서 출판사에 보냈으나 번번이 거절을 당했다. 그러나 1919년 9월, 피츠제럴드의 인생은 극적인 변화를 맞는다. 스크리브너에서 『낙원의 이편』을 출간하기로 했고, 그 후 몇 주 만에 젤다와 결혼했으며, 《스마트 세트》, 《스크리브너스》, 《새터데이 이브닝 포스트》 등에서 원고료가 지급되기 시작한 것이다. 이때 출간된 단편들 중 「델리림플 잘못되다(Dalyrimple Goes Wrong)」와 「머리와 어깨(Head and Shoulders)」 두 편은 후에 『아가씨와 철학자』에 수록되었다.

『낙원의 이편』은 잃어버린 세대(Lost Generation)를 상징하는 애모리 블레인이 성숙해 가는 과정을 그린 이야기로, 첫 소설로서는 엄청난 성공을 거둔다. 피츠제럴드는 이 장편소설과 단편들로부터 상당한 소득을 얻기 시작했으며, 그와 젤다는 화려하게 과시하며 사는 매력적인 커플이 되었고, 지성과 카리스마 있는 개성까지 결합된 재즈 시대의 모델로 자리 잡는다. 그는 1940년 12월 21일 부분적으로는 알코올중독이 원인이 된 심장마비로 이른 죽음을 맞는다. 그가 단편 작가로 오랜 사랑을 받았던 것은, 화려했던 초기의 성공과 그가 스스로 길러낸 작가적 개성의 매력에도 일부 기인하지만, 1919년 힘들었던 몇 개월 동안 그가 어떻게 해야 다수 대중의 욕망과 불안을 반영하고 그 상상력을 사로잡을 수 있는 흥미롭고 팔릴 만한 이야기를 쓸 수 있을지 그 방법을 터득하기 시작했기 때문이었다. 처음 시작부터 그의 많은 단편들은 그 질이나 복잡함에 있어 돈을 위해 쓴 다른 대중적인 단편들의 전형을 파괴한 것이었고, 그가 단편 작가로서의 자신의 재능을 완벽하게 발휘하는 동시에 작품을 성공적으로 마케팅한 것은 분명한 사실이다.

피츠제럴드의 작가적 성공뿐 아니라 여러 가지 의미에서 그의 인생도 1920년 『낙원의 이편』을 출간함으로써 구현된다. 스크리브너에서는 이 소설이 성공하자 재빠르게 그해 10월 『아가씨와 철학자』를 출간했다. 이 단편집에는 《스마트 세트》에 처음 발표되었던 「델리림플 잘못되다」와 「성체강복식(Benediction)」이, 그리고 불과 몇 달 전 《새터데이 이브닝 포스트》에 발표된 바 있는 「바다로 간 해적(The Offshore Pirate)」, 「버니스 단발머리를 하다(Bernice Bobs Her Hair)」, 「머리와 어깨」, 「얼음 궁전(The Ice Palace)」 등이 수록되었으며, 《스크리브너스》에 실렸던 「컷글라스 그릇(The Cut-Glass Bowl)」, 「네 개의 주먹(The Four Fists)」 등도 함께 실려 있다. 이 단편집은 피츠제럴드의 초기 중요 작품들 대부분을 함께 모았을 뿐 아니라, 피츠제럴드가 정의한 그대로의 재즈 시대를 상징하는 관점을 반영하는 것이었다. 즉, 사춘기의 이상주의와 성인 시절 깨어진 환상, 인생의 내리막길, 낭만의 덧없음

등이 그것이다. 이 단편들 중 몇 작품은 서둘러 절박한 상황에서 쓴 것이지만, 그 주제와 문제의식 등은 후에 이어지는 단편들과 장편소설을 통해 계속해서 구체화된다.

　그의 책 출간은 1922년까지 빠르게 다량 계속된다. 1921년 10월 26일 딸 스코티가 태어나 아버지가 된 그는 두 번째 장편 『아름다운, 그리고 저주받은 사람들』을 《메트로폴리탄 매거진》에 연재했고, 그동안에도 해마다 몇 편의 단편들을 발표했다. 첫 번째 장편 『낙원의 이편』을 출간했을 때와 마찬가지로, 스크리브너는 두 번째 장편 출간 6개월 만인 1922년 9월 『벤자민 버튼의 시간은 거꾸로 간다―그리고 또 다른 재즈 시대 이야기들』(이하 『벤자민 버튼의 시간은 거꾸로 간다』)도 출간한다.

　『낙원의 이편』이 놀라운 성공을 거둔 지 일 년 반 뒤에 『아가씨와 철학자』가 출간되었을 때, 피츠제럴드의 첫 장편소설이 일구었던 열광의 물결은 그도 인정한 바 있는 첫 단편집의 고르지 못한 작품성 때문에 다소 약해져 있었다. 많은 비평가들은 조심스럽게 호평했지만 몇몇은 냉소를 보냈다. 《시카고 이브닝 포스트》의 비평가는, 피츠제럴드의 상당한 재능이 "대부분 그렇게 중요하지 않은 주제들에 소비된 것이 안타깝다."라고 했다.

　물론 피츠제럴드의 단편들이 그가 성공에 영합하려 했다는 증거라고 비판하는 비평가들이 있었던 반면, 그의 단편들이 그를 중요 작가로 부각시킨 것만은 분명하다고 보는 비평가들도 있었다. 당시 주요한 비평가 중 한 사람인 헤이우드 브라운은 《뉴욕 트리뷴》에서 피츠제럴드의 단편 몇 편에 대해 마지못한 찬사를 보냈다. 그는 "『낙원의 이편』을 좋아하지 않았고" 따라서, "그의 첫 소설에 대해 우리가 생각하고 말했던 모든 것을 이 단편집에서 확인할 준비를 하고 있었음"을 인정했다. 하지만 「얼음 궁전」 같은 단편에서 그는 피츠제럴드가 "무언가 하고 싶은 이야기가 있고, 그것을 어떻게 이야기하는지 알고 있다. (……) 강력한 도약판만 발견한다면, 우리가 그에 대해 했던 모든 예언들을 식언으로 만들 만한 글을 써낼 것이다."라고 했다.

《뉴욕 헤럴드》의 비평가는 까다롭긴 하지만 브라운보다는 더 칭찬 쪽으로 기울어 이렇게 썼다. "인물의 특징을 문장으로 그려낼 때, 그 인물들과 관련되지 않은 것을 감사히 여기게 만들 정도로 탁월한 표현 능력, 제한되긴 했지만 매우 날카로운 그만의 어휘 구사 솜씨, 평범하지 않은 줄거리를 만들어내는 정교함, 이 모든 것이 그가 독보적인 재주를 가졌음을 보여 주는 것이다."

맥켄과는 극명하게 대조적으로 《샌프란시스코 크로니클》의 비평가는 "『아가씨와 철학자』는 피츠제럴드가 『낙원의 이편』에서 보여 주었던 단련되지 않은 불분명한 천재성이 절제되고 명확한 솜씨로 바뀌었음을 확실하게 나타낸다."라고 썼다. 패니 부처는 《시카고 선데이 트리뷴》에서 이 단편집을 "가장 중요한 단편집이다. 왜냐하면 여기에 수록된 이야기들은 아마도 최근 발표된 그 어느 단편보다도 더, 다음 몇 년간 유명 잡지에 실릴 소설들에 대한 풍향계가 될 것이기 때문이다."라고 썼다. 그녀는 이 이야기들을 언급하며 피츠제럴드는 "그의 세대를 구체화한 문화적 풍향계이기도 하다."라고도 했다.

《뉴욕 타임스 북리뷰 앤드 매거진》에서는 보다 관대하게 "아무리 천박한 독자라도 피츠제럴드의 재능과 천재성을 알아보지 않을 수 없다. 지금까지는 진지함에 관한 한 아무도 러시아 학파(체호프와 투르게네프의 '사실주의적인' 단편들을 말한다.)의 가치가 피츠제럴드보다 더 낫다고 평가하지 않는다. 그의 작품들을 특징짓는 독창성을 그는 오늘날 미국 소설의 필수적 요소로 간주하는지도 모른다. (……) 피츠제럴드는 하나의 표현형식을 작업 중이며, 그것은 미국인과 개인 모두에게 보편적인 것이다."라고 썼다.

『아가씨와 철학자』가 받은 혼재된, 그리고 많은 경우에 양극화된 평가는 이 시점 이후 피츠제럴드의 장편과 단편에서도 계속된다. 피츠제럴드 정도의 인기와 중요성을 가진 작가가 그와 같은 다양한 평가를 받는 것이 보기 드문 일은 아니지만, 그래도 주목할 만한 점은 그의 지위에 대해, 즉 그가 대중의 취향에 영합하는 문단의 경량급인지, 아니면 재즈 세대의 욕망과 문화적 가설, 즉 이데올로기를 정확하고 서정적으로 그려낸 떠오르는 주요 미국 작가인지에 대한 강렬한 논쟁이 있었다는 것이다.

『벤자민 버튼의 시간은 거꾸로 간다』는 그해 9월에 출간되었는데, 전체적으로 첫 단편집보다는 비평가들로부터 나은 평가를 받았지만 여전히 비평에 있어서나 재정적 문제에 있어서나 불안정하여 피츠제럴드와 출판사 모두에 실망과 염려를 안겨 주었다. 『벤자민 버튼의 시간은 거꾸로 간다』에 대한 비평이 긍정적이든 부정적이든 상관없이 문학계의 관심은, 주제의 깊이와 겨루며 미적 솜씨를 단련 중인 그가 중요한 미국 작가로 올라설 것인가, 아니면 그가 그려내는 시대처럼, 눈부신 재능은 이미 소비되어 소진되고 통제 불능이 된 그가 빠른 유행과 함께 사라져버릴 것인가에 집중되기 시작했다. 그러한 질문은 늘 때가 되면 답을 얻기 마련인데, 피츠제럴드의 경우는

『위대한 개츠비』가 그 답이 되었다. 그의 작가적 경력에서 『벤자민 버튼의 시간은 거꾸로 간다』가 출간되었을 때만 해도, 그가 미래에 중요한 의미를 지닌 작가가 될지에 대해서는 비평가들뿐만 아니라 피츠제럴드 자신의 마음속에도 상당한 불확실성이 존재했었다. '젊음 또는 인생이라는 긴 여정은 화려한 초월의 추구와 꿈이 무너지면서 불가피하게 뒤따르는 미몽에서 깨어나는 것으로 양극화된 꿈이다.' 라고 보는 개념은 『아가씨와 철학자』와 『벤자민 버튼의 시간은 거꾸로 간다』에 수록된 많은 단편들의 기본적인 틀이 되는 주제다. 그 단편들 대부분은 연출된 삶에 관련된 것이며, 어느 중요한 이행 시기에 (종종 젊음이 사라지는 순간) 그 삶을 포착하거나, 또는 반복되는 상징적 만남으로 특징지어지는 삶의 진행 단계들을 따라 그 삶을 추적한다. 그의 작가적 삶 내내, 그리고 이들 단편 속에서 피츠제럴드는 인생을 연극으로, 그리고 인생이라는 꿈에서 깨어나는 그러한 순간들 주변에서 이야기되는 줄거리로 바라보고 있다.

이 존재론적 비유가 「머리와 어깨」, 「컷글라스 그릇」, 「네 개의 주먹」 등 다양한 이야기들을 특징짓는다. 「네 개의 주먹」에서 주인공 새뮤얼 메러디스는 평범한 남자지만 그의 삶의 중요한 네 단계에서 폭력과 마주치고 또 다른 폭력을 행사하게 된다. 그리고 그는 그 단계마다 겸손과 용기 혹은 관대함이라는 교훈을 배운다. 「머리와 어깨」에서 피츠제럴드는 삶은 일련의 시도와 그에 따른 환멸이 연출되는 연극이라는 이론을 시험한다. 그의 단편 주인공들에게 일어나는 아이러니한 반전들은 피츠제럴드 바로 이전에 잡지에 실린 소설들, 프랭크 R. 스톡턴의 「여인 또는 호랑이?」와 오 헨리의 「매기의 선물」 등에서도 발견되었던 종류의 장치로 볼 수도 있다. 「머리와 어깨」에서 피츠제럴드는 훌륭한 학문적 업적을 생각하는 사색적인 철학자와 나이트클럽 댄서인 발랄한 아내의 결혼 생활을 따라가고 있다. 그들은 나이가 들어가면서 서로 자리가 바뀐다. 그녀는 대중 작가(재즈 시대의 새뮤얼 피프스)로 명성을 얻으며, 반면 남편은 곡마단의 곡예사로 추락한다. 이렇게 결혼 생활에서 배우자와 직업이 바뀐다는 이야기 장치를 통해, 피츠제럴드는 개인의 욕망과 그 개인들을 자신의 계획 속으로 휩쓸어버리는 역사적 진보 사이의 불일치라는 우발적인 관계를 드러내고 있다. 이러한 전망은 본질적으로 아이러니한 것이며, 그의 많은 단편들 속에서 피츠제럴드는 삶을 젊음의 꿈이 그 화려함 뒤에 오는 역류 속에서 퇴색하기 시작하는 그 순간부터 하향하는 것으로 묘사하고 있다.

화려한 시대에 대한 그의 이야기들 속에서 피츠제럴드는 그 시대의 가치들을 거꾸로 반영하는 덧없는 상태로서의 젊음을 포착하고자 했는데, 그 젊음은 그 시대가 지나가고 있음을 가장 잘 보여 주는 상징이기도 했다. 「바다로 간 해적」, 「얼음 궁전」, 「버니스 단발머리를 하다」, 「성체강복식」 등 실패하고 위험에 처한 연애, 우정, 사랑의 관계를 그린 이들 이야기에서 피츠제럴드는 운명과 덧없음에 속박된 결정들을 내려야만 하는 젊음의 위기를 묘사한다. 이런 형태의 연극화 속에서 젊음은 종종 시간의 흐름과 일시적인 유행 안에 존재하는 불통의, 또는 잠깐 머물렀다 가는 단계로 그려지고 있다. 젊음은 천진하지 않으며, 무언가를 잉태하고 있다. 그 잉태의 징후는 갑작스럽고 광적이다. 버니스는 내기로 무모하게 머리를 자른다. 「성체강복식」에서 로이스는 갑작스러운 결정으로 연인에게 주는 작별 편지를 찢는다. 피츠제럴드는 이들 이야기에서 젊음의 모든 행동은 아무리 무의미해 보여도 일생에 영향을 끼치는 결과를 빚어낸다는 것을 암시하고 있다. 그의 관점에서 볼 때, 젊음이란 운명이 형성되는 단계이며 꿈이 현실이 되는 시점인 것이다. 삶의 여정을 그릴 때, 젊음의 급작스러움을 그리는 이야기들은 불확실한 형태와 방향으로 끊임없이 변화하고 진화하는 사회 질서의 배경 앞에 놓이게 된다. 따라서 개인의 욕망에서 비롯되는 행동과 운명이 형성되는 과정은 더 크고 불확실한 세계, 운명의 양상들이 풀어져 나가는 공간인 세계의 역사와 직접 충돌하게 된다.

피츠제럴드는 역사와 사회 질서를 가속이 붙어 덧없이 지나가 버리는 시대(말 자체가 모순을 보여 주고 있다.)의 이야기 속에 표현하고 있는데, 그것은 반드시 '모든 전쟁을 끝내는 전쟁'의 부산물이라는 문맥 안에서 보아야 한다. 세계대전에 대한 많은 해석들이 이미 설명했듯이, 전후 국가와 제국들이 세계적 충돌의 결과로 몰락하고, 사회적 결속감과 역사의 질서정연한 진보도 예측할 수 없는 방향으로 번지며 수백만 사람들을 휩쓸었던 그 크나큰 불로 인하여 무력화되고 말았다. 일련의 역사적 사건의 결과로 발생한 것으로 보이는 세계대전은 역사 자체가 우발적 사건이라는 믿음을 낳았다. 즉, 유일하게 일관된 것은 환상과 욕망의 연장과 죽음뿐이라는 것이다. 그러한 믿음과 대면했을 때 하나의 반응은 지금 이 순간을 즐기라는 철학이며, 그것이 재즈 시대와 격동하는 1920년대를 특징짓게 되었다.

피츠제럴드의 단편들은 그 시대의 전형과 편견, (우리 관점에서는 도저히 견딜 수 없는 인종차별주의를 중언하며 「바다로 간 해적」과 같은 단편은 흑인 민속 문화와 노예 상태를 기괴하게 묘사하고 있다.) 그리고 주인공들의 행동과 욕망을 묘사하는 역사적 흐름을 정확하게 그려냈다는 의미에서 그 시대를 예증하고 있다 하겠다.

 『아가씨와 철학자』와 『벤자민 버튼의 시간은 거꾸로 간다』에 수록된 단편들은 의심의 여지 없이 들쑥날쑥한 작품성을 보여 주며, 습작을 하던 작가의 젊은 시절을 반영하고 있다. 「얼음 궁전」 같은 작품은 상당한 솜씨와 예술적 확신을 가지고 풀어 나간 진정으로 훌륭한 작품으로, 정체성과 장소, 역사에 대한 본질적인 탐구를 제공한다. 반면 「바다로 간 해적」은 초기의 부자연스러운 노력의 산물로, 피츠제럴드의 작가로서의 전망 정도만 느끼게 해줄 뿐이다. 하지만 성공작에서 실패작에 이르기까지 이 모든 작품들에서 우리는 피츠제럴드를 근대적인, 심지어는 실험적인 작가로 인식할 수 있다. 그는 젊은 시절의 '화학적 광기'에 사로잡혀 테크닉과 전략, 줄거리 라인, 구성, 인물 유형, 비유와 상상의 패턴, 대화의 스타일 등을 실험하며 유기적으로 결합하도록 하였고, 그러한 솜씨가 발전하면서 인정받을 수 있는 그만의 고유함을 완성했다.

바다로 간 해적

 이 있음 직하지 않은 이야기는 푸른 꿈 같은 바다 위에서 시작한다. 그 꿈은 푸른색 실크 스타킹처럼 선명한 빛깔이었고, 하늘 아래에서는 어린아이들 눈동자의 홍채처럼 파랬다. 하늘의 서쪽 절반에서부터 태양이 작은 황금빛 원반을 바다에 던지고 있었다. 만약 충분히 열중해서 보았다면 그 황금빛 원반들이 물결의 꼭대기에서 또 다른 물결의 꼭대기로 튀다가 저기 반 마일 떨어진 곳에서 형성되고 있던 황금빛 동전 같은 넓은 테와 합쳐져 마침내 눈부시게 빛나는 황금빛 저녁노을이 되는 것을 볼 수 있었을 것이다. 플로리다 해변과 그 황금빛 테 사이 중간쯤 되는 곳에 우아하고 거의 새것인 하얀 증기 요트 한 척이 닻을 내리고 있었다. 고물의 푸른색과 흰색 차양 아래에는 노란 머리의 아가씨가 긴 등나무 의자에 기대고 앉아 아나톨 프랑스의 『천사의 반란』을 읽고 있었다.
 그녀는 열아홉 정도의 나이에 날씬하고 유연해 보였고, 버릇없어 보이는 매혹적인 입과 반짝이는 호기심으로 가득한 예리한 회색 눈을 가지고 있었다. 스타킹을 신지 않은 그녀의 두 발엔 푸른색 새틴 슬리퍼가 발가락에 걸린 채 무심하게 흔들리고 있었다. 신고 있다기보다는 장식되어 있는 것 같았다. 그녀는 앉은 자리 옆 의자 팔걸이에 두 발을 올려놓고 있었다. 책을 읽으면서 그녀는 이따금씩 손에 들고 있던 레몬 반쪽을 혀에 살짝 갖다 대며 그 맛을 즐겼다. 이미 즙을 다 빨아 먹어버린 다른 반쪽이 갑판 위 그녀의 발치에 놓인 채 거의 느껴지지 않는 물결의 움직임을 따라 앞뒤로 매우 부드럽게 흔들리고 있었다.

두 번째 레몬 반쪽에는 과육이 거의 남아 있지 않았다. 황금빛 테의 너비가 놀랄 만큼 커졌을 때, 요트를 감싸고 있던 졸린 듯한 침묵이 갑작스럽고 무거운 발걸음 소리에 깨졌다. 잘 정돈된 백발에 흰색 플란넬 양복을 입은 나이 지긋한 남자가 갑판의 승강구 계단 머리에 나타났다. 거기서 그는 눈이 햇빛에 익숙해질 때까지 잠시 멈추어 서 있다가 차양 아래의 그녀를 보고는 못마땅한 듯 길고 나지막한 투덜거림을 뱉어냈다.

그가 어떤 식이든 그녀의 반응을 기대했다면 실망할 수밖에 없었을 것이다. 그녀는 차분하게 들고 있던 책 두 페이지를 넘겼다가 다시 한 페이지를 앞으로 넘겼고, 기계적인 몸짓으로 레몬을 맛볼 수 있는 높이로 들어 올리더니 아주 작긴 하지만 분명하고 틀림없이 하품을 했다.

"아디타!" 백발의 남자가 엄한 목소리로 말했다.

아디타는 아무 의미 없는 작은 소리를 냈다.

"아디타!" 그가 되풀이해서 불렀다. "아디타!"

아디타가 심드렁하게 레몬을 들어 혀로 가져가며 세 마디를 내뱉었다.

"아휴, 시끄러워 죽겠네."

"아디타!"

"왜요?"

"내 말 좀 들어라, 아니면 하인을 데려다 내가 말하는 동안 널 붙들고 있게 해야겠니?"

레몬이 천천히 그리고 냉소적으로 내려왔다.

"글로 써 주시죠."

"제발 잠깐이라도 그 밉상스러운 책 좀 덮고 망할 놈의 레몬도 버려버리면 안 될까?"

"아, 정말 잠시라도 날 좀 내버려 둘 순 없어요?"

"아디타, 방금 육지에서 전화 메시지를 받았다……."

"전화요?" 그녀가 처음으로 희미한 관심을 나타냈다.

"그래, 그건……."

"아니 그럼." 그녀가 궁금해하며 말을 끊었다. "여기 바다에도 전화선을 깔았다는 말이에요?"

"그래, 그리고 지금 막……."

"다른 배들이 거기에 걸리진 않나요?"

"아니. 선은 바다 바닥에 깔려 있다. 오 분만……."

"어머, 놀라워라! 세상에! 과학은 정말 훌륭한 학문인 것 같네요, 그렇죠?"

"말 좀 끝까지 들으려무나."

"해봐요!"

"에, 그러니까, 에, 내가 여기 올라온 것은." 그가 말을 멈추고 여러 번 산만하게 말을 삼켰다. "아, 그래. 얘야, 모어랜드 대령이 또 전화를 해서 너를 꼭 저녁 식사에 데리고 오라고 하더라. 대령의 아들 토비가 멀리 뉴욕에서 너를 만나러 왔고 다른 젊은 사람들도 여럿 초대했다더라. 마지막으로, 너는……."

"싫어요." 아디타가 딱 잘라 말했다. "안 가요. 난 팜비치에 간다는 생각 하나로 이 망할 크루즈 여행에 따라왔어요. 아시잖아요. 그러니 난 그 대령 늙은이든 그 아들 토비든, 어떤 늙수그레한 젊은이도 만나기 싫고, 이 미칠 것 같은 지방의 어떤 빌어먹을 구식 동네에도 발을 딛고 싶지 않다고요. 날 팜비치에 데리고 가든지 아니면 잔소리 말고 가버려요."

"오냐. 더 이상은 못 참겠다. 네가 그 남자한테 홀려서, 방탕하기로 악명 높고 네 아버지라면 그 입에 네 이름을 담는 것조차 허락해 주지 않았을 그런 남자에게 빠져서는 네가 자라난 사회가 아닌 저속한 부류의 행동거지를 하고 있구나. 이제부터……."

"안다고요." 아디타가 비꼬는 투로 말을 잘랐다. "이제부터 삼촌은 삼촌 길로, 나는 내 길로 가는 거죠. 처음 듣는 말 아니에요. 그게 내가 가장 원하는 바라는 것도 알잖아요."

"이제부터." 그가 과장된 어투로 선언했다. "너는 내 조카가 아니다. 나는……."

"아휴, 정말!" 아디타가 쥐어짜듯 내뱉은 울부짖음엔 지옥에 떨어진 영혼의 고통이 서려 있었다. "정말이지 지긋지긋해요! 제발 꺼져버려요! 차라리 배에서 뛰어내려 빠져 죽어버리지 그래요! 이 책으로 얻어맞고 싶어요?"

"네가 감히 그런다면……."

철썩!『천사의 반란』이 공기를 가로지르더니 아슬아슬하게 목표를 빗나가며 경쾌하게 승강구 바닥에 떨어졌다.

백발의 남자는 본능적으로 한 발짝 물러섰다가 조심스럽게 두 발짝 앞으로 나아갔다. 아디타가 벌떡 일어났다. 160센티미터의 그녀는 도전적인 태도를 취하며 이글거리는 회색 눈으로 그를 노려보았다.

"저리 가요!"

"무슨 짓이냐!"

"못 할 것 같아요?"

"못된 것! 네 성질머리는……."

"삼촌이 날 이렇게 만들었어요! 애들 성질이 못된 건 다 가족 잘못이기 마련이죠! 내가 지금 어떻든, 그건 삼촌 탓이에요."

삼촌은 작은 소리로 무언가 중얼거리며 돌아서서 앞으로 걸어가더니 커다란 목소리로 배의 출발을 지시했다. 그러고 나서 고물로 돌아오니 아디타는 다시 자리에 앉아 레몬에 집중하고 있었다.

"나는 뭍으로 간다." 그가 천천히 말했다. "오늘 밤 9시에 다시 나오마. 내가 돌아오면 우리는 뉴욕으로 되돌아갈 거다. 뉴욕에서 널 네 작은엄마에게 보낼 테니 거기서 네 남은 인생을 살아라, 아니 네 갇힌 인생이란 말이 맞겠구나."

그는 말을 멈추고 그녀를 바라보았다. 아름다운 그녀의 지독한 어린애 같은 행동에 깃든 무언가가 갑자기 타이어 터지듯 그의 분노를 터지게 했고, 그는 무력해지고 확신이 없어졌으며 완전히 얼이 빠져버렸다.

"아디타." 그가 최대한 냉정하게 들리지 않게 말했다. "나는 어리석은 사람이 아니다. 겪을 만큼 다 겪었어. 남자란 족속을 알지. 애야, 고질적인 난봉꾼들은 완전히 은퇴할 때까지는 개과천선하지 않는 법이다. 그리고 은퇴할 때면 이미 그 사람이 아니라 그 사람의 껍데기만 남을 뿐이고." 그는 동의를 기대하듯 그녀를 바라보았지만 그에 반응하는 표정이나 소리가 없자 말을 계속했다. "그 남자가 너를 사랑하는지도 모르지. 그럴 수 있어. 하지만 그는 많은 여자들을 사랑했고, 또 더 많은 여자들을 사랑할 게다. 한 달도, 단 한 달도 채 되지 않았다. 그자는 미미 메릴이라는 빨간 머리 여자와 악명 높은 연애 사건을 일으켰지. 러시아 황제가 그의 어머니에게 주었던 다이아몬드 팔찌를 그 여자에게 주겠다고 약속했다더라. 너도 알 거다, 신문에도 났으니까."

"초조한 삼촌이 만들어낸 엄청난 스캔들이죠." 아디타가 하품을 했다. "차라리 영화를 찍으세요. 사악한 사교계의 남자가 정숙한 아가씨에게 추파를 던지다. 정숙한 아가씨가 결국에는 그의 선정적인 과거에 홀리다. 팜비치에서 그를 만날 계획을 하다. 걱정하는 삼촌에 의해 좌절되다."

"도대체 왜 그자와 결혼하고 싶은 건지 말 좀 해봐라."

"나도 잘 몰라요." 아디타가 무뚝뚝하게 말했다. "그건 아마도 그 사람이 좋은 사람이든 나쁜 사람이든, 확신에서 나오는 용기와 상상력을 가진 내가 아는 유일한 남자이기 때문일 거예요. 어쩌면 사방으로 날 쫓아다니며 무의미하게 시간을 쓰는 바보 같은 젊은 남자들로부터 벗어나고 싶어서일지도 모르고요. 하지만 그 유명한 러시아 팔찌에 대해서라면 마음을 놓으셔도 괜찮아요. 그 사람이 팜비치에서 그 팔찌를 내게 줄 거니까요. 머리를 좀 쓰시죠."

"그 빨간 머리 여자는 어쩌고?"

"그 사람, 그 여자를 마지막으로 만난 게 육 개월 전이에요." 그녀가 화를 내며 말했다. "내가 그런 것도 생각 안 할 만큼 자존심이 없어 보여요? 그게 누구든 나는 내가 원하는 남자와 내 마음대로 무슨 짓이든 할 수 있다는 걸 지금도 모르겠어요?"

그녀는 '깨어난 프랑스' 조각상처럼 턱을 치켜들었는데, 그 자세를 취하느라 레몬을 들어 올리는 바람에 포즈가 좀 우스꽝스러워졌다.

"그 러시아 팔찌에 얼이 나간 게냐?"

"아뇨, 그건 그저 삼촌의 지적 수준에 맞춰주려고 한 얘기일 뿐이었어요. 이제 제발 좀 사라져줬으면 좋겠네요." 그녀는 다시 성질을 부리며 말했다. "내가 절대로 마음을 바꾸지 않을 거라는 거, 알잖아요. 사흘이나 귀찮게 굴고 있으니 아주 미칠 지경이라고요. 난 육지로 가지 않아요! 안 간다고요! 알겠어요? 안 가요!"

"알았다." 그가 말했다. "하지만 팜비치에도 못 간다. 넌 지금껏 내가 본 여자들 중 가장 이기적이고 버르장머리 없고 제멋대로며 고약하고 막무가내에다……."

철썩! 레몬 반쪽이 그의 목을 때렸다. 그리고 그와 동시에 뱃전에서 외침이 들려왔다.

"출발 준비 완료했습니다, 파르남 씨."

할 말이 너무 많은 데다 분노로 끓어오른 나머지 더 이상 말을 할 수 없었던 파르남 씨는 조카에게 지독한 경멸의 눈길을 던지고는 돌아서서 빠르게 사다리를 내려갔다.

II

5시가 태양으로부터 흘러내려 소리 없이 바닷속으로 떨어졌다. 황금 테는 넓어져서 반짝이는 섬이 되어 있었다. 가냘픈 바람 한 줄기가 고물 언저리에서 놀다가 매달려 있던 푸른색 슬리퍼 한 짝을 흔들더니 불현듯 노래를 실어왔다. 푸른 물결을 가르는 노 젓는 소리와 함께 들려오는 밭은 화성과 완벽한 리듬의 남성 합창 소리였다. 아디타가 머리를 들어 귀를 기울였다.

"당근과 완두,
콩이 그들의 무릎 위에 있네,
바닷속의 돼지들,
운 좋은 녀석들!
우리에게 바람을 불어다오,
우리에게 바람을 불어다오,
우리에게 바람을 불어다오,
네 허파로."

아디타가 놀라서 눈살을 찌푸렸다. 잠자코 가만히 앉아 진지하게 귀를 기울이는 동안 합창은 2절로 접어들었다.

"양파와 콩,
장군과 학장
골드버그 씨들과 그린 씨들
그리고 코스텔로 씨들.
우리에게 바람을 불어다오,
우리에게 바람을 불어다오,
우리에게 바람을 불어다오,
네 허파로."

탄성을 내지르며 그녀가 책상 위로 던진 책이 펼쳐진 채 나뒹그러졌다. 그녀는 난간 쪽으로 뛰어갔다. 1.5미터 정도 떨어진 곳에서 커다란 보트가 다가오고 있었다. 배에는 일곱 명의 남자가 있었는데 여섯 명은 노를 젓고 있었고 한 명은 고물에서 오케스트라 지휘자의 지휘봉으로 그들 노래의 박자를 맞추고 있었다.

"굴과 바위,
톱밥과 양말,
누가 첼로로
시계를 만들 수 있을까?"

지휘자의 시선이 문득 아디타에게 꽂혔다. 그녀는 호기심 어린 모습으로 난간에 기대어 있었다. 그가 지휘봉을 빠르게 흔들자 즉시 노래가 멈추었다. 그가 배에서 유일한 백인임을 알 수 있었다. 노를 젓는 여섯 명은 검둥이였다.

"어어이, 나르시스호!" 그가 점잖게 불렀다.

"그런 불협화음으로 뭘 하자는 거예요?" 아디타가 쾌활하게 물었다. "시골 땅콩 농장의 대표 선수 팀인가요?"

그때 이미 그 보트는 요트의 측면에 닿아 있었고 뱃머리의 덩치 큰 검둥이 하나가 몸을 돌려 사다리를 붙잡았다. 그러자 그 지휘자는 배의 고물을 떠나 아디타가 미처 그의 의중을 파악하기도 전에 사다리를 올라와 가쁜 숨을 몰아쉬며 갑판 위 그녀 앞에 서 있었다.

"여자들과 아이들은 살려 줄 것이다!" 그가 거침없이 말했다. "우는 아기들은 모두 곧장 물에 던질 것이며 남자들은 모두 두 발에 족쇄를 채울 것이다!"

아디타는 흥분하여 두 손을 호주머니 안으로 찔러 넣으며 그를 쳐다보았다. 놀라서 말을 할 수가 없었다.

그 젊은 남자의 검고 신경질적인 얼굴에는 경멸이 묻어나는 입과 건강한 아기의 밝고 푸른 눈이 함께 자리하고 있었다. 촉촉하게 젖어 구불거리는 새까만 그의 머리는 머리카락만 검게 변한 그리스 조각상 같은 모습이었다. 균형 잡힌 몸매에 단정한 옷차림이었고 기민한 쿼터백처럼 우아했다.

"아니, 이런 젠장맞을!" 그녀가 어리벙벙하여 말했다.

그들은 서로를 차갑게 바라보았다.

"배를 내놓겠소?"

"이게 무슨 장난질이에요?" 아디타가 다그쳤다. "바보예요? 아니면 무슨 클럽 신고식이라도 치르는 중인가요?"

"배를 내놓겠냐고 물었소."

"금주령이 발효 중인 걸로 아는데요." 아디타가 경멸 조로 말했다. "매니큐어라도 마신 거예요? 당장 이 배에서 내려요!"

"뭐요?" 젊은 남자의 목소리에 믿지 않는다는 듯한 느낌이 역력하게 묻어났다.

"배에서 내리라고요! 들었잖아요!"

그는 마치 그녀가 한 말을 곱씹어 보기라도 하는 것처럼 잠시 그녀를 바라보았다.

"아니." 그의 경멸이 묻어나는 입이 천천히 말했다. "아니, 난 이 배에서 내리지 않아. 원하면 그쪽이 내리든가."

난간으로 가며 그는 짧막하게 명령을 내렸고, 즉시 보트의 패거리들이 사다리를 기어 올라와 남자 앞에 줄 맞춰 섰다. 한쪽 끝에는 석탄처럼 검고 건장한 검둥이가, 그리고 다른 한쪽 끝에는 1미터 20센티의 난쟁이 흑백 튀기가 섰다. 그들은 모두 똑같이 일종의 푸른색 유니폼을 입고 있었는데 먼지와 진흙이 묻고 여기저기 찢어져 있었다. 어깨에는 작고 무거워 보이는 하얀색 자루를 메고, 팔 아래에는 악기가 들어 있는 것으로 보이는 커다란 검은 케이스를 끼고 있었다.

"주목!" 남자가 경쾌한 동작으로 자기 뒤꿈치를 한데 붙이며 명령했다. "우로 나란히! 앞으로! 베이브, 한 발 나온다!"

제일 작은 검둥이가 재빨리 한 발 앞으로 나와 경례를 했다.

"네!"

"명령에 따르도록. 아래로 내려가서 승무원들을 잡아들인 후 기관사를 제외하고 모두 묶는다. 기관사는 내게 데리고 온다. 아, 그리고 저 자루들은 저기 난간 옆에 쌓을 것."

"네, 알겠습니다!"

베이브는 다시 경례를 하더니 뒤로 돌아 다른 다섯 사람에게 자기 주위로 모이라는 몸짓을 해 보였다. 그리고 낮은 소리로 잠시 의논을 한 후 그들 모두 소리도 없이 줄지어 승강구 계단을 내려갔다.

"자." 남자가 쾌활하게 아디타에게 말했다. 그녀는 상대를 위축시키는 침묵 속에서 이 마지막 장면을 바라보고 있었다. "당신이 자유주의 아가씨의 명예를 걸고 ── 그래봤자 별것도 없겠지만 ── 그 버릇없는 작은 입을 48시간 동안 꽉 다물고 있겠다고 맹세한다면, 우리 보트를 타고 노를 저어 해안으로 가게 해주겠소."

"안 그러면요?"

"안 그러면 배를 타고 바다로 가는 거지."

일단 위기를 잘 넘겼다는 듯 작은 안도의 한숨을 내쉬며 남자는 아디타가 직전까지 앉아 있던 자리에 털썩 주저앉아 느긋하게 두 팔을 쭉 폈다. 호사스러운 줄무늬 차양과 윤이 나는 놋쇠 장식들, 갑판의 고급스러운 집기들을 둘러본 그의 입가가 만족스럽게 누그러졌다. 그의 눈길이 책과 단물이 빠진 레몬에 가 닿았다.

"흠." 그가 말했다. "스톤월 잭슨은 레몬주스가 그의 머리를 맑게 해준다고 말했지. 당신도 머리가 조금 맑아진 것 같소?"

아디타는 무시하고 대답하지 않았다.

"오 분 내로 당신이 떠날지 여기에 머물지 분명하게 결정을 해야 하기 때문이야."

그가 책을 집어 들고는 호기심에 책을 펼쳤다.

"『천사의 반란』이라. 괜찮게 들리는군. 프랑스 소설이죠?" 그는 새롭게 관심을 보이며 그녀를 바라보았다. "당신 프랑스인이오?"

"아뇨."

"이름이 뭐요?"

"파르남."

"파르남 뭐요?"

"아디타 파르남."

"좋소, 아디타. 거기 서서 입술을 깨물고 있어봤자 아무 소용도 없어요. 그런 신경질적인 버릇은 젊었을 때 고쳐야 하지. 이리 와서 앉아요."

아디타가 호주머니에서 옥을 조각해 만든 작은 상자를 꺼낸 후, 그 안에 있던 담배 한 대를 집어 들고 의식적으로 담담하게 보이려 애쓰며 불을 붙였다. 하지만 그녀는 자신의 손이 조금 떨리고 있음을 알았다. 그러고 나서 그녀는 유연하고 경쾌한 걸음으로 걸어가 다른 긴 의자에 앉으며 입안 가득한 연기를 뱃머리를 향해 뿜어냈다.

"당신은 이 배에서 날 내리게 할 수 없어요." 그녀가 침착하게 말했다. "그리고 이 배로 멀리 갈 수 있다고 생각한다면 오산이에요. 우리 삼촌이 6시 반이면 이 바다 사방팔방으로 무선전신을 보내게 할 테니까."

"흠."

그녀는 힐끗 남자의 얼굴을 보았다. 입가에 아주 희미한 절망과 함께 또렷한 불안감이 새겨지는 것이 보였다.

"이러나저러나 난 마찬가지예요." 그녀가 어깨를 으쓱해 보이며 말했다. "이게 내 배도 아니고. 몇 시간 항해를 한다 해도 상관없어요. 난 당신에게 그 책을 빌려줄 용의도 있어요. 국세청 배가 당신을 싱싱 교도소로 데리고 가는 동안 읽으라고 말이죠."

그가 무시하듯이 웃었다.

"그런 충고라면 필요 없소. 내 계획은 이 배가 존재한다는 걸 알기도 전에 세운 것이니까. 이 배가 아니었다면 해안에 정박해 있던 배들 가운데 우리가 지나가다가 다음번에 만나는 배가 됐었겠지."

"당신, 누구예요?" 아디타가 불쑥 물었다. "당신, 도대체 뭐죠?"

"뭍으로는 가지 않기로 한 건가?"

"그건 전혀 고려의 대상이 아니에요."

"우리는, 우리 일곱 명은 흔히 커티스 칼라일과 여섯 명의 흑인 친구들이라고 알려져 있소. 최근까지 클럽 윈터가든과 미드나이트프롤릭에 있었지."

"가수들이에요?"

"오늘까진 그랬소. 지금은 저기 보이는 하얀 자루들 덕분에 법망을 피해 달아나는 도망자들이오. 지금쯤이면 우리 현상금이 2만 달러에 달했을 것이라는 게 내 추측이오."

"자루엔 뭐가 들었죠?" 아디타가 궁금해하며 물었다.

"글쎄." 그가 말했다. "당분간 진흙, 플로리다 진흙이라 해둡시다."

III

커티스 칼라일이 상당히 겁에 질린 기관사와 이야기를 나눈 지 십 분 만에 나르시스호는 따뜻하고 부드러운 열대의 어스름 속에서 연기를 내뿜으며 남쪽으로 향하고 있었다. 칼라일의 암묵적인 신임을 얻고 있는 것으로 보이는 난쟁이 튀기 베이브가 전적으로 상황을 지휘하고 있었다. 파르남 씨의 시종과 요리사가 기관사를 제외하고는 유일한 승무원이었는데, 그들은 한바탕 저항해 봤다가 이제는 각자의 침대 아래 꽁꽁 묶인 채 생각을 고쳐먹는 중이었다. 제일 덩치가 큰 트롬본 모세는 페인트 한 통을 들고 배 이물에서 나르시스라는 이름을 지우고 대신 홀라홀라라는 이름으로 바꿔 쓰느라 바빴으며, 나머지는 배의 고물에 모여 주사위 게임에 열중하고 있었다.

칼라일은 7시 30분에 갑판에서 식사를 할 수 있도록 준비하라는 지시를 내리고는 다시 아디타에게 와서 의자 깊숙이 몸을 누이더니 반쯤 눈을 감고는 깊은 상념에 빠져들었다.

아디타는 주의 깊게 남자를 살펴보았다. 그리고 곧 그를 낭만적인 사람으로 단정 지었다. 그는 미약한 토대 위에 자신감을 높게 세워 올렸다는 느낌을 주는 사람이었다. 그녀는 그가 내리는 모든 결정들의 표면 바로 아래에서 어떤 망설임을 확인할 수 있었다. 그리고 그것은 분명 비틀린 그의 입술이 풍기는 오만함과는 대조적인 것이었다.

"저 남자는 나 같지는 않군." 그녀는 생각했다. "어딘가 다른 구석이 있어."

지독한 이기주의자인 아디타는 자주 자기 자신에 대해 생각해 보곤 했다. 그녀는 단 한 번도 자신의 이기심에 저항하지 않고 지극히 자연스럽게 이기적으로 행동했고, 그것이 그녀의 의심의 여지 없는 매력에 손상을 입히는 일도 없었다. 이제 열아홉 살이었지만 그녀는 발랄하고 조숙한 아이라는 느낌을 주었고, 젊음과 아름다움으로 빛나는 가운데, 그녀가 알고 지낸 모든 남자와 여자들은 그녀의 성질에 따라 흔들리며 떠다니는 부목에 불과했다. 그녀는 다른 이기주의자들도 만나보았다. 실제로 그녀는 이기적인 사람들이 이기적이지 않은 사람들보다는 덜 심심하다고 느꼈다. 하지만 어쨌거나 지금까지 그녀가 종국에 가서 굴복시키고 그녀의 발치에 무릎 꿇게 하지 못한 사람은 단 한 명도 없었다.

하지만 이번에 그녀는 옆의 의자에 또 다른 이기주의자 한 사람이 앉아 있다는 것을 감지했음에도 여느 때처럼 마음의 문이 굳게 닫히고 전투 준비 태세가 갖춰지는 것을 전혀 느낄 수 없었다. 오히려 그녀는 본능적으로 이 남자가 어떤 이유에서인지 쉽게 무너질 사람이고 거의 무방비 상태라는 걸 알아차렸다. 아디타가 인습에 도전할 때 — 요즘 들어 그녀의 주된 즐거움이었다.——그것은 그녀다운 그녀가 되고자 하는 강렬한 욕구에서 비롯된 것이었는데, 그녀는 이 남자는 오히려 반대로 스스로에 대한 도전에 사로잡혀 있음을 느꼈다.

그녀는 자신이 처한 상황보다 이 남자가 훨씬 흥미로웠다. 그것은 마치 열 살 먹은 아이가 낮 공연에 대해 갖는 기대처럼 그녀를 들뜨게 했다. 그녀는 언제 어떤 경우에도 스스로를 돌볼 능력이 있다는 절대적인 자신감을 갖고 있었다.

밤이 깊었다. 창백한 초승달이 눈물을 가득 머금고 바다를 향해 미소 짓고 있었다. 해안이 희미하게 멀어져 가고 검은 구름들이 잎사귀처럼 멀리 수평선에서 흩날릴 때, 문득 어슴푸레한 달빛이 크게 배를 휘감아 적시며 빠르게 스쳐 가는 뱃길에 반짝이는 비늘을 넓게 펼쳐 뿌렸다. 가끔씩 누군가 담뱃불을 붙이는 듯 성냥의 밝은 불꽃이 일어났지만, 낮게 울리는 엔진 소리와 뱃고물에 부딪는 파도의 규칙적인 철썩임을 제외하면 배는 마치 별에 묶여 하늘을 나는 꿈속의 보트처럼 고요했다. 그들 주변으로 밤바다 냄새가 흐르며 끝없는 권태를 실어 왔다.

칼라일이 마침내 그 침묵을 깨뜨렸다.

"복 많은 아가씨로군." 그가 한숨을 내쉬었다. "난 항상 부자가 되고 싶었소. 그리고 이 모든 아름다운 것들을 사고 싶었지."

아디타가 하품을 했다.

"난 차라리 당신이 되는 편이 낫겠어요." 그녀가 솔직하게 말했다.

"그렇게 될 거요, 하루 반 정도만 있으면. 그런데 당신은 자유분방한 아가씨치고는 대단한 배짱을 지닌 것 같군."

"날 그렇게 부르지 말았으면 좋겠네요."

"미안하군."

"내 배짱은." 그녀가 느릿느릿 말을 이었다. "그건 내 결점들을 보완해 주는 장점이죠. 천지간 그 무엇도 나는 두렵지 않아요."

"흠, 나와는 다르군."

"두려움을 가지려면 아주 강인하거나 아주 겁쟁이여야 하죠. 난 그 어느 쪽도 아니에요." 그녀는 잠시 말을 멈추었다. 그녀의 목소리에 어떤 열의가 젖어 들었다. "그런데 난 이제 그쪽에 대해 이야기하고 싶군요. 도대체 무슨 짓을 한 건가요? 그리고 어떻게 한 거예요?"

"왜요?" 그가 냉소적으로 물었다. "나에 대한 영화라도 쓸 작정이오?"

"어서요." 그녀가 재촉했다. "달빛 아래서 내게 거짓을 말해 봐요. 근사한 이야기를 해보라고요."

검둥이 한 사람이 나타나 차양 밑의 작은 등들에 불을 켜더니 등나무 테이블에 저녁 식사를 차리기 시작했다. 그들은 배 아래의 풍성한 식량 창고에서 가져온 얇게 저민 차가운 닭고기, 샐러드, 아티초크, 딸기잼을 먹었고, 칼라일은 이야기를 시작했다. 처음엔 좀 머뭇거렸지만 그녀가 관심을 나타내는 것을 보고는 성의껏 이야기를 해 나갔다. 아디타는 음식에는 거의 손을 대지 않고 남자의 검고 젊은 얼굴을, 잘생겼지만 아이러니하며, 어렴풋이 무기력한 그의 얼굴을 바라보았다.

그는 테네시의 한 동네에서 가난한 아이로 삶을 시작했다. 너무나 가난해서 그 거리에서 유일한 백인 가족이었다. 그는 백인 아이들은 전혀 기억하지 못했다. 하지만 그의 기억 속엔 언제나 십여 명의 아이들이 줄지어 서 있었고, 그들은 그의 생생한 상상력에 감탄하며 그가 수없이 그들을 곤경에 빠뜨리고 또 구해 낸 시간들로부터 함께 동행해 온 그의 열렬한 찬미자들이었다. 그리고 이러한 교우 관계가 그의 다소 비범한 음악적 재능을 기이한 쪽으로 향하게 만들었다.

벨 포프 칼훈이라는 이름의 흑인 여자가 있었다. 그녀는 백인 아이들을 위한 파티에서 피아노를 쳤다. 커티스 칼라일에게는 콧방귀를 뀌며 지나쳤을 그런 잘사는 백인 아이들을 위한 파티였지만, 누더기를 걸친 어린 '가난뱅이 백인' 아이도 그녀의 피아노 옆에 오래도록 앉아 아이들이 부는 카주 피리로 알토 부분을 연주해 보려고 애를 쓰곤 했다. 열세 살이 되기 전에 그는 내슈빌 부근 작은 카페에서 낡은 바이올린을 켜며 애간장을 태울 듯 생생한 래그타임을 배우고 있었다. 팔 년 후, 래그타임 음악이 전국을 강타했고, 그는 여섯 명의 검둥이들을 데리고 오르페우스 순회공연을 떠났다. 그들 중 다섯은 함께 자란 소년들이었고, 다른 한 사람은 난쟁이 튀기 베이브 디바인으로, 그는 뉴욕 근처 부두에서 일하던 검둥이였다. 그는 그보다 더 한참 전, 그러니까 주인의 등에 8인치짜리 단검을 찌르기 전까지는 버뮤다의 농장 일꾼이었다. 칼라일은 자신의 행운을 깨닫기 바로 직전까지 브로드웨이에 있었다. 사방에서 꿈도 꾸지 못했던 액수 이상의 돈을 주겠다며 계약 제의가 쏟아졌다.

그런데 그 무렵, 그의 생각 자체에 변화가 일기 시작했다. 다소 기이하고 씁쓸한 변화였다. 자신이 인생의 황금기를 흑인들과 무대에서 주절거리며 흘려보내고 있음을 깨달았을 때였다. 트롬본 셋에 색소폰 하나, 칼라일의 플루트로 이루어진 그의 공연은 매우 훌륭했다. 그리고 그 모든 것을 더욱 탁월하게 만드는 것은 그의 남다른 감각이었다. 그러나 그는 점점 더 그 감각에 지나치게 민감해지기 시작했고, 공연을 한다는 생각조차 하기 싫어지더니 나날이 조금씩 더 끔찍스러워하게 되었다.

돈은 벌고 있었다. 그는 매번 계약서에 서명을 할 때마다 더 많은 금액을 요구했다. 하지만 그가 매니저들에게 여섯 명의 밴드 멤버들과 헤어져서 정식 피아니스트가 되고 싶다고 말하면 매니저들은 코웃음을 치며 미쳤냐고 했다. 예술적 자살행위라는 것이었다. 그는 그 '예술적 자살행위'라는 말을 듣고 나면 웃곤 했다. 그들은 모두 그 말을 사용했다.

그는 대여섯 번 정도 하룻밤에 3천 달러를 받고 개인 댄스 파티에서 연주를 한 적이 있었는데, 그 경험들이 당시 그의 삶의 방식에 대한 모든 혐오감을 뚜렷하게 새겨준 것 같았다. 그 파티들은 그가 낮 동안에는 접근할 수도 없었을 클럽이나 저택에서 열렸다. 그곳에서 그는 영원히 원숭이 역할만 하는 일종의 승화된 코러스맨에 불과했다. 그는 극장과 분과 립스틱 냄새에, 대기실의 수다에, 그리고 특석에서 보내오는 선심 쓰는 듯한 찬사에 진절머리가 났다. 더 이상은 진심을 담아 연주할 수가 없었다. 자신이 여유로움이라는 사치에 그렇게 느리게 다가가고 있다는 생각이 그를 미치게 했다. 물론 그는 그 길을 향해 나아가고 있긴 했지만, 아이스크림을 너무 천천히 먹는 아이들이 그렇듯 전혀 그 맛을 느끼지 못했다.

그는 많은 돈과 시간을, 읽고 놀 기회를, 그가 결코 주변에 둘 수 없을 그런 남자들과 여자들을 소유하고 싶었다. 그를 떠올린다면 그에게 경멸이나 던졌을 그런 종류의 인간들을 주변에 두고 싶었다. 간단히 말해, 그는 일반적으로 귀족이라는 이름으로 요약되기 시작한 그 모든 것들을 원했다. 그런데 귀족의 생활은 그가 버는 돈만 아니라면 거의 어떤 돈으로든 살 수 있는 것처럼 보였다. 그는 스물다섯이었고, 가족도, 교육도, 비즈니스 경력으로 성공하리란 그 어떤 전망도 없었다. 그는 미친 듯이 투기를 했고 삼 주 만에 저축한 돈을 한 푼도 남기지 못하고 모두 잃었다.

그때 전쟁이 일어났다. 그는 플래츠버그로 갔는데 거기까지도 그의 직업이 그의 뒤를 쫓아다녔다. 준장이 그를 사령부로 불러 밴드 악장으로 조국에 봉사하는 편이 더 낫겠다고 했고, 그는 전쟁 동안 사령부 밴드와 함께 전선 후방에서 유명 인사들을 위한 공연을 하며 지냈다. 그다지 나쁠 것은 없었다. 단지 참호로부터 보병들이 다리를 절며 돌아오면, 자신도 그들 중의 한 사람이었으면 하고 원했을 뿐이었다. 그들이 뒤집어쓴 땀과 흙이 영원히 그를 피해 가고 있던 감히 입에 담지 못할 귀족의 상징 중 하나처럼 보였던 것이다.

"모두 그 개인 댄스파티 때문이었소. 전쟁에서 돌아온 후 예전의 생활이 반복되기 시작했지. 그러다 우리는 플로리다 호텔 조합으로부터 일자리 제안을 받았소. 그땐 이미 시간문제일 뿐이었지."

그가 말을 중단하자 아디타는 뒷이야기를 기대하며 그를 바라보았지만 그는 고개를 저었다.

"아니. 그 이야기는 하지 않겠어. 난 지금 너무나도 이 일을 즐기고 있는데, 누군가와 그 이야기를 나누면 그 즐거움을 조금이라도 잃게 될까 봐 겁이 나는군. 나는 내가 그들 앞에 서서 고개나 까딱이며 꽥꽥거리는 별 볼일 없는 딴따라에 불과

한 놈이 아니라는 걸 알게 해준 그 숨 막히는 영웅적인 순간들을 좀 더 기억하고 싶소."

갑자기 위에서 낮은 노랫소리가 퍼져 나왔다. 검둥이들이 갑판에 모여 있었고, 그들의 목소리가 인상적인 멜로디로 피어오르더니 가슴을 파고드는 화음으로 달을 향해 날아올랐다. 아디타는 흠뻑 취하여 귀를 기울였다.

"오, 아래로
오, 아래로,
엄마는 나를 은하수 저 아래로 데려가고 싶어 했지,
오, 아래로,
오, 아래로,
아빠는 내일이라 말하지!
하지만 엄마는 오늘이라 말하네,
그래, 엄마는 오늘이라 말하네!"

칼라일은 한숨을 내쉬고 잠시 아무 말 없이 따스한 하늘에서 아크등처럼 반짝이는 별 무리를 올려다보았다. 검둥이들의 노래는 점차 사그라져 구슬픈 콧노래가 되어갔고 순간순간 그 밝음과 거대한 침묵이 점점 더 커지더니 마침내는 한밤중에 인어들이 몸단장하는 소리와 달빛 아래서 물이 뚝뚝 듣는 은빛 머리칼을 빗질하며 서로에게 저 초록빛 오팔 같은 드넓은 길 아래 그들이 살았던 훌륭한 난파선들에 대해 이야기하는 소리를 들을 수 있을 것만 같았다.

"있잖소." 칼라일이 부드럽게 말했다. "이게 내가 원하는 아름다움이오. 아름다움이란 사람을 깜짝 놀라게 하고 넋을 잃게 해야 하는 거요. 마치 꿈처럼, 소녀의 섬세한 눈처럼 불현듯 당신에게 뛰어 들어오는 것이어야 하지."

그는 그녀를 돌아보았지만 그녀는 아무 말이 없었다.

"이봐요, 그렇지 않나요, 아니타, 아니, 아디타?"

여전히 그녀는 대답하지 않았다. 그녀는 언제부터였는지 깊은 잠에 빠져 있었다.

IV

다음 날 햇빛이 가득 흘러넘치는 정오가 되자 앞바다의 점 하나가 스르르 녹회색 작은 섬 하나로 풀어졌다. 북쪽에는 커다란 화강암 절벽이 있었고, 그것이 남쪽으로 경사를 이루며 낮아지다가 싱싱하고 작은 관목 숲과 풀밭이 길게 펼쳐지더니 파도 속으로 나른하게 녹아 들어가는 모래 해변으로 이어지는 것이 보였다. 좋아하는 자리에 앉아 책을 읽던 아디타는 『천사의 반란』 마지막 페이지에 이르렀고, 책을 덮으며 고개를 들다가 그 섬을 보았다. 그녀는 작은 기쁨의 탄성을 지르며 난간 옆에 시무룩하게 서 있는 칼라일을 불렀다.

"여기예요? 여기가 당신이 가려던 곳인가요?"

칼라일이 무심하게 어깨를 으쓱해 보였다.

"들켰군." 그가 목소리를 높여 임시 선장을 불렀다. "이봐, 베이브, 여기가 자네 섬인가?"

튀기의 작은 머리가 갑판실 모서리 저편에서 나타났다.

"네! 여깁니다."

칼라일이 아디타에게 다가가 앉았다.

"좀 모험적으로 보이지 않아요?"

"그렇네요." 그녀가 동의했다. "그런데 숨을 곳으로는 그리 커 보이지 않는군요."

"당신은 아직도 당신 삼촌이 사방에 깔아놓았다는 무선망에 믿음을 걸고 있는 거요?"

"아뇨." 아디타가 솔직하게 말했다. "난 전적으로 당신 편이에요. 당신이 성공적으로 도망하는 걸 보고 싶어요."

그가 웃었다.

"당신은 우리의 행운의 여신이군. 마스코트로 당신을 데리고 있어야 할 것 같아. 어쨌든 지금으로서는."

"나보고 수영해서 돌아가라고는 못 하겠죠." 그녀는 태연하게 말했다. "만약 당신이 그런다면 난 어젯밤 당신이 들려준 길고 지루한 인생 이야기를 바탕으로 싸구려 소설을 쓰기 시작할 거예요."

그가 얼굴을 붉히더니 표정이 약간 굳어졌다.

"지루하게 만들었다니 정말 미안하군."

"아, 그렇진 않았어요. 다만 이야기 끝에 가서 당신이 여인들에게 음악을 연주해 주고도 그들과 춤을 출 수 없었다는 것 때문에 얼마나 분노했었는지를 이야기할 때만 빼고요."

그는 화를 내며 일어섰다.

"당신은 정말 심술궂고 악의적인 세 치 혀를 가졌군."

"이것 보세요." 그녀가 말하고는 웃음을 터뜨렸다. "난 남자들이 그렇게 자기들 인생의 야심에 관한 이야기를 늘어놓는 것에 익숙하지 않아요. 게다가 그렇게 극단적으로 플라토닉한 삶을 살았을 경우에는 더더군다나요."

"왜요? 대개 남자들은 당신에게 어떤 이야기들을 들려주던

가요?"

"아, 대개는 나에 대해서 이야기하죠." 그녀는 하품을 했다. "그들은 내가 젊음과 아름다움의 화신이라고 말해 주죠."

"그럼 당신은 그들에게 뭐라고 합니까?"

"아, 난 조용히 동의하죠."

"당신이 만나는 남자마다 당신을 사랑한다고 얘기해요?"

아디타가 고개를 끄덕였다.

"그러지 않을 이유가 있나요? 모든 인생은 그저 앞으로 나아가는 것이에요. 그러다 뒤로 한 번 물러나는 일이 바로 이 한 문장, '당신을 사랑합니다.' 에서 생겨나죠."

칼라일은 웃으며 자리에 앉았다.

"정말 그렇군. 그 이야기, 그렇게 나쁘지 않아. 당신 생각이오?"

"네. 아니, 어쩌면 내 생각이라기보다 내가 발견한 것이죠. 뭐 특별한 의미는 없어요. 그저 조금 재치 있는 것뿐이죠."

"그런 말이 바로 당신들 부류의 전형적인 것이지." 그가 무겁게 말했다.

"아휴." 그녀가 참을성 없이 말을 끊었다. "또 귀족에 대한 장광설을 늘어놓진 말아요! 나는 아침 이 시간까지 그렇게 긴장하고 있는 사람들은 믿지 않아요. 그것도 약한 정신병의 한 형태라고요. 아침 식사에 취한 상태 같은 거죠. 아침 시간은 잠을 자고 수영을 하고 느긋하게 지내야 할 시간이에요."

십 분 후 그들은 마치 북쪽에서 그 섬에 접근할 것처럼 커다랗게 원을 그리며 돌았다.

"뭔가 계략이 있어." 아디타가 생각에 잠겨 말했다. "그냥 이 절벽 아래에 닻을 내릴 생각일 리는 없어."

그들은 이제 단단한 절벽을 향해 곧장 나아가고 있었다. 절벽은 300미터도 넘는 게 분명했다. 절벽에 50미터 정도 다가가서야 아디타는 그들의 목적지를 볼 수 있었다. 그리고 그녀는 기쁨에 겨워 손뼉을 쳤다. 절벽에는 동굴처럼 갈라진 틈이 있었고, 그것이 기이하게 포개진 바위 뒤로 완벽하게 숨겨져 있었다. 그 틈으로 들어간 요트는 높은 회색 벽들 사이로 난 수정처럼 맑은 물의 좁은 수로를 아주 천천히 지나갔다. 그리고 그들이 닻을 내린 곳은 초록빛과 황금빛의 작은 세계였다. 유리처럼 매끈한 금빛 만(灣)에는 작은 야자수들이 심어져 있었는데, 그 모든 것들이 어린아이들이 모래밭에 만드는 거울 호수나 나뭇가지 나무들과 흡사했다.

"정말 훌륭하군!" 칼라일이 흥분하여 소리쳤다. "저 난쟁이 검둥이 녀석이 대서양 이쪽 구석을 제대로 아는 것 같군."

　그의 들뜬 기분은 전염이 되어 아디타 역시 상당히 즐거워하고 있었다.

"정말 확실한 은신처군요!"

"세상에, 정말 그렇군! 책에서나 읽던 그런 유의 섬이야."

　보트가 황금빛 호수에 내려졌고 그들은 해안으로 노를 저어 갔다.

"자, 어서." 그들이 푹푹 빠지는 모래밭에 상륙하자 칼라일이 말했다. "탐험을 해보자고."

　야자수들이 평평하고 모래가 많은 땅 주변을 둥글게 에워싸고 있었다. 그들은 나무를 따라 남쪽으로 향했는데 열대식물들의 울타리를 지나 저 너머로 나아가자 진줏빛 회색의 처녀지 해변이 나타났다. 그곳에서 아디타는 갈색 골프 신발을 벗어 던지고——그녀는 스타킹은 영원히 신지 않기로 한 것 같았다.──물속으로 걸어 들어갔다. 그리고 그들은 천천히 거닐며 배로 돌아왔는데 지칠 줄 모르는 베이브가 점심을 준비해 놓고 있었다. 그는 북쪽을 향한 절벽에 보초를 세워 바다 양쪽을 살피게 했다. 절벽으로 들어가는 입구가 외부에 알려졌을 거라는 생각은 들지 않았다. 사실 이 섬이 표시된 지도는 여태껏 한 번도 본 일이 없었다.

"이름이 뭐예요?" 아디타가 물었다. "이 섬 말이에요."

"이름 같은 거 없어요." 베이브가 킬킬 웃었다. "그냥 섬이죠, 뭐."

오후 늦게 그들은 절벽 꼭대기에 있는 커다란 바위에 등을 기대고 앉았다. 칼라일은 그녀에게 자신의 대강의 계획을 설명했다. 지금쯤이면 사람들이 그를 바짝 추격하고 있을 것이 분명했다. 그가 성공해서 거둔 총수익에 관해서는 여전히 그녀에게 밝히길 거부했지만 그는 100만 달러가 조금 안 될 것이라고 어림짐작하고 있었다. 그는 이곳에서 몇 주 더 숨어 있다가 남쪽으로 떠날 계획이었다. 일반적인 항로 바깥으로 계속 항해하여 케이프혼을 돌아 페루의 카야오로 향할 작정이었다. 석탄과 식량 보급의 구체적인 사항들은 전적으로 베이브에게 맡겨 두었는데, 베이브는 커피 무역상의 급사에서부터 브라질 해적단의 실질적 1등 항해사에 이르기까지 온갖 자격으로 이 바다들을 항해한 경험이 있었고 또 그렇게 보이기도 했다. 그 브라질 해적단의 선장은 오래전 교수형에 처해졌다고 한다.

"저 친구가 백인이었다면 오래전 남아메리카의 왕이 되었을 거요." 칼라일이 단호하게 말했다. "지적 능력에서라면 부커 T. 워싱턴[1]을 멍청하게 보이도록 만들 정도지. 그의 핏줄

속에는 모든 인종과 국적의 지략이 다 녹아들어 있는데, 그게 대여섯 개가 넘지 않는다면 내 손에 장을 지지겠어. 그가 나를 숭배하는 것은 내가 세상에서 그보다 래그타임을 더 잘 연주할 수 있는 유일한 사람이기 때문이오. 우리는 예전에 뉴욕 부두에 함께 앉아 있곤 했었소. 그는 바순을, 나는 오보에를 들고서였지. 그리고 우리는 함께 아프리카 화성에 단조들을 조화시켜 연주하곤 했소. 그러면 쥐들이 말뚝을 기어 올라와 축음기 앞의 개들처럼 주위에 찍찍거리며 앉아 있곤 했었지."

아디타가 큰 소리로 웃었다.

"말도 안 돼요!"

칼라일이 씩 웃었다.

"맹세컨대 그게……."

"카야오에 가면 뭘 할 거죠?" 그녀가 말을 끊었다.

"인도로 가는 배를 탈 겁니다. 나는 인도의 제후가 되고 싶어요. 진심입니다. 아프가니스탄 어디론가 올라가서 궁궐과 명성을 사들인 후, 오 년 정도 세월이 지난 다음 외국 억양과 신비로운 과거를 지닌 사람이 되어 영국에 나타날 생각이오. 하지만 우선은 인도로 가야지. 그거 압니까, 세상의 모든 황금은 아주 조금씩 다시 인도로 돌아가고 있다는 것을. 내겐 그게 뭔가 매혹적인 것으로 다가옵니다. 그리고 나는 책 읽을 시간도 원해요, 아주 엄청나게 많은 시간을."

"그다음에는요?"

"그러고는" 그가 도전적으로 말했다. "이제 귀족이 되는 거지. 웃고 싶다면 웃어요. 하지만 적어도 나는 내가 원하는 것을 알고 있다는 걸 당신도 인정해야 할 거요. 아마 당신이 바라는 것보다 내가 원하는 게 더 많을걸."

"반대예요." 아디타는 반박하며 주머니에서 담배 케이스를 꺼냈다. "내가 당신을 만났을 때, 나는 내 친구들뿐 아니라 친척들과도 크게 다투고 있었어요. 내가 원하는 것을 내가 알고 있었기 때문이었죠."

"그게 뭡니까?"

"어떤 남자예요."

그가 놀라워했다.

"약혼을 했다는 뜻입니까?"

"그런 셈이죠. 당신이 배에 오르지 않았더라면 나는 어제저녁에 ─참 오래전처럼 느껴지는군요.─ 몰래 뭍으로 올라가 팜비치에서 그 사람을 만날 계획이었어요. 그 사람은 한때 러시아의 캐서린 여제의 것이었던 팔찌를 가지고 나를 기다리고 있어요. 그러니 이제 귀족에 대해서 어쩌고저쩌고 불평은 더 늘어놓지 말아요." 그녀가 빠르게 말했다. "내가 그 사람을 좋아하는 건 그가 상상력이 풍부하고 자신의 신념에 대한 절대적인 용기가 있기 때문이에요."

"하지만 당신 가족은 인정하지 않았군요?"

"가족이라곤 멍청한 삼촌과 그보다 더 멍청한 숙모뿐이에요. 그 남자가 미미 뭐라는 빨간 머리 여자와 스캔들이 있었던 것 같아요. 하지만 그 사람이 그건 굉장히 과장된 거랬어요. 남자들은 내게 거짓말하지 않아요. 그리고 그 사람이 뭘 했든 난 상관하지 않았어요. 중요한 건 미래였으니까요. 난 그 미래를 기대하고 있었죠. 남자가 나와 한번 사랑에 빠지면 그 남자는 다른 즐거움은 바라지 않아요. 나는 그에게 그 여자를 핫케이크 버리듯 버리라고 말했고, 그는 그렇게 했어요."

"좀 질투가 나는데요." 칼라일이 인상을 쓰며 말하더니 곧 웃음을 터뜨렸다. "그럼 카야오에 도착할 때까지만 당신을 데리고 가야겠군요. 거기서 미국으로 돌아갈 돈을 빌려주겠어요. 그때까지 당신도 그 남자에 대해 좀 더 생각해 볼 기회를 가질 수 있을 테고."

"나에게 그런 식으로 말하지 말아요!" 아디타가 화를 냈다. "난 누구든 그렇게 부모 같은 태도로 구는 것을 참을 수가 없어! 알겠어요?"

그는 킬킬거리며 웃다가 웃음을 멈추었다. 그녀의 차가운 분노가 그의 몸을 휘감으며 냉기를 뿜자 좀 당황한 것 같았다.

"미안합니다." 그가 자신 없는 투로 말했다.

"아, 사과하지 말아요! 난 그렇게 남자다운 겸양의 어투로 '미안합니다.'라고 하는 남자들을 참을 수가 없어요. 그러니 그냥 입 닥쳐요!"

침묵이 뒤따랐다. 칼라일은 그 침묵이 어색했지만 아디타는 전혀 의식하지 않는 듯 만족스러운 표정으로 앉아 담배를 즐기며 멀리 반짝이는 바다를 응시하고 있었다. 잠시 후 그녀는 바위로 기어 올라가더니 얼굴을 바위 가장자리 밖으로 내밀고 엎드린 채 아래를 내려다보았다. 칼라일은 그녀를 바라보며 그녀에게서 우아하지 않은 동작이 나온다는 것은 불가능할 것 같다고 생각했다.

"어머, 저거 봐요!" 그녀가 소리쳤다. "저 아래에 바위 선반 같은 것들이 많이 있어요. 온갖 높이의 널찍한 바위들이에요."

그도 그녀의 옆으로 가서 함께 아찔한 높이 아래를 내려다보았다.

"오늘 밤에 수영하러 가요!" 그녀가 흥분하여 말했다. "달빛 아래서요."

"저 반대편 해변으로 가는 것이 낫지 않겠어요?"

"절대 아니에요. 난 다이빙을 하고 싶어요. 당신은 우리 삼촌 수영복을 입어요. 당신이 입으면 좀 부대 자루 같긴 할 거예요, 삼촌이 워낙 퉁퉁해서. 난 원피스 수영복이 있어요. 비더퍼드풀에서 세인트오거스틴에 이르기까지 대서양을 따라 원주민들을 놀라게 했던 그런 수영복이죠."

"수영을 아주 잘하는가 봅니다."

"네, 상당히 잘하죠. 그리고 예뻐 보이기도 한대요. 지난여름 라이의 어떤 조각가는 내 종아리에 500달러의 가치가 있다고 말했었죠."

그 말에는 어떤 대답도 할 수 없을 것 같았다. 그래서 칼라일은 아무 말 없이 속으로만 조심스럽게 미소를 지었다.

V

어슴푸레한 푸른빛과 은빛 속에 밤이 슬며시 내려오자 그들은 노 젓는 보트를 타고 희미하게 반짝이는 수로를 지나 돌출해 있는 바위에 보트를 묶은 다음 함께 절벽을 오르기 시작했다. 첫 번째 바위 선반은 3미터 높이였고 널찍해서 자연적인 다이빙대가 되어주었다. 두 사람은 바위 위 밝은 달빛 아래에 앉아 끊임없이 밀려오는 희미한 바닷물의 모습을 바라보았다. 파도가 바다를 향해 나가자 물은 거의 잔잔해졌다.

"행복합니까?" 그가 불현듯 물었다.

그녀가 고개를 끄덕였다.

"바다 가까이 있으면 항상 행복해요. 난 하루 종일 당신과 내가 어떤 면에선 닮았다는 생각을 하며 지냈어요. 우리는 둘 다 반항아죠, 물론 이유가 다르긴 하지만. 이 년 전 내가 열여덟이었을 때, 그러면 당신은……."

"스물다섯."

"어쨌든, 우리는 둘 다 통념적으로는 성공했으니까요. 나는 대단히 매혹적인 사교계 아가씨였고, 당신은 유망한 음악가로 막 군대에 배치되었고요."

"국회법에 의한 신사라고 하죠." 그가 빈정대며 말했다.

"어쨌든 우리 둘 다 관습적인 것에 적응하고 있었던 거죠. 우리의 모난 구석들이 닳아 없어지지 않았다면 아마 안으로 끌어당겨져 있었던 걸 거예요. 하지만 우리 두 사람 안 저 깊은 곳에서 무언가가 진짜 행복을 위한 더 많은 것을 요구하게 만들었어요. 나는 내가 무엇을 원하는지 몰랐어요. 나는 이 남자에게서 저 남자로 끊임없이 조바심 내며 옮겨 다녔죠. 한 달 한 달 지나면서 점점 덜 순종하게 되고 점점 더 불만스러워지더군요. 나는 때때로 입안을 깨물며 앉아서 내가 미쳐가는 것은 아닐까 생각하곤 했어요. 모든 게 덧없다는 무서운 느낌도 들었고요. 난 그 무언가를 매 순간 원했던 거예요! 그리고 나는 아름다웠죠, 지금도 아름답고요, 그렇지 않아요?"

"아름다워요." 칼라일이 일단 동의를 했다.

아디타가 갑자기 일어섰다.

"잠깐만요. 난 이 기분 좋게 보이는 바다에 한번 들어가 보고 싶어요."

그녀는 바위 끝으로 걸어가더니 바다를 향해 몸을 던졌다. 그리고 공중에서 몸을 접었다가 다시 곧게 펴고는 완벽한 잭나이프 다이빙으로 칼날처럼 똑바로 물속으로 들어갔다.

얼마 후 그녀의 목소리가 그를 향해 떠올랐다.

"있잖아요, 난 하루 종일, 그리고 거의 밤새워 책을 읽곤 했어요. 나는 사회에 분개하기 시작했어요……."

"이리로 올라와요." 그가 말을 중단시켰다. "도대체 뭘 하는 겁니까?"

"그냥 물 위에 누워서 떠 있는 거예요. 곧 올라가요. 얘기를 해줄게요. 내가 유일하게 즐겼던 일은 사람들을 놀라게 하는 거였어요. 입기에 너무 지나치다 싶은, 그러면서도 아주 매혹적인 옷을 입고 가장무도회에 가기, 뉴욕에서 제일 방탕한 남자들과 돌아다니기, 상상할 수 있는 가장 지옥 같은 곤경에 빠지기 등등."

물이 철벅거리는 소리와 그녀의 말소리가 뒤섞였고, 곧 바위 옆을 오르기 시작한 그녀의 가쁜 숨소리를 들을 수 있었다.

"어서 들어가요!" 그녀가 외쳤다.

그는 그 말에 순순히 따르며 일어나 다이빙을 했다. 그가 물 밖으로 떠올라 물을 뚝뚝 흘리며 바위 위에 올라오니 그녀는 이미 그곳에 없었다. 순간 당황한 그에게 거기서 3미터는 더 높은 곳의 또 다른 바위 위에서 그녀의 작은 웃음소리가 들려왔다. 그곳으로 올라간 그는 그녀의 곁에 앉았고, 두 사람은 잠시 말없이 팔로 무릎을 껴안은 채 절벽을 오르느라 가빠진 호흡을 고르고 있었다.

"가족들은 야단법석이었어요." 문득 그녀가 말했다. "날 결혼시켜 버리려 했죠. 그런데 결국 인생이란 별로 살 가치가 없는 거라는 걸 느끼기 시작한 순간 난 뭔가를 발견했어요." 그녀의 눈길이 기쁨에 넘쳐 하늘을 향했다. "뭔가를 발견했다고요!"

칼라일은 기다렸고 그녀의 말이 빠르게 밀려오기 시작했다.

"용기, 바로 그거였어요. 삶의 규칙, 그리고 항상 지켜야 할 신조로서의 용기. 나는 내 안에 이 커다란 믿음을 쌓아 올리기 시작했어요. 나는 과거의 내 우상들에게 내가 무의식중에 끌렸던 이유가 바로 어떤 식으로든 그들에게 용기가 발현되었기 때문이란 것을 깨닫기 시작했죠. 나는 용기와 삶의 다른 것들을 구별할 수 있게 되었어요. 모든 종류의 용기 말이에요. 얻어맞아 피투성이가 된 권투 선수가 더 싸우려고 다가가는 것, —— 나는 남자들에게 권투경기에 데려가 달라고 했었죠. ——비천한 여인이 수많은 사내들을 겪으면서도 그들을 자기 발아래 진흙처럼 여기는 것, 자신이 늘 좋아하는 것을 좋아하는 것, 다른 사람들의 의견을 전적으로 무시하는 것, 내가 늘 살고 싶은 대로 살고, 내 방식대로 죽는 것. 담배 가지고 왔나요?"

그가 담배 하나를 건네고 말없이 성냥불을 들어주었다.

"여전히." 그녀가 말을 계속했다. "남자들은 모여들어요. 늙은이, 젊은이, 대부분은 정신적으로나 육체적으로나 나보다 열등한 남자들이죠. 그리고 그들 모두 열렬히 나를 갖기를 원해요. 내가 내 주위에 쌓아 올린 이 화려하고 자랑스러운 전통을 소유하고 싶은 거죠. 이해해요?"

"어느 정도는. 당신은 한 번도 맞은 적도, 사과를 해본 적도 없다."

"단 한 번도요!"

그녀가 바위 끝으로 달려갔다. 그러고는 잠시 하늘을 배경으로 십자가에 매달린 사람의 자세를 취하더니 어두운 포물선을 그리며 요란스러운 물소리도 없이 6미터 아래 두 개의 은빛 물결 사이로 들어갔다.

그녀의 목소리가 다시 그를 향해 떠올랐다.

"내게 있어 용기란 인생 위에 내려앉는 그 음울한 잿빛 안개를 뚫고 나아가는 일이에요. 사람과 환경을 극복하는 일뿐 아니라 산다는 것의 황량함을 극복하게 해주는 것이기도 하고요. 삶의 가치와 덧없는 것들의 진가를 주장하는 거라고나 할까요."

그녀는 다시 올라오고 있었다. 마지막 말과 함께 뒤로 매끈하게 젖혀서 넘긴 그녀의 젖은 금발 머리가 그의 눈앞에 나타났다.

"좋아요." 칼라일이 반박했다. "그걸 용기라고도 부를 수 있겠지. 하지만 당신의 용기는 실제로는 결국 출생의 자존심 위에 세워진 것이오. 당신은 그런 도전적인 태도를 지니게끔 자란 것이지. 내 회색빛 날들엔 용기조차 회색빛이고 생기가 없었거든."

그녀는 바위 끝 가까이에서 무릎을 껴안고 앉아 하얀 달을 무표정하게 바라보고 있었다. 그는 그녀보다 더 멀리 뒤쪽 바위 틈새에 괴기한 모습의 신처럼 웅크리고 앉아 있었다.

"난 폴리아나[2]처럼 보이고 싶지는 않아요. 하지만 당신은 아직 나를 파악하지 못했어요. 내 용기는 믿음이에요. 내가 끊임없이 회복되고 되살아나리라는 믿음, 기쁨과 희망, 자발성이 되돌아오리라는 믿음이죠. 그리고 나는 그렇게 될 때까지 입술을 굳게 닫고, 턱을 높이 치켜들고, 두 눈을 활짝 연 채로, 실없는 미소는 지을 필요 없이, 그렇게 살아야 한다고 느껴요. 아, 나는 지옥 같은 일들도 우는 소리 없이 자주 통과해 왔어요. 여자들의 지옥은 남자들의 지옥보다 더 끔찍하답니다."

"하지만 생각해 봐요." 칼라일이 말했다. "만일 기쁨과 희망, 그 모든 것 이전에 당신에게 영원히 커튼이 내려진다면?"

아디타가 일어나 절벽으로 가더니 힘겹게 다음 바위를 오르기 시작했다. 3미터나 5미터 정도 더 위에 있었다.

"아니." 그녀가 뒤를 보며 외쳤다. "그때는 내가 이미 이긴 후일 거예요."

그는 그녀가 보이는 곳까지 가장자리로 나갔다.

"거기서는 다이빙하지 않는 게 좋겠어요! 허리가 부러질지도 몰라." 그가 얼른 말했다.

그녀가 웃었다.

"난 아니에요!"

그녀는 천천히 두 팔을 벌리고는 백조처럼 서서 극치에 이른 젊음에 대한 자긍심을 빛내고 있었는데, 그 모습이 칼라일의 가슴에 따뜻한 불꽃을 피웠다.

"우리는 두 팔을 활짝 열고 저 검은 공기를 가로지르죠. 발은 돌고래의 꼬리처럼 뒤로 똑바로 편 채로요. 그러면서 저 아래 은빛 물결과 다시는 만나지 못하는 게 아닐까 생각하지만, 어느덧 사방에서 물결들이 입 맞추고 어루만져 주는 따뜻함 가운데에 들어가 있게 되죠."

그러고 나서 그녀는 공중으로 날아올랐다. 칼라일은 저도 모르게 숨을 멈췄다. 그는 그 다이빙이 거의 12미터 높이에서 이루어진 것임을 깨닫지 못하고 있었다. 그녀가 바다에 닿는 짧고 경쾌한 소리가 들릴 때까지 영원이 흐르는 것만 같았다.

물기 촉촉한 그녀의 밝은 웃음소리가 절벽을 타고 올라와 초조해하던 그의 귀에 들리는 순간, 그는 안도의 기쁜 한숨을 내쉬며 자신이 그녀를 사랑하고 있음을 깨달았다.

VI

시간은 아무 속셈도 없기에 그들에게 사흘 동안의 오후를 아낌없이 내려주었다. 동이 트고 한 시간 후 태양이 아디타의 선실 내 둥근 창을 맑게 하자 그녀는 상쾌하게 일어나 수영복을 입고 갑판으로 올라갔다. 검둥이들은 그녀를 보자 하던 일을 멈추었고, 그녀가 한 마리 활기찬 작은 물고기처럼 맑은 수면 아래위를 떠다니자 웃음을 흘리고 주절주절 지껄이며 난간으로 몰려들었다. 그녀는 오후의 청량함 속에서도 수영을 했다. 그러고는 절벽 위에 여유롭게 앉아 칼라일과 함께 담배를 피우거나 남쪽 백사장에 나란히 누워 얘기도 거의 나누지 않은 채 그날 하루가 열대의 저녁, 그 가없는 나른함 속으로 화려하면서도 비극적으로 바래져 가는 것을 지켜보곤 했다.

긴긴 한낮의 시간들이 지나면서 이 사건을 우연하고 무모한 것으로, 현실이라는 사막 속 풋풋한 로맨스쯤으로 여기던 아디타의 생각이 차츰 바뀌어갔다. 그녀는 그가 남쪽으로 떠나버릴 시간이 두려워졌다. 그녀 앞에 나타나는 그 모든 우연한 사건들이 두려워졌다. 생각은 갑자기 성가셔지고 결정을 내린다는 것도 불쾌하게 느껴졌다. 종교 따위는 생각지도 않는 그녀의 영혼에도 기도가 깃든다면, 그녀는 인생이 잠시라도 방해받지 않기를, 이미 준비된 칼라일의 단순한 사고의 흐름과 그의 아이 같은 생생한 상상력, 그리고 그의 기질을 관통하고 행동 하나하나를 채색하는 것처럼 보이는 편집광적인 성질에 아무 생각 없이 그저 순순히 따를 수 있기를 바랐을 것이다.

그러나 이 이야기는 어느 섬에 떨어진 두 사람에 대한 것도, 고립에서 태어난 사랑에 대한 것도 아니다. 이 이야기는 단지 개성을 가진 두 사람을 그린 것일 뿐이며, 멕시코 만의 야자수 가운데라는 자연 배경은 순전히 우연에 불과하다. 우리들 대부분은 존재하고 번식하는 것으로 만족하며, 그 두 가지에 대한 권리를 위해 싸운다. 하지만 그것을 뛰어넘는 생각, 자신의 운명을 통제하려는 필연적 시도는 행운 혹은 불행을 타고난 소수에게만 주어진 것이다. 내가 아디타에 대해 흥미롭게 생각하는 것은 그녀의 아름다움과 젊음과 함께 빛바래 갈 그 용기다.

"날 데리고 가줘요." 아디타가 말했다. 어느 늦은 밤, 그들은 가지를 활짝 뻗친 야자나무 그늘 밑 풀밭에 한가로이 앉아 있었다. 검둥이들이 해변으로 악기를 가지고 올라왔고, 기이한 래그타임 음악이 따뜻한 밤바다 해변 위로 부드럽게 떠다니고 있었다. "나도 십 년 후에 근사하고 부유한 인도의 상류 계층 귀부인으로 다시 나타나고 싶어요."

칼라일이 얼른 그녀를 바라보았다.

"당신이 원한다면 그럴 수 있지, 알잖소?"

그녀가 웃었다.

"그거 결혼 프러포즈예요? 호외요! 아디타 파르남이 해적의 신부가 되다. 사교계 아가씨가 래그타임 은행 강도에게 납치되다."

"은행이 아니었소."

"그럼 뭐였어요? 왜 얘기해 주지 않아요?"

"당신의 환상을 깨고 싶지 않아."

"이보세요, 난 당신에게 환상 같은 거 없어요."

"당신 자신에 대한 환상을 말하는 거요."

그녀가 놀라 고개를 들었다.

"내 자신에 대한 거라! 도대체 당신이 저지른 탈선 범죄들과 내가 무슨 상관이죠?"

"알게 되겠지."

그녀가 손을 뻗어 그의 손을 다독거렸다.

"친애하는 커티스 칼라일 씨." 그녀가 부드럽게 그를 불렀다. "당신 날 사랑하나요?"

"그렇든 아니든 상관도 없으면서."

"상관있어요. 내가 당신을 사랑하는 것 같거든요."

그는 냉소적으로 그녀를 바라보았다.

"그렇게 해서 당신 1월의 총합이 반 다스가 되겠군." 그가 물었다. "내가 당신 장단에 맞춰서 함께 인도로 가자고 한다면?"

"갈까요?"

그가 어깨를 으쓱했다.

"카야오에서 결혼할 수도 있소."

"당신은 내게 어떤 삶을 줄 수 있나요? 따지는 게 아니라 진지하게 묻는 거예요. 만일 2만 달러의 현상금을 노리는 사람들이 당신을 뒤쫓아 온다면 나는 어떻게 되는 거죠?"

"두려워하지 않는 줄 알았는데."

"절대 두렵지 않아요. 하지만 그저 한 남자에게 내가 두렵지 않다는 걸 보여 주기 위해 내 인생을 내던질 수는 없어요."

"당신이 가난했더라면 좋았을걸. 그저 따뜻한 소의 나라 울타리를 꿈꾸는 가난한 아가씨였더라면."

"그랬다면 좋았을까요?"

"난 당신을 깜짝 놀라게 해주며 즐거워했겠지. 당신이 물질들에 눈뜨는 것을 바라보며. 당신이 그것들을 원하기만 한다면 말이오! 모르겠소?"

"알아요. 보석 가게 진열창을 들여다보는 여자들처럼 말이죠."

"그래요. 당신은 커다란 타원형 시계를 갖고 싶어 하는 거지. 플래티넘에다 가장자리에 다이아몬드를 두른 것 말이야. 그런데 당신은 너무 비싸다고 생각하고는 백 달러짜리 백금 시계를 고르지. 그러면 내가 말하는 거야, '비싸서 그래? 그렇지 않아!' 우리는 가게 안으로 들어가고, 곧 그 플래티넘 시계가 당신 팔목에서 반짝이게 되는 거야."

"정말 근사하고 통속적으로 들리네요. 그리고 재미있어요, 그렇죠?" 아디타가 중얼거렸다.

"그렇지? 우리가 함께 여행하며 여기저기 돈을 쓰는 게 보이지 않소? 벨보이들이며 웨이터들이 우리에게 굽신거리는 것이? 아, 온전히 부자인 사람들은 축복받은 이들이오, 세상을 물려받았으니!"

"난 정말이지 우리가 그렇게 된다면 좋겠어요."

"당신을 사랑해요, 아디타." 그가 부드럽게 말했다.

그녀의 얼굴에 잠깐 어렸던 아이 같은 표정이 사라지고 이상한 무거움이 내려앉았다.

"나도 당신과 함께이고 싶어요." 그녀가 입을 열었다. "지금까지 만났던 그 어떤 남자보다 당신과 그러고 싶어요. 당신의 모습이, 당신의 검은 머리가, 우리가 해변으로 올 때 당신이 난간을 넘는 모습이 좋아요. 사실 커티스 칼라일, 나는 당신이 하는 모든 것들이 다 좋아요. 당신은 그런 일들을 너무나도 자연스럽게 하죠. 난 당신이 배짱도 있다고 생각해요. 내가 배짱과 용기에 대해 어떤 생각을 갖고 있는지 알잖아요. 당신이 곁에 있을 때면 가끔씩 문득 당신에게 키스하고 싶어지곤 했어요. 그리고 말해 주고 싶었죠, 당신은 머릿속이 터무니없는 계급의식으로 가득 찬 이상주의자일 뿐이라고. 아마도 내가 좀 더 나이를 먹었고, 좀 더 사는 게 지루했더라면 당신과 함께 갔을 거예요. 하지만 지금의 나는 돌아가 그 남자와 결혼하겠어요."

은빛 호수 건너 달빛 아래에서 검둥이들의 형체가 몸을 뒤틀며 꿈틀거리고 있었다. 마치 너무 오랫동안 쉬었던 곡예사들이 남아도는 에너지를 어쩔 줄 몰라 재주를 부리는 모습 같았다. 그들은 한 줄로 서서 행진을 하고 동심원을 그리는가 하면 때로는 머리를 뒤로 젖히고 때로는 피리를 부는 목신(牧神)처럼 몸을 구부리기도 했다. 트롬본과 색소폰에서 잘 어우러진 멜로디가 끊임없이 울려 퍼졌다. 그 소리는 때로는 분방하고 환희에 넘쳤고 때로는 콩고 오지의 죽음의 춤처럼 가슴을 파고들며 구슬폈다.

"우리 춤춰요!" 아디타가 말했다. "저렇게 완벽한 재즈가 흐르는데 가만히 앉아 있을 순 없잖아요."

그는 그녀의 손을 잡고 다져진 모래밭이 넓게 펼쳐진 곳으로 이끌었다. 모래사장 위로 달빛이 화려한 광채를 빛내며 흐르고 있었다. 그들은 몽롱하게 넘쳐 나는 빛 속을 부유하는 나방들처럼 흘러 다녔다. 환상적인 음악이 슬피 울다 기뻐 날아오르고 흔들거리다 절망하는 가운데 아디타의 마지막 남은 현실감각도 차츰 사라졌다. 그녀는 열대의 꽃들의 꿈 같은 여름 향기와 머리 위 수많은 별들이 총총히 박힌 하늘에 자신의 상상력을 맡겼다. 눈을 뜨면 환상 속에서 만들어낸 세계에서 유령과 춤을 추고 있는 자신을 발견하는 게 아닐까 하는 느낌이

들었다.

"이거야말로 특권층의 개인 댄스파티로군." 그가 속삭였다.

"난 완전히 미친 것 같아요. 하지만 아주 기분 좋게요!"

"우린 마법에 걸린 거야. 셀 수 없이 많은 세대의 식인종 망령들이 저기 절벽 비탈 위에서 우리를 보고 있어."

"식인종 여자들이 그럴 거예요, 우리가 너무 가까이서 춤을 춘다고, 그리고 내가 코에 링을 끼지 않고 온 것은 예의에 어긋난다고."

두 사람 모두 나지막이 웃었다. 그러다 호수 너머에서 트롬본 소리가 마디 중간에 멈추고, 색소폰도 놀란 듯 삑 소리를 내며 소리를 죽이자 그들의 웃음도 멎었다.

"무슨 일인가?" 칼라일이 외쳤다.

잠깐의 침묵 후 은빛 호수를 돌아 한 남자의 어두운 형체가 달려오고 있었다. 형체가 가까이 다가오자, 그가 전에 없이 불안한 모습의 베이브임을 알 수 있었다. 그는 두 사람 앞에 멈추어 서더니 가쁜 호흡으로 단숨에 소식을 전했다.

"배 한 척이 바닷가에 서 있습니다. 반 마일 정도 떨어진 곳에요. 모세, 걔가 망을 봤는데 배가 닻을 내린 것 같답니다."

"배라니, 어떤 종류의 배인데?" 칼라일이 초조하게 물었다. 그의 목소리에 두려움이 담겨 있었다. 아디타의 손은 춤이 끝난 상태 그대로 여전히 칼라일의 손에 쥐어 있었다. 그녀는 자신의 손이 때때로 불안하게 꽉 쥐어지는 것을 느꼈지만 그는 손을 잡고 있는 것도 의식하지 못하는 것 같았다. 아팠지만 그녀는 손을 빼려 하지 않았다. 그들은 절벽 위로 올라가 검게 드러난 평지를 조심스럽게 기어 절벽 끝으로 다가갔는데, 족히 한 시간은 걸린 느낌이었다. 얼핏 살펴본 칼라일은 저도 모르게 작은 탄식을 내질렀다. 그것은 6인치짜리 포를 앞뒤로 장착한 국세청 선박이었다.

"알아낸 거로군!" 그는 헉하고 숨을 들이켜며 말했다. "알아냈어! 어디선가 흔적을 발견한 거야."

"저들이 동굴 수로를 안다고 확신해요? 아침에 그냥 이 섬을 한번 보려고 서 있는 걸 수도 있어요. 그리고 저들이 있는 곳에서는 절벽의 동굴이 보이지 않을 거예요."

"쌍안경으로는 볼 수 있어." 그가 절망적으로 말했다. 그가 손목시계를 보았다. "2시가 다 됐어. 저들은 새벽까지는 아무 행동도 취하지 않을 거야. 그건 확실해. 물론 합류할 다른 배가 도착하기를 기다릴 확률도 미미하나마 있지. 어쩌면 석탄 공급선을 기다릴지도."

"우린 지금 여기 있는 편이 낫겠어요."

시간이 흘렀고, 그들은 그곳에 나란히 누워 있었다. 깊은 침묵 속에 꿈꾸는 아이들마냥 턱을 두 손으로 괸 모습이었다. 그들 뒤에는 검둥이들이 순순히 뒤로 물러나 참을성 있게 낮은 자세로 엎드려 있었다. 그리고 때때로 울려 퍼지는 코 고는 소리로 어떤 위험한 존재도 아프리카인의 잠에 대한 열망을 억누를 수 없음을 알렸다.

5시가 되기 직전에 베이브가 칼라일에게 다가왔다. 나르시스호에는 대여섯 자루의 라이플총이 있다고 그가 말했다. 저항하지 않기로 결정 내린 적이 있었습니까? 베이브는 계획만 잘 세운다면 상당히 괜찮은 싸움이 될 수도 있다고 생각했다.

칼라일은 웃음을 터뜨리더니 고개를 저었다.

"저기 있는 건 라티노 군대가 아니야, 베이브. 국세청 배라고. 이건 활과 화살로 기관총과 싸우려는 것과 같아. 위험을 무릅쓰고서라도 저 자루들을 어딘가 묻었다가 나중에 다시 찾는 시도를 해보고 싶다면 그렇게 해. 하지만 통하지 않을 거야. 저들은 끝에서 끝까지 모두 파헤칠 테니까. 이건 어떻게 봐도 진 싸움이야, 베이브."

베이브가 말없이 고개를 떨어뜨리며 돌아서 가버렸다. 아디타를 향해 고개를 돌린 칼라일의 목소리가 잠겨 있었다.

"베이브는 지금껏 가장 가까운 내 친구였소. 저 친구는 날 위해서라면 죽기까지 할 거요. 내가 그리하라 하면 자랑스럽게 그럴 사람이지."

"포기한 거예요?"

"달리 방법이 없소. 물론 언제나 한 가지 벗어날 길은 있지, 가장 확실한 길이. 하지만 그건 최후의 방법이고. 게다가 난 무슨 일이 있어도 내 재판을 놓치고 싶지 않소. 악명에 대한 흥미로운 실험이 될 거요. '파르남 양, 그녀에 대한 해적의 태도가 항상 신사다웠다고 증언하다.'"

"제발요!" 그녀가 말했다. "난 너무나도 슬퍼요."

하늘의 빛깔이 서서히 희미해지며 광택 없는 푸른빛이 음울한 잿빛으로 바뀌자 그 선박 갑판 위에서 벌어지는 광경이 눈에 들어왔다. 흰색 즈크 바지를 입은 선원들이 난간 근처에 모여 있었다. 손에 쌍안경을 들고 주의 깊게 섬을 관찰하고 있는 중이었다.

"이제 다 틀렸군!" 칼라일이 무겁게 말했다.

"젠장!" 아디타가 나지막이 내뱉었다. 그녀는 눈에 눈물이 고이는 것을 느낄 수 있었다.

"우리 모두 배로 돌아간다." 칼라일이 말했다. "여기 위에서 쥐새끼처럼 사냥당하는 것보다는 그편이 나아."

평지를 떠나 언덕을 내려간 후 호수에 도착하자 검둥이들은 말없이 노를 저어 배로 향했다. 그리고 그들은 창백하고 지친 모습으로 의자에 몸을 묻고 기다렸다.

반 시간 후 희미한 회색빛 속으로 국세청 선박의 뱃머리가 수로에 나타나더니 멈추어 섰다. 물이 너무 얕을까 봐 염려하는 것이 분명했다. 요트의 평화로운 모습, 남자와 여자가 의자에 앉아 있고, 검둥이들이 호기심 어린 모습으로 난간에 기대어 있는 풍경에서 그들은 어떤 저항도 없으리라 판단한 것이 틀림없었다. 그랬기에 별다른 소동 없이 보트 두 대가 배 옆으로 내려졌다. 한 대에는 장교 한 명과 수병 여섯 명이, 다른 한 대에는 노잡이 네 사람과 고물 쪽으로 요트용 플란넬 옷을 입은 백발의 남자 두 사람이 타고 있었다. 아디타와 칼라일은 일어서서 반은 무의식적으로 서로를 마주 보며 섰다. 그리고 그가 멈춰 서서 문득 주머니에 손을 넣더니 반짝이는 둥근 물건을 꺼내어 그녀에게 내밀었다.

"뭐예요?" 그녀가 궁금해하며 물었다.

"확실하진 않아. 하지만 러시아어가 안에 새겨진 걸로 봐서 이것이 당신이 약속 받았다던 그 팔찌인 것 같아."

"어디서, 세상에, 아니, 어디서……."

"저기 자루들 안에 있던 거요. 커티스 칼라일과 그의 여섯 흑인 친구들은 팜비치 호텔 카페에서 공연을 하던 중 갑자기 악기 대신 자동소총으로 바꿔 들고 관중들을 털었던 거지. 이 팔찌는 입술을 과하게 바른 어느 빨간 머리 여자에게서 내가 뺏은 거요."

아디타는 얼굴을 찌푸렸다가 곧 미소를 지었다.

"바로 그거군요, 당신이 한 짓이. 정말 배짱 한번 좋군요!"

그가 고개 숙여 인사를 해 보였다.

"잘 알려진 부르주아 자질이지." 그가 말했다.

그때 새벽빛이 활기차게 갑판을 가로지르며 내리꽂히더니 잿빛 구석으로 흩어지고 있던 어두운 그림자들을 날려 버렸다. 이슬이 돋아 올라 곧 황금빛 물안개가 되었고, 그 물안개는 꿈처럼 가냘프게 그들을 감싸 안으며 늦은 밤의 얇고 섬세한 자취처럼 모였다가는 찰나의 순간이 지나자 서서히 사라지고 있었다. 잠시 동안 바다와 하늘은 숨을 죽였고, 새벽은 그 분홍빛 손으로 생명의 입을 덮었다. 그때였다. 호수 바깥쪽에서 보트의 웅얼거림과 노가 물결을 가르는 소리가 들려왔다.

동쪽에서 낮게 빛나는 금빛 용광로를 배경으로 불현듯 우아한 그림자 두 개가 하나로 어우러졌다. 남자가 여자의 응석받이 젊은 입술에 키스를 하고 있었다.

"이거 영광이군." 잠시 후 그가 중얼거렸다.

그녀는 남자를 쳐다보며 미소 지었다.

"행복, 한가요?"

그녀의 한숨은 축복이었다. 그것은 그녀가 그 어느 때보다도 지금 젊고 아름답다는 것에 대한 황홀한 보장이었다. 그다음 순간 동안 인생은 밝게 빛났고 시간은 환영이었으며 그들의 힘은 영원한 것이었다. 그러나 그때 보트가 배 옆에 닿으면서 부딪히고 긁히는 소리가 들려왔다.

사다리를 타고 백발의 남자 둘과 손에 권총을 든 장교와 수병 두 사람이 올라왔다. 파르남 씨는 팔짱을 끼고 서서 조카딸을 바라보았다.

"자." 그가 머리를 천천히 끄덕이며 말했다.

한숨을 내쉬며 그녀는 칼라일의 목에 감고 있던 두 팔을 풀었다. 꿈꾸듯 아름답게 순화된 그녀의 눈길이 배에 오른 사람들에게로 향했다. 그녀의 삼촌은 그녀의 윗입술이 그가 익히 잘 알고 있는 오만한 뿌루퉁함으로 서서히 부풀어 오르는 것을 보았다.

"그래." 그가 화를 내며 다시 한 번 말했다. "그래, 고작 이게 네가 생각하는 로맨스냐? 눈이 맞아 도망가는 것이? 그것도 바다의 해적과 함께?"

아디타가 무심하게 삼촌을 흘깃 바라보았다.

"노망난 노인네!" 그녀가 낮은 목소리로 말했다.

"그게 네가 할 수 있는 최선의 말인 게냐?"

"아니요." 그녀는 생각이라도 하는 것처럼 말했다.

"아니요. 또 할 말이 있어요. 지난 이 년 동안 우리 대화의 대부분을 마무리했던 잘 알려진 구절이 있죠, '입 닥쳐요!'"

그 말과 함께 그녀는 돌아서서 두 노신사와 장교, 수병 둘에게 짧은 경멸의 시선을 던지고는 당당히 승강구를 내려갔다.

그러나 그녀가 조금만 더 오래 기다렸더라면 그녀의 삼촌으로부터 평소 그들의 대화에서는 거의 듣지 못했던 상당히 낯선 소리를 들을 수 있었을 것이다. 파르남 씨는 진심으로 재미있다는 듯이 낄낄거리며 웃음을 터뜨렸고, 곧 다른 노신사도 함께 웃기 시작했다.

다른 노신사가 쾌활하게 칼라일을 향해 돌아섰다. 칼라일은 이 광경을 은근히 즐기는 태도로 지켜보고 있었다.

"자, 토비." 그 노신사가 다정하게 말했다. "이 고집불통 무모한 낭만주의자에 무지개나 쫓아다니는 녀석아, 그래 저 아가씨가 네가 원하던 바로 그런 사람이더냐?"

칼라일이 자신에 넘친 미소를 지었다.

"아, 당연하죠." 그가 말했다. "처음 그녀가 제멋대로 살아온 이야기를 듣는 바로 그 순간부터 절대적으로 확신하고 있었습니다. 그래서 어젯밤 베이브에게 봉화를 쏘아 올리라고 한 겁니다."

"네가 그렇다니 나도 기쁘다." 모어랜드 대령이 진지하게 말했다. "우리는 네가 그 낯선 검둥이 여섯 명과 혹 문제라도 있을까 봐 줄곧 아주 가까이에 있었단다. 그리고 너희 두 사람이 그렇게 결합한 모습으로 나타나길 바라고 있었지." 그가 안도의 숨을 내쉬었다. "고집불통을 잡으려면 고집불통을 보내야지!"

"자네 아버지와 나는 밤새 함께 앉아 최선의 결과를 기대하고 있었네. 어쩌면 이게 최악일지도 모르겠군. 자네라면 그 아이도 대환영일 걸세, 이 사람아. 그 아이 때문에 내가 돌 지경이야. 참, 내 사설탐정이 그 미미라는 여자에게서 받은 러시아 팔찌는 그 아이에게 주었나?"

칼라일이 고개를 끄덕였다.

"쉿!" 그가 말했다. "그 사람이 갑판으로 올라오고 있습니다."

승강구 입구에서 나타난 아디타는 무심결에 칼라일의 두 손목을 힐끗 보았다. 그녀의 얼굴에 혼란스러운 표정이 스치고 지나갔다. 뱃고물에서 검둥이들이 노래를 시작했고, 여명과 함께 깨끗해진 서늘한 호수 위로 그들의 낮은 목소리가 잔잔하게 울려 퍼지고 있었다.

"아디타." 칼라일이 불안해하며 말했다.

그녀가 한 걸음 그를 향해 다가섰다.

"아디타." 그가 숨을 죽이며 다시 불렀다. "할 이야기가 있어요. 이건 모두 속임수였소, 아디타. 내 이름은 칼라일이 아니오. 모어랜드, 토비 모어랜드요. 모든 것이 꾸며낸 이야기였소, 아디타. 이 플로리다에서 아무런 근거도 없이 만들어낸 것이었지."

아디타가 그를 뚫어지게 바라보았다. 어리둥절한 놀라움과 의혹, 분노가 그녀의 얼굴 위를 물결치며 빠르게 지나가고 있었다. 세 남자는 숨을 죽였다. 모어랜드 씨가 그녀를 향해 한 걸음 발을 뗐다. 그 기다림의 순간, 파르남 씨의 입이 조금 벌어졌다. 혹 충돌이 있을까 봐 두려움에 젖은 표정이었다.

하지만 충돌은 일어나지 않았다. 아디타의 얼굴이 갑자기 환하게 빛났다. 작은 웃음소리와 함께 그녀는 곧 토비 모어랜드에게 다가가 조금의 분노도 담기지 않은 회색빛 눈으로 그를 올려다보았다.

"맹세할 수 있어요?" 그녀가 조용히 말했다. "이것이 전적으로 당신 머리에서 나온 작품이란 걸?"

"맹세하지." 토비 모어랜드가 열정적으로 대답했다.

그녀는 그의 머리를 끌어당기더니 부드럽게 키스했다.

"정말 뛰어난 상상력이에요!" 그녀가 다정하게, 그리고 거의 부러움에 가까운 어투로 말했다. "난 당신이 내 남은 삶 동안에도 그렇게 열심히 달콤한 거짓말을 해주길 원해요."

검둥이들의 목소리가 졸린 듯 뒤에서 떠다니다 그녀가 전에도 들어본 적 있는 곡조로 어우러졌다.

"시간은 도둑이네.
기쁨과 슬픔은
나뭇잎에 매달리고

나뭇잎은 노랗게 변해 가네."

"그 자루들엔 뭐가 들어 있었어요?" 아디타가 다정하게 물었다.

"플로리다 진흙." 그가 대답했다. "그것이 내가 당신에게 이야기한 두 가지 진실 중 하나요."

"나머지 하나는 알 것 같군요." 그녀가 말했다. 그리고 그 증거로 발뒤꿈치를 들어 그에게 부드럽게 키스했다.

얼음 궁전

햇빛이 물감통에서 넘쳐 나는 황금빛 물감처럼 집 위로 뚝뚝 듣고 있었다. 여기저기 점점이 생긴 그늘은 맹렬히 쏟아져 내리는 빛을 더 강렬하게 느끼게 할 뿐이었다. 나란히 붙은 버터워스와 라킨의 집은 크고 우람한 나무들이 앞에서 가려주었고, 하퍼의 집만이 정면으로 햇빛을 받으며 하루 종일 먼지투성이 길을 마주하고 서서 관대하게 참아내며 견디고 있었다. 이곳은 9월의 어느 오후, 조지아 남쪽 끝 탈턴이란 도시였다.

위층 침실 창가에서 열아홉 살의 샐리 캐롤 하퍼는 오십이 년 된 창문턱에 턱을 받치고는 클락 대로의 고물 포드 자동차가 모퉁이를 돌아오는 것을 보고 있었다. 자동차는 뜨거웠다. 부분 부분 금속으로 된 그 차는 외부에서 흡수하거나 발산되는 모든 열기를 그대로 가둬두고 있었다. 운전대 뒤에 곧게 앉은 클락 대로는 마치 자신을 일개 여유 부품으로, 그것도 곧 고장 날 부품으로 생각하는 사람처럼 상처 입고 괴로운 표정을 짓고 있었다. 차는 땅에 푹 파인 두 개의 골을 힘겹게 넘고 있었다. 마치 그런 장애물을 만난 것에 성질이라도 내는 것처럼 자동차 바퀴가 삐걱거렸다. 그때 무서운 표정으로 결정타를 때리듯 기어를 잡아당긴 그는 차를 하퍼의 집 계단 바로 앞에 댔다. 투덜거리듯 쉭 하고 내뿜는 소리, 가래가 끓는 듯한 그르렁거림, 그리고 짧은 침묵이 뒤따랐다. 그러고 나자 날카로운 휘파람 소리가 공기를 갈랐다.

샐리 캐롤은 졸음에 겨운 얼굴로 아래를 응시했다. 하품이 나오려 했지만 창문턱에서 턱을 떼지 않고서는 하품하는 것이 거의 불가능하다는 것을 알고는 마음을 바꾸었다. 그리고 아무 말 없이 차를 바라보았다. 클락은 자신의 신호에 대한 대답을 기다리며 마지못해서이긴 해도 바른 자세로 잘 앉아 있었다. 잠시 후 다시 한 번 휘파람 소리가 먼지 날리는 대기를 가로질렀다.

"좋은 아침."

클락이 어렵사리 큰 몸을 틀어 창문을 향해 비틀린 눈길을 던졌다.

"아침이 아니지, 샐리 캐롤."

"아니라고? 확실해?"

"뭐해?"

"사과 먹어."

"수영하러 가자. 갈래?"

"그러지 뭐."

"그럼 서둘러."

"알았어."

샐리 캐롤은 크게 한숨을 내쉬고는 지독한 무기력증과 함께 바닥에서 몸을 일으켰다. 그녀는 풋사과를 베어 먹으며 여동생을 위해 종이 인형들을 색칠하는 중이었다. 그녀는 거울로 다가가 만족스럽고 기분 좋은 나른함 속에서 자신의 표정을 살펴보고는 입술에 립스틱을 두 번 문지르고 코에 파우더를 두드린 후 옥수숫빛 단발머리에 장미꽃 무늬가 산만하게 그려진 모자를 썼다. 그러다 그녀는 물감용 물을 발로 차 쓰러뜨리고 말았다. "이런, 젠장!" 그러나 그녀는 그걸 그냥 내버려 둔 채 방을 나섰다.

"잘 지내, 클락?" 잠시 후 민첩하게 차 옆자리에 올라타며 그녀가 물었다.

"아주 잘 지내, 샐리 캐롤."

"수영하러 어디로 가는 거야?"

"월리네 풀로. 메릴린에게 우리가 들러서 걔와 조 유잉을 태워 갈 거라고 해두었어."

클락은 피부가 거무스름했고, 마른 체구여서 일어서면 좀 구부정했다. 그의 눈은 우울하고 늘 성말라 보였지만 종종 미소를 지을 때면 놀랄 만큼 환히 빛나기도 했다. 클락은 '수입'이 있었다. 하지만 그 수입이란 그저 불편 없이 지내고 차에 기름이나 채울 정도였다. 그는 조지아테크 대학을 졸업한 후 이 년 동안 고향의 나른한 거리에서 가진 밑천으로 금방 한몫을 잡으려면 어떻게 투자해야 하는지를 떠들고 돌아다니며 허송세월하고 있었다.

그는 그렇게 빈둥거리는 일을 전혀 힘들다고 느끼지 않았다. 어렸던 여자아이들은 아름답게 성장해 있었고, 눈부시게 아름다운 샐리 캐롤이 그 선두에 있었다. 그들은 즐거이 함께 수영하고 춤을 추었으며 꽃이 만발한 여름날 저녁 사랑을 나누었다. 여자들과 함께 있는 것이 싫증나면 같이 놀 대여섯의 다른 젊은 친구들도 있었다. 그들은 늘 뭔가를 할 생각에 빠져 있었으며, 그사이 기꺼이 클락과 함께 골프를 치며 몇 홀을 돌거나 당구를 쳤고, '독한 노란 술' 한 병을 마셔주었다. 때때로 이들 동년배 중 한 사람이 뉴욕이나 필라델피아, 또는 피츠버그로 가서 일을 한다고 작별 인사를 하러 다닐 때도 있었지만, 대부분 그들은 이 나른한 낙원에 남았다. 이곳엔 몽롱한 하늘과 개똥벌레가 날아다니는 저녁, 그리고 검둥이들의 요란한 거리 축제가 있었다. 게다가 우아하고 감미로운 목소리를 가진 아가씨들, 돈보다 추억을 먹고 자란 그녀들이 있는 곳이었다.

자극을 받자 불안하고 화가 난 생명체처럼 흥분한 포드를 몰고 클락과 샐리 캐롤은 밸리 대로를 덜컹거리며 내려가 제퍼슨 가로 접어들었다. 거기서부터는 흙 길이 포장도로로 바뀌었다. 그들은 대여섯 채의 화려하고 부유해 보이는 저택들이 늘어선 몽환적인 밀리센트 플레이스를 따라가다 시내로 들어갔다. 그곳에서는 운전하는 것이 위험했다. 쇼핑 시간이어서 사람들이 무심하게 어슬렁거리며 길을 건넜고, 평온한 전차 앞으로 낮은 울음소리를 내는 소 떼들을 몰고 지나가기도 했다. 상점들조차 햇빛 속에서 하품하듯 문을 열고 잠깐 동안의 완벽한 혼수상태로 들어서기 직전의 모습처럼 눈을 끔뻑이듯 창문을 올렸다.

"샐리 캐롤." 문득 클락이 말했다. "약혼했다는 거 사실이야?"

그녀가 얼른 그를 쳐다보았다.

"어디서 들었어?"

"정말이야? 약혼한 거야?"

"좋은 질문이군!"

"어떤 여자애가 그러더군, 작년 여름 애슈빌에서 만난 양키와 약혼했다고."

샐리 캐롤이 한숨을 쉬었다.

"이 동네는 소문 한번 빠르지."

"양키와 결혼하지 마, 샐리 캐롤. 우린 네가 여기 있었음 좋겠다."

샐리 캐롤은 잠시 아무 말도 하지 않았다.

"클락." 그녀가 갑자기 물었다. "그럼 도대체 누구와 결혼하지?"

"내가 해줄 수 있어."

"친구야, 넌 아내를 부양하지 못할 거야." 그녀가 쾌활하게 말했다. "어쨌든 난 너와 사랑에 빠지기엔 너를 너무 잘 알아."

"그렇다고 양키와 결혼해야 하는 것은 아니잖아." 그가 고집을 부렸다.

"내가 그 사람을 사랑한다면?"

그가 고개를 저었다.

"그럴 순 없어. 우리와 많이 다른 사람일 테니까, 모든 면에서."

그는 흉하게 덧대어 지은 한 황폐한 집 앞에 차를 세우며 잠시 말을 멈췄다. 메릴린 웨이드와 조 유잉이 현관에 나타났다.

"안녕, 샐리 캐롤."

"안녕!"

"잘 지냈어들?"

그들이 다시 출발하자 메릴린이 물었다. "샐리 캐롤, 너 약혼했어?"

"얘, 도대체 어디서 시작된 거야? 왜 이 동네에선 내가 남자를 그냥 쳐다보기만 해도 날 그 남자와 약혼시키려 드는지 모르겠네."

클락은 시선을 곧장 앞으로 하고 흔들거리는 앞 유리의 볼트 하나를 보고 있었다.

"샐리 캐롤." 그가 진심으로 궁금하다는 듯 물었다. "우리를 좋아하지 않는 거냐?"

"뭐?"

"이곳의 우리들 말이야."

"클락, 내 마음 알잖아. 난 너희 남자애들은 다 좋아해."

"그런데 왜 양키와 약혼을 한 거야?"

"클락, 글쎄, 나도 내가 뭘 하게 될지 모르겠어. 그렇지만 난 세상 구경을 하고 세상 사람들과 만나고 싶어. 내 정신이 성장하길 원해. 뭔가 중요한 일들이 일어나는 곳에 살고 싶은 거야."

"무슨 의미야?"

"아, 클락, 난 널 사랑해. 여기 조도, 벤 애로트도, 너희 모두 다 사랑해. 하지만 너희는, 너희는……."

"우린 모두 별 볼일 없을 거라고?"

"그래. 하지만 돈 문제만을 얘기하는 건 아니야. 뭐랄까, 무력하고 서글프고, 아, 어떻게 말해야 할까?"

"우리가 여기 탈턴에 있기 때문이라는 뜻이야?"

"그래, 클락. 넌 여길 좋아하고, 결코 뭔가를 변화시키거나 생각하거나 진취적이고 싶어 하지 않잖아."

그가 고개를 끄덕였고 그녀는 손을 뻗어 그의 손을 쥐었다.

"클락." 그녀가 부드럽게 말했다. "난 이 세상 그 무엇과도 널 바꾸지 않을 거야. 넌 지금 그대로도 너무나 다정한 사람이야. 널 실패하게 만드는 그 모든 것들, 과거 속에서 밤낮 게으르게 사는 거며 네 모든 무심함과 너그러움, 난 그 모든 것을 항상 사랑할 거야."

"그래도 떠난다는 거잖아?"

"응. 왜냐하면 난 결코 너와 결혼할 수 없을 테니까. 넌 내 마음속에 어느 누구도 넘보지 못했던 자리를 차지하고 있어. 하지만 이곳에 매여 있으면 난 안정을 느끼지 못할 거야. 내 자신을 낭비하고 있다고 느끼게 될 테고. 내게는 두 가지 다른 면이 있어. 네가 사랑하는 오래되고 나른한 면이 있고, 또 한편으로는 활력이 넘치고 뭔가 열정적인 일들을 해보고 싶어 하는 면이 있지. 나의 그런 부분이 어디에선가는 유용할 테고, 내가 더 이상 아름답지 않게 되었을 때도 남아 있게 될 거야."

그녀는 특유의 돌연함과 함께 말을 끊었다가 기분이 바뀌자 한숨을 내쉬며 말했다. "아, 착한 녀석!"

반쯤 눈을 감고 머리를 뒤로 기대어 좌석 등받이에 누인 그녀는 향기로운 바람이 눈을 매만지고 단발머리를 부풀리며 물결치게 하는 것을 즐겼다. 뒤엉켜 자란 연초록 잡목 숲과 풀들이 무성하게 가지를 뻗어 도로 위에 싱그러운 환대를 드리우고 있었고, 그 사이를 빠르게 내달린 그들은 이제 시골로 나와 있었다. 여기저기 검둥이들의 형편없는 오두막을 지나쳤다. 늙어빠진 백발의 집주인이 문가에서 옥수수 곰방대를 피우고 있었고, 헐벗은 검둥이 아이들 대여섯이 무성하게 자란 집 앞의 풀밭에서 누더기 인형들을 늘어놓고 있었다. 저 멀리에는 나른한 목화밭이 펼쳐져 있었다. 일꾼들조차 그곳에서는 태양이 대지에 빌려준 무형의 그림자처럼 보였다. 노동을 하는 것이 아니라 9월의 황금빛 들녘에서 그저 예로부터 전해져 내려오는 전통을 느릿느릿 행하며 시간을 흘려보내는 이들 같았다. 이렇게 나른한 풍경 주위로, 나무들과 오두막들과 탁한 강물 위로, 적의라고는 없이 푸근하기만 한 열기가 마치 대지라는 어린아이를 크고 따뜻한 젖가슴으로 품듯 그렇게 흐르고 있었다.

"샐리 캐롤, 다 왔어."
"불쌍하게도 곤히 잠들었네."
"얘, 결국 게으름에 지쳐 죽은 거니?"
"물이야, 샐리 캐롤! 시원한 물이 널 반긴다!"
그녀가 졸음에 겨운 눈을 떴다.
"안녕!" 그녀가 중얼거리며 미소를 지었다.

II

11월이 되자 해리 벨러미는 북부 도시에서 내려와 이곳에서 나흘을 보냈다. 키가 크고 건장하며 쾌활한 사람이었다. 그가 온 이유는 한여름 노스캐롤라이나 애슈빌에서 샐리 캐롤을 만난 이후 계속 결론을 짓지 못하고 있던 문제에 종지부를 찍기 위해서였다. 그 결정은 어느 조용한 오후 타오르는 모닥불 앞에서 지낸 하룻저녁 만에 이루어졌다. 해리 벨러미는 그녀가 원하는 모든 것을 가지고 있었고 그녀는 그를 사랑했다. 사랑을 위해 특별히 간직하고 있던 그녀 안의 또 다른 그녀가 그를 사랑했다.

마지막 날 오후, 그들은 산책을 했다. 그녀는 그들의 발걸음이 반은 무심결에 그녀가 가장 좋아하는 장소들 중 하나인 묘지로 향하고 있음을 알아차렸다. 기분 좋은 오후의 태양 아래 잿빛이 도는 흰색과 금빛이 나는 녹색의 묘지가 눈앞에 나타나자 그녀는 철문 옆에서 걸음을 멈추고 좀 망설였다.

"해리, 당신은 쉽게 슬퍼지는 타입인가요?" 그녀가 희미하게 미소를 지으며 물었다.

"슬퍼지냐고요? 아닌데요."

"그럼 우리 여기 들어가요. 우울해지는 사람들도 있지만 난 이곳이 좋아요."

그들은 문을 지나 오솔길을 따라갔다. 길은 무덤들이 이루는 굽이굽이 골짜기들 사이로 이어졌다. 1850년대의 무덤들은 먼지투성이 잿빛에 곰팡이가 슬어 있었고, 아취 있는 조각이 새겨진 1870년대 무덤들엔 꽃병과 꽃이 놓여 있었다. 1890년대 무덤들은 돌베개를 베고 잠에 취한 포동포동한 대리석 아기 천사와 믿을 수 없이 커다랗게 피어난 이름 모를 화강암 꽃들 덕분에 화려하긴 했지만 흉물스러웠다. 이따금씩 무릎을 꿇고 꽃을 바치는 이들이 보였지만 대부분의 무덤에서는 침묵과 시든 잎들이 뒹굴며 그들의 덧없는 기억이 산 자의 마음속에 일깨울 수 있는 향기를 뿜어내고 있을 뿐이었다.

언덕 꼭대기에 도착하자 높고 둥근 묘석 하나와 마주 서게 되었다. 습기로 여기저기 얼룩이 져 있었고 웃자란 덩굴로 반쯤 뒤덮여 있었다.

"마저리 리." 그녀가 읽었다. "1844~1873. 좋은 여자였겠죠? 스물아홉에 죽었어요. 마저리 리 양." 그녀가 부드럽게 덧붙였다. "그녀가 보이지 않나요, 해리?"

"보여요, 샐리 캐롤."

그는 작은 손이 그의 손 안으로 들어오는 것을 느꼈다.

"피부가 검었을 것 같아요. 머리엔 항상 리본을 달았어요. 그리고 버팀대가 든 회색빛 푸른색과 잿빛의 핑크색 치마를 입었지요."

"그래요."

"아, 그녀는 상냥했답니다, 해리! 넓고 기둥이 있는 포치에 서서 손님들을 기쁘게 맞는 그런 천성의 여자였어요. 아마도 많은 남자들이 전쟁에 나가면서 꼭 그녀에게 다시 돌아오고 싶어 했을 거예요. 하지만 그들 중 아무도 돌아오지 못했을 수도 있겠죠."

그가 묘석 가까이 몸을 숙이고 혹시 결혼 기록이 있는지 살폈다.

"그 밖에는 아무것도 없군요."

"당연히 없죠. 그냥 '마저리 리'라는 글자와 수많은 것들을 말해 주는 저 숫자들, 그보다 더 나은 게 어떻게 있을 수 있겠어요?"

그녀는 그에게 다가갔다. 그리고 그녀의 금빛 머리칼이 그의 뺨을 스치자 그는 예상치 않게 목에서 무언가 울컥하는 것을 느꼈다.

"그녀가 어땠는지 알겠죠, 해리?"

"알아요." 그가 조용히 동의했다. "당신의 사랑스러운 눈을 보니 알겠어요. 지금 당신은 아름다워요. 그러니 그녀도 분명 그랬을 거예요."

그들은 아무 말 없이 가까이 붙어 서 있었다. 그는 그녀의 어깨가 가늘게 떨리는 것을 느낄 수 있었다. 느릿느릿 다가온 바람이 언덕을 어루만지며 올라와 그녀의 늘어진 모자챙을 흔들었다.

"우리 저리로 내려가요!"

그녀는 언덕 저쪽으로 넓게 펼쳐진 평지를 가리키고 있었다. 그곳에는 초록빛 잔디밭을 따라 수많은 회백색 십자가들이 마치 차곡차곡 쌓인 대부대의 무기들처럼 끝이 보이지 않게 저 멀리까지 질서 정연하게 줄지어 서 있었다.

"남부군 전사자들이에요." 샐리 캐롤이 간단히 말했다.

그들은 그곳을 따라 걸으며 묘비들을 읽었다. 모두 이름과 태어나고 죽은 해의 연도뿐이었다. 때로는 거의 읽을 수가 없는 것들도 있었다.

"마지막 줄이 가장 슬퍼요. 저기 저쪽에요. 저기 있는 십자가들엔 연도뿐이에요. 그리고 '무명용사'라고 써 있죠."

그녀가 그를 바라보았다. 그녀의 눈 가장자리가 눈물로 젖어 있었다.

"당신은 모르겠지만 이 모든 것들이 내겐 얼마나 현실로 다가오는지 몰라요."

"당신의 지금 그 감정이 내겐 아름답게 보여요."

"아니, 아뇨, 아름다운 건 내가 아니라 이들이에요. 내가 내 안에서 살게 하려 노력했던 그들의 그 옛 시간이요. 이들은 그냥 사람, 보시다시피 별로 중요하지 않은 사람들이었어요. 중요했다면 '무명용사'일 리 없었겠죠. 하지만 이들은 세상에서 가장 아름다운 것, 즉 '죽은 남부'를 위해 목숨을 버렸어요. 이해가 되나요." 그녀가 이야기를 계속했다. 목소리는 여전히 잠겨 있고 눈에는 눈물이 글썽거렸다. "사람들은 애착을 가지고 그 꿈에 매달렸고, 나도 그 꿈과 함께 자랐어요. 그건 너무나도 쉬운 일이었어요. 왜냐하면 그 꿈은 모두 죽었고, 내겐 어떤 환멸도 없었으니까요. 나도 어떤 식으로든 과거의 그 노블레스 오블리주라는 가치에 부응하며 살려고 노력해 왔답니다. 이젠 그 가치의 마지막 자취만이 남아 있을 뿐이지만요. 마치 우리를 둘러싸고 있는 죽어가는 오랜 정원의 장미들처럼요. 하지만 옆집에 살던 한 남부군 병사와 몇몇 늙은 검둥이들에게서 들은 이들 병사와 그들에 대한 이야기에는 낯선 기품과 기사도의 느낌이 있어요. 아, 해리, 정말 무언가가, 알 수 없는 무언가가 있어요! 결코 당신을 이해시킬 수는 없겠지만, 정말 무언가 있다고요."

"이해해요." 그가 다시 조용히 그녀를 안심시켰다.

샐리 캐롤은 미소를 지으며 그의 가슴 주머니에 꽂혀 있는 손수건 끝으로 눈물을 닦았다.

"우울하지 않죠, 내 사랑? 나는 울 때조차 이곳에서는 행복해요. 여기서 힘 같은 것을 얻게 되죠."

그들은 서로의 손을 잡고 돌아선 후 천천히 걸어 그곳을 떠났다. 부드러운 풀밭을 발견한 그녀는 그를 끌어당겨 자신의 옆에 앉게 했다. 그들은 부서지고 남은 나지막한 담장에 등을 기대었다.

"저 늙은 여자들 셋이 그만 가주면 좋으련만." 그가 투덜거렸다. "당신에게 키스하고 싶어요, 샐리 캐롤."

"나도요."

그들은 참을성 있게 기다렸다. 마침내 허리를 굽히고 있던 세 사람이 일어나 가고 나자 그녀는 하늘이 아득히 멀어지고 그녀의 미소와 눈물이 영원히 계속되는 시간의 황홀경 속에 사라질 때까지 그와 입을 맞추었다.

그리고 그들은 천천히 함께 걸어 돌아갔다. 거리 모퉁이 여기저기에는 하루의 끝에 졸음에 겨운 땅거미가 흑백의 체커 게임을 하고 있었다.

"1월 중순쯤 올라와요." 그가 말했다. "오면 최소한 한 달은 머물러야 해요. 근사할 거야. 겨울 카니발도 있을 거고. 그리고 정말로 한 번도 눈을 본 적이 없다면 당신에겐 동화의 나라 같을 거예요. 스케이트와 스키도 타고 터보건과 썰매도 탑시다. 설상화를 신고 횃불을 드는 온갖 퍼레이드도 있을 거예요. 몇 년간 한 번도 하지 않았으니 이번엔 정말 굉장하게 할 겁니다."

"추울까요, 해리?" 그녀가 문득 물었다.

"춥진 않을 거예요. 코가 좀 시리겠지만 몸이 떨릴 정도로 춥진 않아요. 춥긴 해도 건조해서요."

"난 여름 체질인 것 같아요. 지금껏 경험한 추위들이 다 싫거든요."

그녀가 말을 멈췄고, 두 사람 모두 잠시 말이 없었다.

"샐리 캐롤." 그가 아주 천천히 말했다. "어떨까요…… 3월이면?"

"당신을 사랑해요."

"3월?"

"3월에요, 해리."

III

침대 열차에서의 밤은 몹시 추웠다. 그녀는 벨을 울려 승무원에게 이불을 더 부탁했지만 얻을 수 없었다. 그녀는 침대 바닥으로 웅크리고 들어가 시트와 이불을 이중으로 덮으며 몇 시간이라도 잠을 청해 보려 했지만——아침에 멋진 모습을 보이고 싶었다.——허사였다.

6시에 일어난 그녀는 불편해하며 옷을 꿰입고는 커피 한 잔을 마시기 위해 비틀거리며 식당 칸으로 향했다. 눈이 열차 연결 통로로 스며 들어와 뒤덮여 있어서 바닥이 미끄러웠다. 그녀에겐 이 추위가 매우 흥미로웠다. 추위는 어디에나 스멀스멀 기어 들어왔다. 입김이 선명히 보였다. 그녀는 천진난만하게 즐거워하며 후 하고 입김을 불었다. 식당차에 앉은 그녀는 창밖으로 하얀 산과 계곡과 점점이 흩어진 소나무들을 바라보았다. 소나무의 가지들은 모두 눈이라는 차가운 성찬을 담은 초록 접시였다. 가끔씩 외로운 농가 하나가 휙 하고 스쳐 지나가곤 했다. 황량하고 하얀 들판 위에 외롭게 서 있는 흉하고 처량한 집들이었다. 그런 집을 볼 때마다 곧 그녀는 그곳에 갇혀 봄을 기다리고 있을 영혼들에게 서늘한 동정심을 느끼곤 했다.

식당차를 떠나 흔들리며 침대차로 돌아오면서 그녀는 불현듯 활력이 솟아나는 것을 느끼고는 이것이 해리가 말하던 기운을 돋우는 상쾌한 공기를 느끼는 것이 아닐까 생각했다. 여기는 북부다, 북부. 그리고 이제 그녀의 땅이다.

"그리고 불어라, 바람아, 아아!
나는 방랑을 떠나리라."

그녀가 기쁨에 넘쳐 큰 소리로 외쳤다.
"무슨 일입니까?" 승무원이 정중하게 물었다.

"'날 신경 쓰지 마세요.'라고 했답니다."

전신주의 긴 선들이 두 배로 늘어났다. 기차 옆을 달리던 두 개의 선로도 세 개로, 또 네 개로 증가했다. 하얀 지붕을 인 집들이 줄줄이 늘어서기 시작했고, 차창에 성에가 낀 전차가 얼핏 보였다. 그리고 거리들, 더 많은 거리들.——도시였다.

그녀는 얼어붙은 기차역에서 잠시 멍하게 서 있다가 모피로 무장을 하고 그녀를 향해 내려오는 세 사람을 보았다.

"저기 있군!"

"아, 샐리 캐롤!"

샐리 캐롤은 가방을 내려놓았다.

"안녕!"

어렴풋이 낯익고 얼음처럼 차가운 얼굴이 그녀에게 키스했다. 그리고 곧 그녀는 한 무리의 얼굴들 속에 있게 되었다. 모두 짙고 거대한 연기 구름을 내뿜고 있었다. 그녀는 악수를 나누었다. 그중 고든이라는 사람이 있었다. 그는 키가 작고 열성적인 서른 살의 남자로, 해리의 아마추어 희극 버전처럼 보였다. 그리고 그의 아내 마이라도 있었는데, 생기 없어 보이는 여인으로 황갈색의 머리 위에 자동차용 모자를 쓰고 있었다. 그녀를 보자마자 샐리 캐롤은 마이라가 어느 정도 스칸디나비아인의 피가 섞인 사람일 거라 생각했다. 쾌활한 운전기사가 그녀의 가방을 들어주었다. 그리고 반 토막 문장과 감탄사들, 마이라가 형식적으로 무심하게 내뱉는 "사랑하는 친구들." 이 난무하는 가운데 그들은 서로를 끌며 역에서 빠져나왔다.

그들은 세단을 타고 굽이굽이 이어지는 눈 오는 거리를 지났다. 거리에는 십여 명의 사내아이들이 식료품 마차와 자동차 뒤에 썰매를 매달아 타고 있었다.

"어머!" 샐리 캐롤이 소리쳤다. "나도 저거 하고 싶어요! 할 수 있나요, 해리?"

"어린아이들이나 하는 건데. 그래도 할 수는 있겠지……."

"아주 재미있어 보여요!" 그녀가 아쉬워하며 말했다.

그의 집은 하얗게 쌓인 눈 위로 길게 뻗어 있는 목조 주택이었다. 그곳에서 그녀는 덩치가 큰 백발의 남자를 만났다. 그녀는 그가 마음에 들었다. 그리고 그녀에게 키스를 해준 달걀 같은 여인도 있었는데, 그들이 해리의 부모님이었다. 숨을 죽이고 보낸 형언하기 힘든 시간이 지났다. 얼버무린 말들과 뜨거운 물, 베이컨과 달걀, 그리고 당황스러움으로 가득했던 순간들이었다. 그리고 마침내 서재에 해리와 단둘이 있게 되자 그녀는 그에게 담배를 피워도 되는지 물었다.

서재는 벽난로 위에 성모상이 놓여 있는 커다란 방이었다. 연한 황금색과 짙은 황금색, 그리고 윤이 나는 붉은색 표지의 책들이 빽빽이 줄지어 꽂혀 있었다. 의자들은 모두 머리가 닿는 자리에 작은 사각형 레이스가 덮여 있었고, 소파는 아주 편안했으며 책들 일부는 이미 누군가 읽은 것처럼 보였다. 샐리 캐롤은 곧 그녀의 집에 있는 낡고 오래된 서재를 떠올렸다. 그곳에는 엄청나게 많은 아버지의 의학 서적들과 세 종조부의 유화들, 그리고 사십오 년 동안 수선하고 또 수선했지만 여전히 너무나 안락해서 앉아서 꿈꾸기에 좋은 오래된 소파 등이 있었다. 이 방은 그녀에게 그다지 매력적이지도 않았고, 그렇다고 특별히 그렇지 않다는 느낌도 없었다. 십오 년 정도밖에 되어 보이지 않는 상당히 비싼 물건들로 가득한 그냥 하나의 방일 뿐이었다.

"여기 북부가 어때?" 해리가 흥분하여 물었다. "놀라웠어?

당신이 기대했던 것과 같아?"

"내가 기대했던 건 당신이에요, 해리." 그녀가 조용히 말하며 그에게 팔을 뻗었다.

하지만 짧은 키스 후에도 그는 그녀에게서 애써 흥미를 끌어내려 안달이 난 것 같았다.

"이 도시가 어떠냐는 뜻이야. 마음에 들어? 공기에서 활기가 느껴져?"

"아, 해리." 그녀가 웃었다. "시간을 좀 줘요. 그렇게 자꾸 질문만 던지면 어떡해요?"

그녀는 만족스러운 한숨과 함께 담배를 피웠다.

"한 가지 당신에게 부탁하고 싶은 게 있어." 그가 다소 미안해하며 입을 열었다. "당신 같은 남부 사람들은 가족이며 그런 것에 상당한 의미를 두지. 그건 물론 좋은 일이야. 하지만 여기에선 좀 다르다는 걸 알게 될 거야. 내 말은, 처음에는 당신에게 좀 천박하다고 비쳐지는 그런 것들이 많을 거란 뜻이야, 샐리 캐롤. 하지만 기억해 줘, 이곳은 세 세대만이 함께 사는 도시라는 걸. 모두 아버지가 있고, 우리 중 절반은 할아버지도 있어. 하지만 우리는 그 이상으로는 거슬러 올라가지 않아."

"그럼요." 그녀가 중얼거렸다.

"우리 할아버지들이 이곳을 건설했고, 그러는 동안 많은 사람들이 상당히 별스러운 일들을 담당해야 했지. 예를 들면, 지금 이 도시에서 사회적인 귀감이 되는 여성이 있는데, 그녀의 할아버지는 이곳 최초의 환경미화원이었어. 뭐 그런 식이지."

"어머나." 샐리 캐롤이 당황해서 말했다. "내가 사람들에 대해 비판적인 지적을 할 거라고 생각한 거예요?"

"그건 아니야." 해리가 말했다. "그리고 난 그것에 대해 변명 같은 걸 할 생각도 없어. 단지, 글쎄, 지난여름에 남부에서 어떤 아가씨가 이곳에 와서는 좀 유감스러운 말들을 했었거든. 그래서 그냥 당신에게 얘기해 줘야겠다고 생각했지."

샐리는 갑자기 분노를 느꼈다. 마치 부당하게 매를 맞은 것 같았다. 하지만 해리는 분명 이 화제가 마무리되었다고 생각하는 것 같았다. 그는 대단한 열정으로 이야기를 이어 나가고 있었다.

"이제 축제 기간이야. 십 년 만에 처음이지. 지금 얼음 궁전을 짓고 있는데 그것도 1885년 이후 처음이고. 가장 깨끗한 얼음덩어리를 찾아내어 만든다는데 굉장한 규모야."

그녀는 자리에서 일어나 창가로 걸어가 무거운 터키산 커튼을 젖히고 밖을 내다보았다.

"아!" 그녀가 문득 말했다. "저기 어린 사내아이 둘이서 눈사람을 만들고 있네요. 해리, 내가 나가서 도와줘도 괜찮을까요?"

"그렇게는 안될걸! 이리 와서 키스해 줘."

그녀는 마지못해 창가를 떠났다.

"그다지 키스할 만한 분위기는 아닌 것 같은데, 그렇지 않아요? 내 말은, 가만히 앉아 있고 싶은 분위기가 아니란 뜻이에요, 안 그래요?"

"가만히 앉아 있지 않을 거야. 당신이 여기 있는 첫 주 동안은 나도 휴가를 얻었어. 그리고 오늘 저녁엔 댄스파티가 있어."

"오, 해리." 그녀는 기운이 빠져 반은 그의 무릎에, 반은 쿠션들 위에 주저앉으며 속마음을 털어놓았다. "난 정말 혼란스러워요. 내가 그 파티를 좋아할지 어떨지 전혀 모르겠어요. 그리고 어떤 사람들 혹은 어떤 것들을 기대해야 할지도 모르겠고요. 당신이 뭐라고 말 좀 해줘요."

"그러지." 그가 다정하게 말했다. "만일 당신이 여기에 와서 기쁘다는 말만 해준다면."

"기쁘죠, 그럼요, 너무 기뻐요." 그녀가 그녀만의 방식으로 살며시 그의 팔에 안기며 속삭였다. "당신이 있는 곳이 내 집이에요, 해리."

이 말을 하면서 그녀는 거의 태어나서 처음으로 자신이 연기를 하고 있다는 느낌을 받았다.

그날 밤, 저녁 파티의 일렁이는 촛불들 가운데서 이야기의 대부분은 남자들이 하고, 여자들은 거만하고 비싸 보이는 냉정함 속에 가만히 앉아 있었다. 왼쪽에 해리가 있음에도 불구하고 그녀는 집이라는 편안함을 느낄 수 없었다.

"다들 잘생겼지, 그렇게 생각 안 해?" 그가 물었다. "그냥 둘러봐. 저기 스퍼드 허버드가 있군. 작년에 프린스턴 미식축구 팀의 태클이었어. 그리고 주니 모턴, 그와 그 옆의 빨간 머리는 둘 다 예일 하키 팀 주장이야. 주니와 나는 같은 학년이었어. 세계에서 가장 뛰어난 스포츠 선수들은 다 이 근처 주(州)에서 나왔지. 여긴 남자들의 나라야. 존 J. 피시번을 봐!"

"그가 누군데요?" 그를 알지 못했던 샐리 캐롤이 물었다.

"몰라?"

"이름은 들어봤어요."

"서북부에서 가장 큰 밀 생산자야, 전국에서 가장 큰 금융업자 중 한 사람이기도 하고."

갑자기 오른쪽에서 목소리가 들려오자 그녀는 소리가 나는 쪽으로 고개를 돌렸다.

"우리를 소개하는 걸 잊은 모양입니다. 저는 로저 패튼이라고 합니다."

"전 샐리 캐롤 하퍼예요." 그녀가 우아하게 말했다.

"네, 압니다. 해리가 오신다는 이야기를 하더군요."

"친척이세요?"

"아닙니다. 전 교수입니다."

"어머." 그녀가 웃었다.

"대학에 있습니다. 남부에서 오셨다지요?"

"네. 조지아의 탈턴에서요."

그녀는 보는 즉시 그가 마음에 들었다. 붉은 갈색 콧수염 위의 촉촉하고 푸른 눈은 다른 사람의 눈에서는 볼 수 없는, 무언가 사람을 존중하는 기질 같은 것을 담고 있었다. 그들은 그날 저녁 식사 동안 드문드문 말을 주고받았고, 그녀는 그를 다시 만나야겠다고 마음먹었다.

커피를 마신 후 그녀는 여러 잘생긴 젊은이들에게 소개되었다. 그들은 의식적으로 정교하게 춤을 추었고, 으레 그녀가 해리에 대해서 말고는 이야기하고 싶은 화제가 없다고 단정 지었다.

"맙소사!" 그녀는 생각했다. "내가 약혼을 했다고 자기들보다 더 나이 들어버린 것처럼 이야기하는군. 내가 자기들 어머니에게 그들에 대한 이야기라도 할 것처럼 말이야."

남부에서는 약혼한 여자도, 그리고 젊은 유부녀들까지도 사교계의 어린 아가씨들이 받는 만큼의 애정 어린 농담과 찬사를 기대한다. 하지만 이곳에서는 그 모든 것들이 다 금지된 것 같았다. 한 청년은 샐리 캐롤의 눈에 대해 이야기를 시작한 후, 그녀가 이 방에 들어선 후로 그녀의 눈에 그가 얼마나 매혹되었는지를 말하다가 그녀가 벨러미 가족의 방문객이자 해리의 약혼녀라는 것을 알고는 갑작스럽게 당황스러워했다. 그는 마치 자신이 외설적인 행동이나 용서받을 수 없는 실수라도 저지른 것처럼 느끼는 것 같았고, 즉시 정중해지더니 기회가 되자 곧 가버렸다.

그녀는 로저 패튼이 춤의 파트너로 끼어들어 잠시 밖에 나가 앉자고 했을 때 오히려 반가웠다.

"자." 그가 쾌활하게 눈을 깜박이며 물었다. "남부에서 오신 카르멘은 어떠신가요?"

"아주 좋아요. 위험한 댄 맥그루[3]는 어떠세요? 미안해요, 하지만 그가 그래도 내가 좀 아는 유일한 북부 사람이랍니다."

그는 재미있어하는 것 같았다.

"물론" 그가 고백했다. "문학 교수로서의 나는 『위험한 댄 맥그루』는 읽지 말아야 하죠."

"당신은 여기 출신인가요?"

"아뇨, 필라델피아 사람입니다. 하버드에서 불어를 가르치러 이곳으로 왔죠. 하지만 여기 온 지 벌써 십 년째입니다."

"구 년 삼백육십사 일 저보다 더 오래 계셨네요."

"이곳이 마음에 드세요?"

"네. 물론이지요!"

"정말인가요?"

"글쎄요, 좋지 않을 리가 없죠. 내가 즐겁게 지내는 것처럼 보이지 않나요?"

"조금 전 창밖을 바라보고 있는 모습을 보았습니다, 떨면서 말이죠."

"그냥 내 상상력 때문이에요." 샐리 캐롤이 웃음을 지었다.

"난 창밖의 모든 것이 조용한 것에 익숙해 있죠. 그런데 가끔씩 이곳의 창밖을 내다보면 눈발이 날리는 게 보이고, 나는 그게 마치 죽은 무언가가 움직이는 것만 같아요."

그가 그렇다는 듯이 고개를 끄덕였다.

"전에 북부에 와본 일이 있습니까?"

"두 번 정도 노스캐롤라이나 애슈빌에서 7월을 보낸 적이 있어요."

"다들 잘생겼어요, 그렇지 않아요?" 그가 사람들이 춤을 추며 빙글빙글 돌고 있는 댄스 플로어를 가리키며 말했다.

샐리 캐롤이 움찔했다. 그건 해리도 했던 말이었다.

"정말 그래요. 저 사람들은……갯과(犬科)예요."

"네?"

그녀가 얼굴을 붉혔다.

"미안해요. 제 말뜻보다 흉하게 들렸나 보군요. 나는 항상 사람들을 성별에 상관없이 갯과와 고양잇과로 나누거든요."

"당신은 어느 쪽인가요?"

"난 고양잇과예요. 당신도요. 그리고 남부 남자 대부분과 이곳의 여자들 대부분도 그래요."

"해리는요?"

"해리는 분명히 갯과예요. 오늘 밤 만난 남자들은 모두 갯과인 것 같아요."

"'갯과'라는 게 무엇을 의미하는 겁니까? 섬세함에 대립되는 어떤 의식적인 남성성?"

"그런 것 같아요. 한 번도 분석해 보진 않았어요. 그저 사람들을 보고 그 자리에서 '갯과'다 또는 '고양잇과'다 하고 말하죠. 정말 터무니없긴 해요, 내가 생각해도."

"전혀 그렇지 않아요. 흥미롭습니다. 나도 이쪽 사람들에 대한 지론이 하나 있죠. 내 생각에 이들은 점점 얼어붙고 있습니다."

"네?"

"나는 이들이 점점 스웨덴 사람들이나 입센처럼 변해 가고 있다는 생각이 들어요. 아주 점진적으로 조금씩 침울하고 우울해지는 거죠. 그게 다 이 긴긴 겨울 때문이에요. 입센의 작품을 읽어봤습니까?"

그녀가 고개를 저었다.

"당신도 보면 그의 인물들에서 어떤 음침한 엄격함을 발견할 수 있을 겁니다. 그 인물들은 대개 강직하고 편협하며 생기가 없죠. 커다란 슬픔이나 기쁨에 대한 무한한 가능성이 배제되어 있어요."

"미소도 눈물도 없다고요?"

"바로 그래요. 그게 내 이론입니다. 이 지방엔 수천 명의 스웨덴 사람들이 살고 있어요. 내 생각에 그들이 여기로 온 것은 기후가 그들의 기질과 아주 비슷하기 때문인 것 같아요. 그 후엔 시간이 흐르면서 조금씩 섞여서 아마도 오늘 밤 여기 있는 사람들 중에는 대여섯도 되지 않을 겁니다. 하지만 스웨덴인 주지사는 네 명이나 있었지요. 내 얘기가 지루합니까?"

"아주 흥미로워요."

"당신 동서가 될 사람도 반은 스웨덴계입니다. 개인적으로는 나도 그녀를 좋아하지만, 내 이론은 스웨덴인들이 우리를 대하는 태도가 전반적으로 별로 긍정적이지 않다는 겁니다. 아시겠지만 스칸디나비아 사람들의 자살률은 세계에서 제일 높지요."

"그렇게 우울한데 왜 여기서 사시죠?"

"아, 저는 영향을 받지 않습니다. 저는 상당히 담을 쌓고 사는 편입니다. 제겐 어쨌든 사람보다는 책이 더 의미 있으니까요."

"하지만 작가들은 모두 남부의 비극에 대해 이야기하잖아요. 흔히 말하는 스페인의 세뇨리타, 검은 머리와 단검, 잊히지 않는 음악 등등 말이에요."

그가 고개를 흔들었다.

"아뇨, 북부 사람들이야말로 비극적인 종자들이지요. 그들은 눈물이라는 기운을 돋우는 호사로움에 결코 빠져들지 않습니다."

샐리 캐롤은 그녀의 묘지를 생각했다. 그녀는 그 말이 자신이 묘지 때문에 우울해지지 않는다고 말했을 때 그녀가 막연히 뜻하고자 했던 것과 같다는 생각이 들었다.

"이탈리아인이 세상에서 가장 즐거운 사람들일 겁니다. 그런데 이거 참 재미없는 주제군요." 그가 말을 멈췄다. "어쨌든, 나는 당신에게 당신이 아주 괜찮은 남자와 결혼한다는 이야기를 하는 겁니다."

샐리 캐롤은 마음에 확신을 얻었다.

"알아요. 나는 어떤 시기가 지나면 누군가 나를 돌봐 주기를 바라는 사람이에요. 그리고 그 보살핌을 분명 받을 거라 느낀답니다."

"춤출까요?" 그들이 일어서자 그가 말을 이었다. "자신이 결혼하는 이유를 아는 여자를 발견하다니 매우 고무적인 일입니다. 여자들 열에 아홉은 결혼을 영화 속 노을로 걸어 들어가는 것처럼 생각하지요."

그녀가 웃음을 터뜨렸다. 그가 너무나 마음에 들었다.

두 시간 후 집으로 돌아가는 길에 그녀는 뒷자리의 해리 옆에 가까이 앉았다.

"아, 해리." 그녀가 속삭였다. "너무 추워요."

"여기 안은 따뜻하잖아."

"하지만 밖은 추워요. 아, 저 울부짖는 바람!"

그녀는 그의 모피 코트에 깊이 얼굴을 파묻었다. 그리고 그의 차가운 입술이 그녀의 귀 끝에 입을 맞추자 저도 모르게 몸을 떨었다.

IV

그녀의 첫 주는 정신없이 지나갔다. 그녀는 약속 받았던 대로 자동차 뒤에 매달린 터보건 썰매를 타고 차가운 1월의 여명 속을 달렸다. 모피로 온몸을 감싸고 컨트리클럽 언덕에서 아침 터보건을 탔던 것이다. 스키도 탔다. 그녀는 대기를 가르고 달리며 유쾌한 시간을 보낸 후 부드러운 눈밭에 발이 엉켜 웃음을 가득 머금고 내려왔다. 창백한 금빛 햇살 아래 번쩍이는 들판에서 설피를 신고 지낸 어느 하루 오후는 별로였지만 그녀는 모든 겨울스포츠들이 좋았다. 그러나 그녀는 이런 것들이 모두 어린아이들만 하는 것이고, 그때는 그가 그냥 자신의 기분을 맞춰주기 위해 해준 것이었음을, 그리고 그녀 주변의 즐거움도 그저 그 즐거움의 반향에 지나지 않았음을 곧 깨달았다.

그녀는 처음에는 벨러미 가족들이 당황스러웠다. 남자들은 믿음이 갔고 마음에 들었다. 특히 은발에 활기찬 품위를 지닌 벨러미 씨가 남부 켄터키에서 태어났다는 것을 아는 즉시 그에게 호감이 생겼다. 그 사실로 인해 그는 그녀의 옛 생활과 새로운 생활의 연결 고리가 되었다. 하지만 여자들에 대해서는 분명한 적대감을 느꼈다. 미래의 동서인 마이라는 아무런 열의도 없는 인습의 정수처럼 보였다. 마이라의 대화에서는 개성이라고는 조금도 찾아볼 수 없었고, 여자에게도 어느 정도는 매력과 확신이 있어야 한다고 생각하는 지방 출신인 샐리 캐롤로서는 그녀가 경멸스럽게 느껴졌.

그녀는 생각했다. "만일 아름답지도 않다면, 저 여자들은 정말 아무것도 아닐 거야. 바라보면 그냥 퇴색해서 사라져버리는 사람들이지. 근사하게 꾸민 가정부일 뿐이라고. 남녀가 함께 있는 모임에서도 항상 남자가 그 중심이니까."

마지막으로 벨러미 부인으로 말하자면, 샐리 캐롤은 그녀가 싫었다. 달걀 같다는 첫날의 인상이 맞았다. 달걀, 그것도 금이 간 달걀이었다. 핏대 선 목소리며 결코 우아하지 못한 뚱한 몸짓을 가진 그녀는 한번 넘어지면 완전히 깨져서 스크램블드에그가 되고 말 것 같다는 느낌을 줬다. 게다가 벨러미 부인은 낯선 사람들에게 생태적으로 적대적이라는 점에서 그 도시의 전형인 것 같았다. 그녀는 샐리 캐롤을 '샐리'라고 부르며 두 개의 이름은 지루하고 우스꽝스러운 별명에 지나지 않는다는 생각을 고집했다. 샐리 캐롤로서는 자신의 이름을 그렇게 줄여 부르는 일은 옷을 반만 걸치고 대중 앞에 나서는 것과 같았다. 그녀는 '샐리 캐롤'을 사랑했다. '샐리'는 싫었다. 그녀는 해리의 엄마가 자신의 단발머리도 못마땅해한다는 것도 알았다. 그리고 첫날 벨러미 부인이 서재로 들어가 거칠게 쿵쿵거리며 냄새를 맡은 후로는 감히 아래층에서 담배를 피우는 일도 결코 하지 않았다.

그녀가 만나본 모든 남자들 중 그녀는 로저 패튼이 가장 마음에 들었고, 그는 그 집을 자주 방문했다. 그는 그곳 주민들의 입센적인 경향에 대해 다시는 언급하지 않았지만, 그가 찾아온 어느 날 그녀가 소파에 몸을 웅크리고 앉아 『페르귄트』[4]에 열중하고 있는 모습을 보더니 웃음을 터뜨리며 자신이 한 말은 잊어버리라고, 모두 실없는 소리라고 말했다.

둘째 주의 어느 날 오후, 그녀와 해리는 위험할 만큼 심한 말다툼의 언저리를 맴돌고 있었다. 그녀는 그가 이 말다툼을 촉발한 것이라 생각했다. 이 경우엔 그 세르비아인[5]의 역할을 바지를 다려 입지 않은 이름 모를 남자가 담당했지만.

그들은 높게 쌓인 눈 둔덕 사이를 지나 집으로 가는 길이었다. 해가 떠 있었지만 샐리 캐롤은 그 사실을 거의 인식하지 못하고 있었다. 그들은 회색 털옷을 입은 곰 인형 같은 작은 여자아이를 지나쳤고, 샐리 캐롤은 모성애에서 나오는 탄성을 참지 못했다.

"저것 봐요, 해리!"

"뭐?"

"저 여자아이요. 저 아이 얼굴 봤어요?"

"응, 왜?"

"작은 딸기처럼 빨갰어요. 정말 귀여웠는데!"

"당신 얼굴도 벌써 거의 그만큼 빨간걸! 여기 사람들은 누구든 건강해. 우리는 걸을 수 있는 만큼만 크면 다 추워도 밖으로 나오거든. 정말 멋진 기후야!"

그녀는 그를 바라보고는 그 말에 동의할 수밖에 없었다. 그는 정말이지 너무나 건강해 보였다. 그의 형도 마찬가지였다. 그리고 그녀는 바로 그날 아침 자신의 뺨에 전에 없던 붉은 기가 생겼다고 느끼기도 했다.

그때 문득 시선을 사로잡는 것이 있었다. 그들은 앞의 거리 모퉁이를 한참 동안 바라보았다. 한 남자가 거기 서 있었는데, 그는 차가운 하늘을 향해 금방이라도 뛰어오를 것처럼 긴장된 시선을 위로 향하고 있었다. 하지만 다음 순간 두 사람은 모두 큰 소리로 웃음을 터뜨렸다. 가까이 다가가자 그것이 남자의 바지가 너무 헐렁하여 생긴 우스꽝스러운 일시적 착시 현상이었다는 것을 알게 되었던 것이다.

"우리 지방 사람인가 보네." 그녀가 웃었다.

"분명히 남부 사람이야, 바지를 보면 알아." 해리가 장난스럽게 말했다.

"어머나, 해리!"

그녀의 놀란 표정이 그를 거슬리게 한 것이 분명했다.

"빌어먹을 남부 놈들!"

샐리 캐롤의 눈이 순간 번쩍였다.

"그렇게 부르지 말아요!"

"미안해." 해리가 사과를 했지만 악의가 담겨 있었다. "하지만 내가 저들을 어떻게 생각하는지 알잖아. 저들은 일종의, 일종의 타락한 사람들이야. 전혀 옛날 남부 사람들 같지 않다고. 그 아래에서 너무 많은 유색인종들과 오랫동안 같이 살다 보니 게을러지고 무기력해졌어."

"말조심해요, 해리!" 그녀가 화가 나서 소리쳤다. "그렇지 않아요! 그 사람들이 혹시 게으를지도 모르죠. 하지만 그런 기후 속에 있으면 누구라도 그럴 거예요. 그래도 그들은 내 소중한 친구들이에요. 그러니 그렇게 싸잡아서 비난하는 소리는 듣고 싶지 않다고요. 그들 중에도 세계에서 가장 멋진 남자들이 있으니까요."

"아, 나도 알아. 북부로 대학을 오는 사람들은 괜찮더군. 하지만 내가 지금껏 보아온 모든 비굴하고 촌스럽게 옷을 입는 게으른 녀석들 중에서도 작은 마을에 사는 남부 인간들이 가장 최악이야!"

샐리 캐롤은 장갑 낀 자신의 손을 꽉 쥐며 격렬하게 입술을 깨물었다.

"예일 대학 시절 우리 학년에도 한 친구가 있었지. 우리 모두는 마침내 진정한 남부 귀족의 전형을 찾았다고 생각했지만 알고 보니 전혀 귀족이 아니었어. 한몫 볼까 하고 북부에서 남부로 내려가 모빌 근처 목화밭 대부분을 소유한 인간의 아들이더군."

"남부 사람이라면 당신이 지금 얘기하는 방식으로는 얘기하지 않았을 거예요." 그녀가 공정하게 말했다.

"그 사람들은 활력이 없어!"

"아니면 다른 게 있겠죠."

"미안해, 샐리 캐롤. 하지만 내가 듣기론 당신도 당신 입으로 절대로 그들과는 결혼하지 않겠다고……."

"그건 아주 다른 얘기예요. 난 탈턴에 있는 남자애들 중에는 누구와도 내 인생을 결합시키고 싶지 않다고 말했었죠. 하지만 절대로 그렇게 싸잡아서 모두를 일반화하지는 않았어요."

그들은 말없이 함께 걸었다.

"내가 아마 좀 과장을 한 것 같군, 샐리 캐롤. 미안해."

그녀는 고개를 끄덕였지만 대답을 하진 않았다. 오 분 후 그들이 현관에 들어섰을 때 그녀는 갑자기 팔을 뻗어 그를 껴안았다.

"아, 해리." 그녀가 말했다. 눈에 눈물이 그렁그렁했다. "우리 다음 주에 결혼해요. 난 이렇게 언쟁을 하는 것이 두려워요. 난 두려워요, 해리. 우리가 결혼을 하면 그러지 않을 거예요."

그렇지만 해리는 자신이 잘못을 했음에도 여전히 화가 나 있었다.

"그건 바보 같은 짓이야. 3월로 결정했었잖아."

샐리 캐롤의 눈에 맺혔던 눈물이 사라지고 그녀의 표정이 조금 굳어졌다.

"잘 알았어요. 그런 말을 하지 말았어야 했군요."

해리의 마음이 누그러졌다.

"귀여운 내 사랑!" 그가 말했다. "이리 와서 내게 키스해 줘. 그리고 잊어버리자."

바로 그날 밤 보드빌 공연 마지막 부분에 오케스트라가 「딕시」를 연주했다. 샐리 캐롤은 그녀 안에서 그날 오후 그녀의 눈물과 미소보다 더 강하고 더 영속적인 무언가가 가득 차오르는 것을 느꼈다. 그녀는 의자의 팔걸이를 꽉 잡고 몸을 앞으로 기울이다 마침내 얼굴이 새빨개졌다.

"감동받은 거야?" 해리가 속삭였다.

그러나 그녀는 그의 목소리가 들리지 않았다. 바이올린의 생동감 넘치는 진동과 케틀드럼의 가슴 설레는 비트에 그녀의 오랜 영혼들이 줄지어 그녀 곁을 지나 어둠 속으로 들어갔다. 그리고 피페들[6] 소리가 높고 낮게 울려 퍼지며 나지막한 앙코르 소리가 들렸을 때는 거의 눈앞에서 사라져서 안녕 하고 손을 흔들어야 할 것 같았다.

"저 멀리, 저 멀리,
저 멀리 남쪽 딕시로 내려가네!
저 멀리, 저 멀리,
저 멀리 남쪽 딕시로 내려가네!"

V

유난히 추운 밤이었다. 전날만 해도 갑자기 날이 풀려서 거리의 눈들이 거의 사라졌었는데 다시 눈발이 흩날리며 가루 유령처럼 거리를 오가고 있었다. 눈은 바람의 발치에서 흔들리며 돌아다니다 대기 아랫부분을 고운 입자의 안개로 가득 채웠다. 하늘은 없었다. 오직 어둡고 불길한 장막만이 거리 위를 뒤덮고 있을 뿐이었다. 그것은 성큼성큼 다가오고 있는 거대한 눈송이 대군이었다. 그 모든 것들 위로 갈색과 녹색 불빛이 빛나는 창문들에서 새어 나오는 안락함을 차갑게 식히고, 썰매를 끄는 말의 규칙적인 말발굽 소리를 지우며 북풍이 끝없이 끝없이 밀려왔다. 여긴 결국 우울한 곳이었어, 그녀는 생각했다. 우울한 곳.

때때로 밤이면 마치 아무도 살지 않는 것처럼 느껴졌다. 사람들이 모두 오래전에 떠나버린 것만 같았다. 불 밝힌 집들을 내버려 둔 채, 곧 얼어붙을 눈 더미에 집이 매장되도록 그렇게 버려둔 채. 아, 그녀의 무덤에 눈이 내린다면! 겨울 내내 커다란 눈 더미 아래에 있게 되면 그곳에서는 심지어 그녀의 비석까지도 가벼운 그림자들을 배경으로 한 또 하나의 가벼운 그림자가 되리라. 그러나 그녀의 무덤, 그것은 꽃들로 뒤덮이고 햇빛과 비에 씻기는 무덤이어야 한다.

그녀는 다시 기차를 타고 지나왔던 외딴 시골집들을 생각했다. 길고 긴 겨울을 견뎌야 하는 그곳에서의 삶, 끊임없이 창문을 내다보는 번득이는 시선들, 부드럽게 쌓인 눈 더미 위로 딱딱하게 얼어붙는 눈, 마침내 서서히 쓸쓸하게 진행되는 해동, 그리고 로저 패튼이 얘기해 주었던 매서운 봄을 생각했다. 그녀의 봄, 그 봄을 영원히 잃어버리게 될 것이다. 라일락이 있고 그녀의 가슴속에 나른한 달콤함을 흩뿌려 놓던 그 봄을. 그녀는 그 봄을 버리고 있었다. 그리고 얼마 후에는 그 달콤함도 버리게 될 것이다.

눈보라가 점점 더 집요하게 몰아쳤다. 샐리 캐롤은 얇은 눈송이 하나가 눈썹에 닿자 빠르게 녹는 것을 느꼈다. 해리가 털옷을 입은 팔을 뻗어 그녀의 접힌 플란넬 모자를 내려주었다. 눈송이들이 계속 어지럽게 흩날렸다. 말은 털 위로 투명하고 하얀 무언가가 계속 어른거리자 참을성 있게 목을 숙이고 있었다.

"쟤가 추운가 봐요, 해리." 그녀가 얼른 말했다.

"누구? 저 말? 아냐, 말은 춥지 않아. 말은 추위를 좋아한다고!"

십 분 후 그들이 모퉁이를 돌자 목적지가 시야에 들어왔다. 겨울 하늘을 배경으로 생생하게 빛나는 초록빛 능선을 그린 높은 언덕 위에 얼음 궁전이 서 있었다. 공중으로 솟은 3층짜리 건물로 톱니 모양 벽과 총안(銃眼), 고드름이 달린 좁은 창문이 있었고, 수많은 전등이 달려 있어서 커다란 중앙 홀을 투명하게 비추고 있었다. 샐리 캐롤은 털 코트 아래로 해리의 손을 꼭 잡았다.

"아름답군!" 그가 흥분하여 말했다. "세상에, 정말 아름다워, 그렇지? 1885년 이후로 만들지 않았던 건데!"

웬일인지 1885년 이후로 존재하지 않았던 것이란 생각이 그녀를 짓눌렀다. 얼음은 유령이었다. 그리고 얼음으로 만든 이 저택에는 분명 창백한 얼굴과 눈이 쌓여 흐릿해진 빛깔의 머리를 가진 80년대의 그림자들이 살고 있을 것 같았다.

"어서 가자." 해리가 말했다.

그녀는 그를 따라 썰매에서 내려 그가 말을 말뚝에 매는 동안 기다렸다. 네 사람의 일행이 ─ 고든, 마이라, 로저 패튼, 그리고 여자 한 사람 ─ 짤랑짤랑 큰 소리로 종을 울리며 그들 곁에 멈추었다. 벌써 꽤 많은 사람들이 그곳에 모여 있었다. 모두 모피나 양가죽을 두른 채 눈 속을 오가며 큰 소리로 외치고 서로를 부르고 있었다. 이제는 눈이 너무 펑펑 내려서 몇 미터만 떨어져도 사람들을 거의 구분할 수 없을 정도였다.

"170피트 높이야." 그들이 입구를 향해 터벅터벅 걸어갈 때 해리가 머플러를 두른 사람에게 말했다. "면적은 6000제곱야드고."

그녀는 대화의 단편들을 들을 수 있었다. "중앙 홀이 하나…… 벽들은 20인치에서 40인치 두께고…… 얼음 동굴이 거의 1마일이나…… 이걸 만든 프랑스계 캐나다인은……."

그들은 안으로 들어갔다. 커다란 크리스털 벽의 마법에 멍해진 샐리 캐롤은 「쿠빌라이 칸」의 두 구절을 계속 외우고 있는 자신을 발견했다.

"그것은 진귀한 도구의 기적이었다,
 햇빛 가득한 아방궁에 얼음 동굴이 있다니!"

 어둠이 완전히 봉쇄된 반짝이는 커다란 얼음 동굴 안, 그녀는 나무 벤치에 앉았고 그날 저녁의 압박감이 사라졌다. 해리가 옳았다. 아름다운 얼음 궁전이었다. 그녀의 시선이 벽들의 매끄러운 표면을 지나갔다. 이 벽의 얼음 벽돌들은 가장 순수하고 깨끗한 것으로 고른 것이라 이런 우윳빛 반투명의 효과가 난다고 했다.
 "봐! 저기 오네, 야!" 해리가 소리쳤다.
 멀리 모퉁이에서 밴드가 「환호하라, 환호하라, 친구들이 모두 여기 있다!」를 연주하고 있었는데, 그 소리가 혼란스럽게 메아리쳐 왔다. 그리고 그 순간 갑자기 불이 꺼졌다. 침묵이 얼어붙은 벽을 타고 흘러와 그들을 휩쓰는 것 같았다. 샐리 캐롤은 여전히 어둠 속에서 자신의 하얀 입김과 반대편의 창백한 얼굴들을 흐릿하게 볼 수 있었다.
 음악이 어둠을 탄식하는 불평들을 달래주었다. 행진하는 클럽들의 목청껏 외치는 노랫소리가 울려 퍼지며 안으로 흘러들어 왔다. 그 소리는 점점 커져서 고대의 황무지를 건너가는 바이킹족의 승리의 찬가 같았다. 그들이 점점 더 가까이 다가오고 있었다. 모카신을 신은 발로 박자를 맞추며 길게 줄지어 선 회색 모직 코트를 입은 사람들이 밀려들어 왔다. 어깨에는 설피가 매달려 있었고, 그들의 목소리가 커다란 벽을 따라 높아지는 동안 횃불들도 높아지며 깜박거렸다.
 그 회색 옷의 행렬이 끝나자 또 다른 사람들이 줄지어 뒤따랐다. 이번에는 빨간 터보건 모자들 위로 불이 붉게 흐르며 진홍빛 모직 코트를 밝혔다. 그들은 들어오면서 후렴을 불렀다. 그리고 푸른색, 흰색, 초록색, 또다시 흰색, 갈색, 노란색 사람들의 무리가 계속 줄지어 들어왔다.

"저 흰색 옷을 입은 사람들은 와쿠타 클럽이야." 해리가 열심히 설명했다. "당신이 댄스파티에서 만났던 사람들이지."

목소리들이 점점 커졌다. 커다란 홀은 거대한 불의 제방을 이루어 일렁이는 횃불들과 빛깔들, 부드러운 가죽 발걸음 소리의 리듬이 어우러져 환상적인 광경이 연출 되었다. 제일 앞에 있던 줄이 돌아서 멈추자, 한 무리가 다른 무리 앞에 자리를 잡아 나가면서 행렬 전체가 하나로 단단히 연결된 불꽃 깃발을 이루었고, 곧 수천 명의 목소리가 하나의 거대한 외침으로 터져 나와 마치 천둥의 굉음처럼 대기를 가득 채우며 횃불을 흔들었다. 엄청났다. 근사했다! 샐리 캐롤에게 이것은 북부 사람들이 눈이라는 잿빛 이교의 신을 위해 위대한 제단에 희생 제물을 바치는 의식처럼 보였다. 함성이 스러지자 밴드가 다시 연주를 시작했고, 노래가 더 들려왔으며, 곧 각 클럽이 내지르는 구호가 길게 울려 퍼졌다. 그녀는 아주 조용히 앉아 그 스타카토로 끊어지는 환호들이 정적을 가르는 소리를 듣고 있었다. 순간 그녀는 화들짝 놀랐다. 연속적인 폭발음이 들리고 홀 여기저기서 커다란 연기 구름들이 피어올랐기 때문이었다. 그것은 플래시 라이트를 터뜨리는 사진사들이었고, 그렇게 모임은 끝났다. 밴드를 선두에 세우고 클럽들은 다시 한 번 열을 지었고, 그들의 구호를 외치며 행진하기 시작했다.

"어서 와!" 해리가 소리쳤다. "불을 끄기 전에 아래층의 미로들을 봐야지!"

그들은 모두 일어나 활강 통로를 향해 가기 시작했다. 해리와 샐리 캐롤이 앞장섰다. 그녀의 작은 벙어리장갑은 그의 커다란 장갑 속에 파묻혀 있었다. 통로 아래에는 텅 비고 기다란 얼음 방이 있었는데 천장이 너무 낮아 몸을 구부려야 했고, 그러면서 두 사람은 손을 놓쳤다. 해리가 무엇을 하려는지 그녀가 미처 깨닫기도 전에 그는 그 방을 향해 열려 있던 대여섯 개의 반짝이는 입구 중 하나로 뛰어갔고, 아른아른한 초록색 빛을 배경으로 희미하게 멀어져 가는 흔적만 남았다.

"해리!" 그녀가 외쳤다.

"어서 와!" 그가 소리쳐 대답했다.

그녀는 텅 빈 방을 둘러보았다. 나머지 일행은 집으로 가기로 결정한 모양이었다. 그들은 이미 바깥의 휘날리는 눈 속 어딘가에 있었다.

"해리!" 그녀가 소리쳤다.

9미터 정도 내려가니 갈림길이 있었다. 왼쪽 멀리에서 희미한 대답 소리가 들렸고, 그녀는 겁에 질려 그쪽으로 향했다. 또 다른 갈림길을 지나니 입을 크게 벌리고 있는 좁은 길이 두 개나 더 나타났다.

"해리!"

대답이 없었다. 그녀는 똑바로 앞을 향해 뛰기 시작했다. 그리고 번개처럼 돌아서서 오던 길로 다시 뛰었다. 갑자기 얼음 같은 공포가 그녀를 휩쌌다.

그녀는 갈림길과 만났다. 여기였던가? 왼쪽으로 돌았다. 그녀가 왔던 그 길고 나지막한 방으로 가는 출구여야 할 그곳엔 저 멀리 어둠으로 이어지는 또 다른 통로가 반짝이며 서 있을 뿐이었다. 그녀는 다시 해리를 불렀지만 울림도 없는 기운 없이 맥 빠진 반향만이 벽을 치며 되돌아올 뿐이었다. 왔던 길을 되짚어 또 다른 모퉁이를 돌았다. 이번에는 넓은 통로를 따라갔다. 홍해의 갈라진 물 사이로 난 녹색의 길을, 빈 무덤들을 연결해 주는 젖은 회랑을 걷는 것만 같았다.

걷다가 조금 미끄러졌다. 덧신 바닥에 얼음이 얼어 있었던 것이다. 균형을 잡기 위해 반은 미끄럽고 반은 쩍쩍 달라붙는 벽을 장갑으로 짚으며 가야 했다.

"해리!"

여전히 대답이 없었다. 그 소리가 반사되어 그녀를 비웃듯 통로의 끝을 향해 퍼져갈 뿐이었다.

그 순간 불이 꺼졌고 그녀는 완전한 어둠 속에 있게 되었다. 겁에 질린 그녀는 작은 비명을 지르며 차갑고 작은 얼음 더미 위로 무너져 내렸다. 그녀는 주저앉으며 왼쪽 무릎에 뭔가를 느꼈지만, 길을 잃었다는 그 어떤 두려움보다도 큰 절실한 공포 때문에 그 사실을 거의 인식하지 못했다. 그녀는 북부에서 비롯된 이 존재, 음울한 고독과 혼자 남았다. 그것은 북극해의 얼음에 갇힌 포경선이나 모험의 백골들로 뒤덮인 연기도 없고 자취도 없는 황무지에서나 생겨나는 고독이었다. 그것은 죽음의 차가운 숨결이었다. 그것이 그녀를 붙잡기 위해 대지를 건너 나지막이 굴러오고 있었다.

분노와 절망의 힘으로 다시 일어선 그녀는 어둠을 따라 무턱대고 걷기 시작했다. 반드시 나가야만 한다. 이곳에서 며칠을 더 헤매게 될지도 모르고, 그러다 보면 어느 순간 얼어 죽어서 얼음 속에 누운 채 함께 얼음이 되고 말 것이다. 그러면 책에서 읽은 것처럼 그렇게 빙하가 녹을 때까지 완벽한 형태로 보존될 것이다. 해리는 아마 그녀가 다른 사람들과 함께 떠났다고 생각하고 이미 가버렸을 것이다. 그는 분명 내일 늦은 시간까지 알아채지도 못할 것이다. 그녀는 가엾게도 벽을 향해 팔을 뻗었다. 40인치 두께라고 했다, 40인치!

"아!"

양쪽의 벽을 따라서 무언가 느릿느릿 움직이는 것이 느껴졌다. 이 궁전을, 이 도시를, 이 북부를 떠돌고 있는 젖은 영혼들이었다.

"오, 누군가를 좀 보내주세요, 누군가를 좀!" 그녀가 크게 소리쳤다.

클락 대로, 그라면 이해할 것이다. 아니면 조 유잉도. 그렇다면 그녀가 여기 이렇게 남겨져 영원히 헤매게 될 리 없을 것이다. 마음도, 몸도, 영혼도 이렇게 얼어붙을 수는 없을 것이다. 이 여자가, 이 샐리 캐롤이! 아, 그녀는 행복한 아이였다. 그녀는 행복한 소녀였다. 그녀는 따스함과 여름과「딕시」를 좋아했다. 이런 것들은 낯설었다. 낯설었다.

"넌 울지 않을 거야." 뭔가가 큰 소리로 말했다. "넌 더 이상 울지 않게 될 거야. 눈물은 그냥 얼어버리거든. 여기서는 눈물들이 다 얼어버린다고!"

그녀는 얼음 위에 큰대 자로 누웠다.

"오, 하느님!" 그녀가 중얼거렸다.

지루하게 긴 몇 분이 지난 후 지독한 피곤함 속에 그녀는 눈이 감기는 것을 느꼈다. 그때 누군가 그녀 가까이에 앉는 것 같더니 따뜻하고 부드러운 두 손으로 그녀의 얼굴을 감쌌다. 감사하는 마음으로 쳐다보았다.

"어머나, 마저리 리네." 그녀는 나지막이 혼잣말을 했다. "당신이 와줄 줄 알았어요." 정말 마저리 리였고, 그녀는 샐리 캐롤이 상상했던 바로 그 모습이었다. 젊고 하얀 이마, 넓고 따스한 두 눈, 그리고 부드러운 재료로 만든 부풀려 입는 치마. 그 위에 몸을 누이자 매우 편안했다.

"마저리 리."

점점 더 어두워지고 있었다. 저 모든 묘비들은 분명 다시 칠을 해야 한다. 물론 그 모습을 훼손하지만 않는다면 말이다. 그러면 묘비가 더 잘 보이게 될 것이다.

빨리 지나가는가 하면 다시 천천히 흐르는 일련의 순간들, 수많은 흐릿한 빛 속으로 녹아들다 결국에는 창백한 노란색의 태양으로 합쳐지는 그런 순간들이 지나간 후, 그녀는 새롭게 발견한 그 고요를 깨뜨리는 커다란 소음을 들었다.

그것은 태양이었다. 빛이었다. 횃불, 그 너머에 또 횃불, 그리고 또 다른 횃불, 그리고 목소리들. 얼굴 하나가 횃불 아래로 모습을 드러내더니 묵직한 팔이 그녀를 들어 올렸다. 그녀는 무언가 뺨에 닿는 것이 느껴졌다. 젖어 있었다. 누군가 그녀를 안고 눈을 얼굴에 비비고 있었다. 이렇게 어이없는 일이! 눈이라니!

"샐리 캐롤! 샐리 캐롤!"

그것은 위험한 댄 맥그루였다. 나머지 두 사람은 모르는 얼굴이었다.

"이봐요, 이봐요! 우리는 두 시간이나 당신을 찾고 있었어요! 해리는 반쯤 미쳤다고요!"

모든 것이 서둘러 제자리로 돌아왔다. 노래, 횃불들, 행진하던 클럽의 커다란 외침들. 그녀는 패튼의 품에서 몸을 뒤척이며 낮고 길게 울었다.

"아, 여기서 나가고 싶어요! 난 집으로 돌아갈 거예요. 집에 데려다 줘요." 그녀의 목소리가 높아지더니 절규가 되었고 그것은 옆 통로를 뛰어 내려오고 있던 해리의 마음을 차갑게 얼어붙게 만들었다. "내일요!" 그녀는 정신이 나간 것처럼 격한 감정을 억제하지 못하고 외쳤다. "내일! 내일! 내일!"

VI

풍요로운 황금빛 햇살이 나른하면서도 기이하게 편안한 열기를 집 위로 퍼붓고 있었다. 집은 하루 종일 먼지 나는 길을 마주하고 있었다. 새 두 마리가 문 옆 나뭇가지들 사이에서 발견한 시원한 자리에서 야단법석을 떨고 있었고, 거리에서는 흑인 여자 하나가 구성지게 가락을 붙여 가며 딸기를 팔고 있었다. 4월의 오후였다.

샐리 캐롤 하퍼는 창가 아래에서 오래된 의자에 팔을 올린 채 그 팔에 턱을 괴고는 졸음에 겨워하며 반짝이는 먼지를 내려다보고 있었다. 이 봄 처음으로 열기가 올라오고 있었다. 그녀는 낡아빠진 포드가 위험스러운 모퉁이를 돌아 덜커덩거리고 씩씩거리다 보도 끝에서 요동치며 멈추는 것을 지켜보고 있었다. 그녀는 아무런 소리도 내지 않았다. 잠시 후 낯익은 날카로운 휘파람 소리가 공기를 갈랐다. 샐리 캐롤은 미소를 지으며 눈을 깜박였다.

"좋은 아침!"

차 지붕 아래에서 머리 하나가 구부정하게 나타났다.

"아침이 아니지, 샐리 캐롤."

"진짜로?" 그녀가 놀란 척 말했다. "그런가 보네."

"뭐해?"

"풋복숭아를 먹고 있어. 그래서 곧 죽을지도 몰라."

클락이 너무나 힘든 자세로 몸을 비틀며 그녀의 얼굴을 보려고 애를 썼다.

"물이 주전자에서 나오는 김처럼 따뜻해, 샐리 캐롤. 수영하러 갈래?"

"꼼짝하기 싫어." 샐리 캐롤이 게으르게 한숨을 쉬었다. "그래도 가지 뭐."

머리와 어깨

 1915년 호레이스 타박스는 열세 살이었다. 그해 그는 프린스턴 대학 입학시험을 치렀고, 카이사르, 키케로, 베르길리우스, 크세노폰, 호메로스, 대수, 평면기하학, 공간기하학, 화학에서 A, 즉 매우 우수함을 받았다.

 이 년 후, 조지 M. 코핸[7]이 「바로 저기」를 작곡했을 때, 2학년이던 호레이스는 동기들보다 월등하게 앞서 가며 「진부한 학문 형식으로서의 삼단논법」에 대한 논문들에 몰두하고 있었다. 샤토티에리 전투가 일어나던 당시, 그는 책상 앞에 앉아 「신실재론주의자들의 실용주의 경향」에 대한 에세이들을 열일곱 살까지 미룰지 말지 고민 중이었다.

 얼마간의 시간이 흐른 후 신문팔이 아이가 전쟁이 끝났다고 알려 주었다. 그가 전쟁의 종식을 기뻐했던 이유는 그것이 이제 곧 피트브러더스 출판사에서 『스피노자 이해의 개선』 신판을 발간한다는 것을 의미했기 때문이었다. 전쟁의 정세는 상당히 긍정적인 방향으로 진행되어 젊은이들을 자립하게 해주었지만, 호레이스는 거짓 정전 협정이 알려지던 날 밤, 자신의 창문 아래에서 취주악단이 연주하도록 허락한 대통령을 결코 용서할 수 없다고 느꼈다. 그 때문에 '독일 관념론'에 관한 그의 논문에서 중요한 문장을 세 개나 빠뜨렸기 때문이었다.

그다음 해 그는 인문학 석사 학위 취득을 위해 예일 대학으로 진학했다.

그때 그는 열일곱 살이었다. 큰 키에 마른 체격, 근시의 회색 눈, 그리고 자신이 툭툭 내뱉는 단어들로부터 완전히 자유로워 보이는 분위기를 풍기는 아이였다.

"나는 내가 진짜 그 학생에게 이야기하고 있다는 느낌을 받은 적이 없네." 딜링거 교수가 자신의 말에 공감해 주는 동료에게 말했다. "그는 마치 내가 그의 대리인에게 얘기하고 있는 것 같은 느낌을 주지. 꼭 이렇게 말할 것만 같단 말이야, '글쎄요, 제가 저에게 물어봐서 알아보죠.'라고 말이지."

그리고 얼마가 지났다. 마치 호레이스 타박스가 정육점 고기 씨, 또는 잡화상 모자 씨라도 되는 것처럼 삶은 무심하게 그에게 다가와 그를 사로잡았고, 잡아 늘렸으며, 토요일 오후 할인 코너 위 아일랜드 레이스 한 조각처럼 펼쳐놓았다.

문학적인 방식으로 말하자면, 나는 이것이 모두 오래전 식민지 시대의 대담한 개척자들이 코네티컷의 어느 황량한 곳에 가서 서로에게 "자, 여기에 무엇을 지을까?" 하고 묻다가, 그중 가장 대담한 사람이 이렇게 답한 것에서 비롯되었다는 말을 해야겠다. "마을을 짓자고. 연극 감독들이 코미디 뮤지컬을 시도해 볼 수 있는 그런 마을을." 그렇게 해서 그들이 코미디 뮤지컬을 공연하기 위해 예일 대학을 그곳에 세웠다는 이야기는 누구나 아는 것이다. 어쨌든, 어느 해 12월, 「홈 제임스」가 슈버트 극장에서 공연되었고, 모든 학생들이 마르샤 메도우에게 앙코르를 외쳤다. 그녀는 1막에서 '서투른 비행선'에 대한 노래를 불렀고, 마지막 장에서는 몸을 흔들며 떠는 축하 댄스를 선보였다.

마르샤는 열아홉 살이었다. 날개는 없었지만 관중들은 그녀에게 날개는 필요하지 않다는 데에 대부분 동의했다. 그녀는 자연 금발이었고 한낮의 거리에서도 화장을 하지 않았다. 그 점을 제외하고 그녀가 대부분의 여자들보다 더 나은 것은 없었다.

그녀가 비범한 천재 호레이스 타박스를 찾아가면 오천 개의 팰맬[8]을 주겠다고 약속한 사람은 찰리 문이었다. 그는 셰필드 대학 4학년생으로 호레이스의 사촌이었다. 그들은 서로를 좋아하는 한편으로 딱하게 여기기도 했다.

호레이스는 그날 밤 유난히 바빴다. 프랑스인 로리에가 신실재론의 의미에 대해 제대로 된 평가를 내리지 못했다는 것이 그의 마음을 괴롭히고 있었다. 실제로 서재 문을 두드리는 낮고 또렷한 소리에 그가 보인 유일한 반응은, 두드리는 소리라는 것이 과연 그것을 들을 귀가 없어도 실제로 존재하는 것일까 사색한 것이었다. 그는 자신의 생각이 점점 더 실용주의 쪽으로 기울어지고 있다고 느꼈다. 그러나 그 순간 비록 깨닫지는 못했지만, 그는 뭔가 매우 다른 어떤 것을 향해 놀라운 속도로 기울어지고 있었다.

문을 두드리는 소리가 들렸다. 삼 초가 지나갔다. 다시 두드리는 소리가 들려왔다.

"들어와요." 호레이스가 무의식적으로 중얼거렸다.

그는 문이 열리고 닫히는 소리를 들었지만 불 앞에 놓인 커다란 안락의자에서 책에 열중한 채 고개도 들지 않았다.

"저 방 침대 위에 둬요." 그가 무심하게 말했다.

"뭘 저 방 침대 위에 둬요?"

마르샤 메도우는 그녀의 노래에 대해 이야기하려 했지만, 그녀의 말소리는 대사를 되풀이해서 반복하는 보조 연기자의 목소리처럼 들렸다.

"세탁한 옷들."

"못 해요."

호레이스가 의자에서 짜증스럽게 몸을 움직였다.

"왜 못 해요?"

"내가 가지고 있지 않으니까요."

"흠!" 그가 성마르게 대답했다. "그럼 가서 가져오면 되겠군."

호레이스가 앉은 자리 건너편에는 안락의자가 하나 더 있었다. 그는 운동 삼아, 그리고 변화를 주기 위해 저녁 동안 의자를 바꿔가며 앉곤 했다. 한 의자는 버클리, 다른 의자는 흄이라고 불렀다.[9] 문득 얇고 투명한 형체가 살랑거리며 흄에 앉는 소리가 들렸다. 그가 흘깃 쳐다보았다.

"자." 마르샤가 2막(「오, 공작이 나의 춤을 좋아했네!」)에서 지었던 미소를 띠며 말했다. "자, 오마르 하이얌[10] 씨, 내가 황야에서 노래를 부르며 여기 당신 곁에 왔어요."

호레이스는 놀라서 그녀를 바라보았다. 순간적으로, 그녀가 자신의 상상에서만 존재하는 유령이 아닐까 하는 의혹이 일어났다. 이제까지는 여자들이 남자의 방에 오는 일도, 남자의 흄에 앉는 일도 없었다. 여자들은 세탁한 옷을 가지고 오고, 전차에서 가끔 옆자리에 앉으며, 남자가 속박을 알 정도의 나이가 되면 결혼을 하는 대상이었다.

이 여자는 흄으로부터 구현되어 나온 게 분명했다. 그녀의 얇은 갈색 드레스의 포말은 저기 흄의 가죽 팔에서 뿜어져 나오는 것이었다. 그가 충분히 오래 보기만 한다면 투명해진 그녀를 통과하여 비치는 흄을 볼 수 있을 것이고, 그때는 그도 다시 이 방에 혼자 있을 수 있을 것이다. 그는 자기 주먹을 눈앞에서 움직여 보았다. 정말이지 곧에 운동을 다시 시작해야 할 것 같았다.

"어머 세상에, 그렇게 무서운 표정 짓지 말아요!" 그 발산된 빛이 상냥하게 말했다. "내가 당신의 저 가죽 의자와 함께 사라져주기라도 바라는 것처럼 느껴지는군요. 그러면 당신 눈에는 내 그림자 말고는 아무것도 남지 않겠죠."

호레이스가 기침을 했다. 기침은 그의 두 가지 몸짓 중 하나였다. 그가 말을 하면 당신은 그에게 육신이 있다는 것을 완전히 잊게 된다. 그것은 이미 오래전에 죽은 가수의 레코드를 듣는 것과 같았다.

"뭘 원하는 거요?" 그가 물었다.

"난 편지들을 원해요." 마르샤가 신파 조의 콧소리로 말했다. "당신이 1881년에 우리 할아버지에게서 산 내 편지들 말이에요."

호레이스가 잠시 생각을 더듬었다.

"난 당신 편지를 갖고 있지 않아요." 그가 차분하게 말했다. "난 겨우 열일곱 살이에요. 우리 아버지도 1879년 3월 3일에야 태어나셨다고요. 그러니 당신은 다른 사람과 나를 혼동한 것이 분명합니다."

"겨우 열일곱 살이에요?" 그녀가 못 믿겠다는 듯이 말했다.

"겨우 열일곱이죠."

"내가 아는 여자가 있었어요." 마르샤가 회상에 잠기며 말했다. "열여섯 살 때 10, 20, 30센트짜리 싸구려 멜로드라마에 출연했던 아이죠. 그 아인 너무 자기 자신에게 열중해 있어서 '열여섯 살'이라고 말할 때면 항상 '겨우'라는 말을 붙였어요. '겨우 열여섯인데 뭐.' 하고요. 우리는 그 아이를 '겨우 제시'라고 불렀죠. 그리고 그 아인 아직도 처음 출발했던 그 자리에 머무르고 있어요. 오히려 더 나빠진 셈이죠. '겨우'라는 말은 나쁜 버릇이에요, 오마르. 무슨 변명처럼 들리니까요."

"내 이름은 오마르가 아니에요."

"알아요." 마르샤가 고개를 끄덕이며 말했다. "당신 이름은 호레이스죠. 내가 당신을 오마르라고 부르는 것은 당신을 보면 내가 피웠던 담배[11]가 생각나기 때문이에요."

"그리고 내겐 당신의 편지도 없어요. 당신 할아버지를 만난 일도 없고요. 게다가 당신이 1881년에 실재했다는 것은 정말 있음 직하지 않은 일이라 생각해요."

마르샤가 놀라워하며 그를 바라보았다.

"나요? 1881년에? 물론 있었죠. 뮤지컬 「플로로도라」에 나오는 여섯 명의 여배우들이 아직 수도원에 있을 때 나는 2열에서는 댄서였다고요. 그리고 솔 스미스 부인이 맡았던 줄리엣의 유모 역도 그전엔 내가 했던 것이죠. 이봐요, 오마르, 나는 1812년 미영전쟁 당시 군인 사교 클럽의 가수였다고요."

호레이스의 생각이 퍼뜩 어딘가로 향했다. 그가 씩 웃었다.

"찰리 문이 시키던가요?"

마르샤가 알 수 없다는 표정으로 그를 바라보았다.

"찰리 문이 누군데요?"

"작은 키, 넓은 콧구멍, 큰 귀."

그녀가 몸을 똑바로 펴며 콧방귀를 뀌었다.

"난 내 친구들의 콧구멍을 보는 습관은 없어요."

"어쨌든 찰리예요?"

마르샤가 입술을 깨물더니 하품을 했다.

"아, 화제를 바꾸죠, 오마르. 그렇지 않으면 이 의자에서 곧 코를 골고 말겠어요."

"네." 호레이스가 진지하게 대답했다. "흄이 종종 수면을 조장한다고들 그러죠."

"흄이란 그 친구는 누구예요? 그가 죽나요?"[12]

그때 갑자기 호레이스 타박스가 호리호리한 몸을 일으키더니 두 손을 주머니에 넣고 방 안을 오가기 시작했다. 이것이 그의 또 다른 몸짓이었다.

"난 이 일이 마음에 들지 않아." 그가 혼잣말하듯 말했다. "조금도. 당신이 여기 있는 걸 신경 쓰는 건 아니에요, 그렇진 않아. 당신은 상당히 아름다운 사람입니다. 하지만 난 찰리 문이 당신을 여기에 보냈다는 것이 마음에 들지 않아요. 내가 연구실의 실험 대상이라도 됩니까? 화학자나 수위나 다 실험해 볼 수 있는 그런 대상입니까, 내가? 내 지적 발달 양상이 그렇게 재미있나요? 내가 만화 잡지에 나오는 보스턴 꼬마 그림들처럼 생겼어요? 애송이 고집쟁이 찰리 문 놈, 파리에서 보낸 일주일 얘기나 한없이 해대는 그런 녀석이 무슨 권리로……."

"아니에요." 마르샤가 단호하게 말을 끊었다. "당신은 사랑스러운 사람이에요. 이리 와서 내게 키스해 줘요."

호레이스가 곧 그녀 앞에 멈춰 섰다.

"왜 내가 당신에게 키스해 주길 원하죠?" 그가 진지하게 물었다. "당신은 그렇게 아무하고나 키스합니까?"

"아, 네." 마르샤가 차분하게 말했다. "인생이 다 그런 거죠. 그냥 여기저기 다니며 사람들에게 키스하는 거예요."

"글쎄요." 호레이스가 단호하게 말했다. "당신의 생각은 지독하게 잘못된 것입니다! 우선 무엇보다도 인생은 그냥 그런 게 아니니까요. 그리고 두 번째로, 난 당신에게 키스하지 않겠습니다. 버릇이 될지도 몰라요. 난 한번 생긴 버릇은 못 버려요. 올해 나는 7시 30분까지 침대에서 빈둥거리는 버릇이 생겼습니다."

마르샤가 이해한다는 듯이 고개를 끄덕였다.

"재미있게 지내기는 하나요?" 그녀가 물었다.

"당신이 말하는 재미가 뭡니까?"

"그것 봐요." 마르샤가 엄하게 말했다. "오마르, 난 당신이 좋지만, 당신이 스스로 말하는 것에 대해 확신을 가지고 말했으면 좋겠어요. 당신은 그냥 입안에 많은 단어들을 넣고 흔들다가 몇 단어를 뱉어버리죠. 그리고 그때마다 어떤 게임에서 지는 것 같아요. 난 당신에게 재미라는 걸 느끼며 사냐고 물었어요."

호레이스가 고개를 저었다.

"나중엔요, 아마." 그가 대답했다. "저기, 난 계획이 있습니다. 난 실험 중이에요. 가끔씩 싫증이 나지 않는 건 아닙니다, 피곤하죠. 그래도, 아, 설명할 수가 없군요! 하지만 당신과 찰리 문이 재미라고 부르는 것은 내겐 재미가 아닐 겁니다."

"설명해 봐요."

호레이스가 돌아보았다.

"설명하면 찰리 문에게 내가 집에 없더라고 얘기한다고 약속할래요?"

"그러죠."

"좋습니다, 그럼. 내 이야기를 하죠. 난 항상 '왜'라고 묻는 아이였습니다. 바퀴가 굴러가는 원리가 궁금했죠. 아버지는 프린스턴의 젊은 경제학 교수였어요. 아버지는 내가 묻는 모든 질문에 아버지가 아는 한 최선을 다해 대답하는 방식으로 날 키웠죠. 그에 대한 내 반응을 보고 아버지는 조숙함에 대한 실험을 할 생각을 하게 된 겁니다. 그런 학살을 도우려 그랬는지 내 귀에 문제가 생겼어요. 아홉 살에서 열두 살 사이에 일곱 번이나 수술을 했고, 당연히 그 때문에 다른 아이들과 떨어져 지내며 속성으로 성숙해질 수 있었지요. 어쨌든, 내 또래의 아이들이 리머스 아저씨[13]와 씨름하고 있을 때 나는 카툴루스[14] 원문을 읽는 일을 정말 좋아했어요."

"열세 살에 대학 입학시험에 통과했습니다. 어쩔 수 없었어요. 내 주위 동료들은 교수들이었고, 나는 내가 훌륭한 지성을 갖추었다는 것을 알고 대단한 자부심도 느꼈죠. 나는 남다른 재능을 가지긴 했지만 다른 면에서 비정상적인 건 없었으니까요. 열여섯 살이 되자 나는 내가 '괴물'이라는 것이 피곤해졌고, 누군가 지독한 실수를 한 것이라 결론 내렸어요. 하지만 어차피 이렇게 멀리 왔으니 인문학 석사 학위까지 받고 끝내기로 마음먹었습니다. 내 주된 관심사는 현대 철학 연구예요. 나는 베르그송의 영향을 받은 안톤 로리에 학파의 실재론자죠. 그리고 난 두 달 후면 열여덟 살이 됩니다. 그게 다예요."

"휴." 마르샤가 감탄했다. "그거면 충분해요! 조리 있게 설명을 잘하는군요."

"만족해요?"

"아뇨, 아직 내게 키스하지 않았잖아요."

"그건 내 프로그램에 들어 있지 않아요." 호레이스가 이의를 제기했다. "육체적인 것들을 초월한 척하려는 건 아니니 이해해 줘요. 그것들도 나름 역할이 있겠지만……."

"또, 그렇게 사리를 따지지 말아요!"

"나도 어쩔 수 없다니까요."

"난 이렇게 콩 심은 데 콩 나는 자동판매기 같은 사람들이 싫어."

"내가 분명히 얘기하지만 나는……." 호레이스가 말을 시작했다.

"입 닥쳐요!"

"내 합리성은……."

"난 당신 국적에 대해선 아무 말도 안했어요.[15] 미국인 맞죠?"

"네."

"그럼 됐어요. 난 당신이 그 지식인 취향의 프로그램에 들어 있지 않은 무언가를 하는 걸 보고 싶어요. 난 당신이 말한, 뭐라고 그랬죠? 브라질의 영향을 받은?[16] 하여튼 그것이 좀 인간적인지 보고 싶은 거예요."

호레이스가 다시 고개를 저었다.

"난 당신에게 키스하지 않을 겁니다."

"내 인생은 망했군." 마르샤가 침울하게 중얼거렸.

"난 패배한 여자예요. 브라질의 영향을 받은 키스도 못해보고 인생을 마칠 테니까." 그녀가 한숨을 쉬었다. "어쨌든 오마르, 내 쇼를 보러 오겠어요?"

"무슨 쇼인데요?"

"난 「홈 제임스」에 나오는 심술궂은 여배우랍니다."

"오페레타인가요?"

"네, 넓게 보면요. 등장인물 중 하나가 벼를 경작하는 브라질 농부예요. 그러니 당신도 좀 흥미가 있을지 모르겠네요."

"예전에 「보헤미안 아가씨」를 본 적이 있어요." 호레이스가 기억을 떠올리며 말했다. "재미있었어요, 어느 정도는."

"그럼, 올래요?"

"글쎄요, 나는, 나는……."

"오, 알아요. 주말엔 브라질에 가야 하겠죠."

"그게 아니라, 아, 기꺼이 가도록 하죠."

마르샤가 손뼉을 쳤다.

"잘 생각했어요! 우편으로 표를 보낼게요. 목요일 밤?"

"아, 내가……."

"좋아요! 목요일 밤으로 하죠."

그녀는 일어서더니 그에게 가까이 다가가 그의 어깨에 두 손을 얹었다.

"당신이 마음에 들어요, 오마르. 놀려서 미안해요. 난 당신이 좀 냉정할 거라고 생각했는데, 좋은 사람이군요."

그가 냉소적인 얼굴로 그녀를 보았다.

"난 당신보다 수천 세대는 더 나이를 먹었어요."

"나이에 걸맞게 보여요."

그들은 진지하게 악수를 나누었다.

"내 이름은 마르샤 메도우예요." 그녀가 힘주어 말했다. "기억해 둬요, 마르샤 메도우. 그리고 찰리 문에겐 당신이 있었다는 말 안 할게요."

잠시 후 그녀가 계단을 세 개씩 건너뛰며 빠르게 마지막 계단을 향해 내려가고 있을 때 위쪽 난간에서 부르는 소리가 들렸다.

"있잖아요!" 천재가 다시 소리쳤다. "내 말 들려요?"

"여기 있어요, 오마르."

"내가 키스를 본질적으로 비이성적이라고 생각한다는 인상을 준 게 아니었으면 좋겠어요."

"인상이라고요? 내게 키스는 하지도 않았잖아요! 걱정 접어둬요. 안녕."

그녀 근처에서 문 두 개가 열리며 여자 목소리에 호기심을 보였다. 위에서 주저하는 기침 소리가 들려왔다. 스커트를 모아 쥔 마르샤는 마지막 남은 계단을 거침없이 내려가더니 캄캄한 코네티컷의 공기 속으로 사라져버렸다.

위층에서 호레이스는 서재 안을 서성이고 있었다. 때때로 그는 버클리에게 눈길을 던지곤 했다. 버클리는 부드럽고 검붉은 품격을 유지하며 쿠션 위에 책을 펼쳐둔 채 그를 도발적으로 기다리고 있었다. 그러나 그는 서재를 한 바퀴 돌 때마다 자신이 흄 가까이로 다가가 있음을 깨달았다. 흄에게는 기이하고 표현하기 힘든 다른 무언가가 있었다. 그 투명한 형체는 여전히 가까이에 남아 있었고, 그래서 호레이스가 흄에 앉는다면 여인의 무릎 위에 앉아 있는 것처럼 느꼈을 것이다. 호레이스는 딱히 그 다른 무언가에 이름을 붙일 순 없었지만, 분명 그것은 사색적인 정신에는 막연한, 그럼에도 실재하는 성질의 것이었다. 흄은 무언가를 뿜어내고 있었다. 그것은 흄이 세상에 영향을 끼쳐온 지난 이백 년 동안 한 번도 발산한 적 없는 것이었다.

흄은 장미의 향기를 뿜고 있었다.

II

 목요일 밤, 호레이스 타박스는 다섯 째 줄 통로 좌석에 앉아 「홈 제임스」를 관람했다. 뜻밖에도 그는 즐거워하고 있는 자신을 발견했다. 해머스타인[17] 특유의 유서 깊은 농담들에 호레이스가 소리 내어 감탄하자 가까이 앉아 있던 냉소적인 학생들이 짜증을 냈다. 하지만 호레이스는 마르샤 메도우가 재즈풍의 '서투른 비행선'을 부르길 초조하게 기다리고 있었다. 드디어 꽃 테를 두른 팔랑이는 모자를 쓰고 등장한 그녀의 모습에 그는 눈이 부셨고 따뜻한 빛 한 줄기가 그의 위에 내려앉았다. 그리고 노래가 끝났을 때, 그는 폭풍우 같은 박수갈채에도 함께하지 않았다. 그는 조금 얼이 빠진 것 같았다.
 2막이 끝난 후의 막간에 극장 안내원 한 사람이 그의 옆으로 와서 타박스 씨인지 묻더니 둥글고 아이 같은 글씨체로 쓴 쪽지 하나를 건넸다. 호레이스가 약간 당황하며 쪽지를 읽는 동안 그 안내원은 통로에 서서 조금씩 시들어가는 인내심을 가지고 기다렸다.

 오마르에게,
 쇼가 끝나고 나면 난 항상 엄청나게 배가 고프답니다. 타프트 그릴에서 내 시장기를 없애 주고 싶다면 이 쪽지를 가져간 통나무 같은 안내원에게 답변을 주고 그의 말을 따르세요.
당신의 친구
마르샤 메도우.

 "가서 전해요." 그가 기침을 했다. "가서 좋다고 말해 줘요.

극장 앞에서 만나자고."

큰 통나무 같은 안내원이 시건방진 미소를 지었다.

"극장 뒷문으로 오라는 소릴 거인데요."

"그게, 그게 어디죠?"

"바까테요, 왼짝으로 도아서 골목을 쑥 내여가요."

"네? 뭐라고요?"

"바까테요. 왼쪽으로 돌라구요. 골목을 쑥 내여가라구요!"

그 시건방진 인간이 돌아갔다. 호레이스 뒤쪽의 1학년생이 킬킬거리며 웃었다.

삼십 분 후, 타프트 그릴에서 자연스러운 금발 머리와 마주 앉은 천재는 이상한 소리를 내뱉고 있었다.

"마지막 막에서 그 춤을 꼭 춰야 합니까?" 그가 진심으로 물었다. "내 말은, 당신이 안 추겠다고 하면 해고하나요?"

마르샤가 씩 웃었다.

"재미있게 출 수 있는 춤이에요. 나는 그 춤을 추는 게 좋아요."

그러자 호레이스가 해서는 안 될 말을 했다.

"난 당신도 싫어할 줄 알았는데." 그가 간단하게 지적했다. "내 뒤에 앉은 사람들이 당신 가슴을 가지고 뭐라고 한마디씩 했다고요."

마르샤의 얼굴이 불꽃처럼 붉어졌다.

"나도 어쩔 수 없어요." 그녀가 곧 말했다. "내게 그 춤은 일종의 곡예 같은 묘기일 뿐이에요. 아휴, 하는 것만으로도 힘들어요! 밤마다 한 시간씩 어깨에 진통용 오일을 바른다고요."

"당신은 무대에 서면 재미있고 즐거워요?"

"물론이죠! 난 사람들이 나를 보는 데 익숙해요, 오마르. 그리고 그게 좋아요."

"흠!" 호레이스는 골똘히 생각에 잠겼다.

"브라질의 영향은 어떻게 되고 있어요?"

"흠!" 호레이스가 또 그렇게 말하더니 잠시 사이를 둔 후 물었다. "이 쇼는 여기서 또 어디로 가나요?"

"뉴욕."

"얼마나요?"

"나름이에요. 겨울 동안, 아마도."

"아!"

"오마르, 여기 와서 나를 보는 일이 별로 재미없어요? 여기가 당신 방처럼 좋지는 않죠, 그쵸? 나도 지금 우리가 당신 방에 있는 거라면 좋겠어."

"여기에 있으니 난 내가 바보처럼 느껴져요." 그가 불안하게 주위를 둘러보며 고백했다.

"저를 어쩌나! 우린 이제 아주 사이가 좋아졌는데."

이 말에 그가 갑자기 너무나도 우울해 보여서 그녀는 말투를 바꾸며 손을 뻗어 그의 손을 다독였다.

"여배우와 저녁 식사 데이트해 본 적 없어요?"

"없어요." 호레이스가 처량하게 말했다. "그리고 다시는 하지 않을 거고요. 난 오늘 밤 내가 여기 왜 왔는지 모르겠어요. 이 많은 불빛들 아래 웃고 떠드는 사람들 속에서 난 완전히 내 구역을 벗어났다는 느낌이에요. 당신에게도 무슨 이야기를 해야 할지 모르겠고요."

"우리 내 이야기를 해요. 지난번엔 당신 얘기를 했잖아요."

"그러죠."

"음, 내 성은 메도우가 맞지만, 내 이름은 마르샤가 아니라

베로니카예요. 열아홉이고요. 질문. 이 여자는 어떻게 갑자기 연극배우를 하게 됐나? 대답. 여자는 뉴저지 주의 퍼세이익에서 태어났고, 일 년 전만 해도 트렌턴에 있는 마르셀 카페에서 내비스코 비스킷을 팔면서 연명했어요. 그러다가 트렌턴 하우스 카바레의 가수인 로빈슨이란 남자와 사귀기 시작했고, 그가 어느 날 저녁 그녀에게 함께 춤과 노래를 할 수 있는 기회를 만들어주었죠. 우리는 한 달 만에 매일 밤 나이트클럽을 꽉 차게 만들었고, 냅킨 더미만큼 두툼한 '가서 내 친구를 만나보지.' 하는 소개 편지들을 들고 뉴욕으로 갔어요."

"이틀 만에 우리는 디바이너리 극장에서 일자리를 얻었고, 나는 팔레루아얄 극장의 어떤 친구에게서 시미 댄스를 배웠어요. 디바이너리에서 여섯 달 동안 일했는데, 어느 날 저녁 칼럼니스트인 피터 보이스 웬델이 거기서 밀크 토스트를 먹었어요. 다음 날 아침, 그의 신문에 「놀라운 마르샤」라는 제목의 시가 실렸고, 이틀 만에 나는 보드빌 세 군데서 제의를 받았어요. 그리고 미드나이트프롤릭에서 기회를 얻었지요. 그래서 웬델에게 감사의 편지를 썼더니, 그 사람이 또 그걸 자기 칼럼에 실은 거예요. 내 문체가 좀 거칠긴 하지만 칼라일[18]과 닮았다며, 춤을 그만두고 북미 문학을 하는 것이 좋겠다면서요. 그것 때문에 보드빌 두 군데서 또 제의를 받았고, 한 정기 공연에서 천진한 아가씨 역할을 할 기회가 왔어요. 그래서 그 역을 맡았고, 지금의 내가 된 거예요, 오마르."

그녀가 이야기를 마치자 두 사람은 잠시 아무 말 없이 앉아 있었다. 그녀는 치즈 토스트 마지막 조각을 포크 위에 올려놓으며 그가 이야기하기를 기다리고 있었다.

"여기서 나갑시다." 그가 갑자기 말했다.

마르샤의 눈초리가 굳어졌다.

"무슨 뜻이죠? 내가 질려요?"

"아뇨. 하지만 이곳이 마음에 들지 않아요. 당신과 여기에 앉아 있는 게 싫어요."

그러자 마르샤는 곧장 웨이터에게 손짓을 했다.

"계산서 가져와요." 그녀가 간단하게 말했다. "내 몫, 치즈 토스트와 진저에일요."

호레이스는 웨이터가 계산을 하는 동안 멍하게 바라보고 있었다.

"이봐요." 그가 말했다. "내가 당신 것도 낼 생각이었어요. 당신은 내 손님이라고요."

한숨을 쉬다시피 하며 마르샤는 테이블에서 일어나 밖으로 걸어 나갔다. 얼굴에 당황한 표정이 역력해진 호레이스는 지폐 한 장을 올려놓고는 그녀를 따라 밖으로 나가서 계단을 올라 로비로 갔다. 그는 엘리베이터 앞에서 그녀를 붙들었고, 그들은 서로 마주 보고 섰다.

"이봐요." 그가 되풀이해서 말했다. "당신은 내 손님이에요. 내가 기분 상하는 말을 했어요?"

순간 마르샤의 얼굴에 놀랍다는 듯한 표정이 스쳐 지나가더니 눈길이 부드러워졌다.

"당신은 무례한 사람이에요." 그녀가 천천히 말했다. "무례하다는 걸 모르겠어요?"

"나도 어쩔 수 없어요." 호레이스가 솔직하게 말했고, 그녀는 그 솔직함에 마음이 누그러졌다. "내가 당신을 좋아한다는 걸 알잖아요."

"나와 함께 있는 게 싫다면서요?"

"싫었어요."

"왜요?"

그의 회색 숲 같은 눈에서 불현듯 불빛이 번쩍였다.

"왜냐하면 내가 싫었으니까요. 난 당신을 좋아하는 버릇이 생겼어요. 지난 이틀 동안 다른 생각은 거의 하지 않고 지냈어요."

"그런데, 만일 당신이……."

"잠깐만요." 그가 말을 중단시켰다. "나, 할 말이 있어요. 들어봐요. 난 한 달 반 후면 열여덟 살이 되요. 내가 열여덟이 되면 당신을 보러 뉴욕으로 갈게요. 뉴욕에는 사람들이 많지 않고 우리가 갈 수 있는 그런 곳이 있어요?"

"그럼요!" 마르샤가 미소를 지었다. "내 아파트에 오면 되요. 소파에서 자요, 원한다면."

"난 소파에서는 못 잡니다." 그가 짤막하게 답했다. "하지만 당신과 이야기를 나누고 싶어요."

"그래요." 마르샤가 말했다. "내 아파트에서요."

그는 흥분하여 두 손을 주머니에 넣었다.

"좋아요. 그럼 혼자서 당신을 볼 수 있겠군요. 내 방에서 얘기를 나누었듯이 그렇게 당신과 얘기하고 싶어요."

"귀여운 사람." 마르샤가 웃으며 말했다. "나한테 키스하고 싶은 거예요?"

"그래요." 호레이스가 거의 소리치다시피 말했다. "당신이 원한다면 키스할 겁니다."

엘리베이터 맨이 그들을 비난의 눈길로 쳐다보고 있었다. 마르샤가 창살로 된 엘리베이터 문을 향해 천천히 움직였다.

"엽서 보낼게요." 그녀가 말했다.

호레이스의 눈에는 격정이 담겨 있었다.

"엽서를 보내요. 1월 1일 후엔 언제든 갈 겁니다. 그땐 열여덟이니까."

그녀가 엘리베이터 안으로 들어가자 그는 모호한 도전 의식을 보이며 천장을 향해 불가해한 기침을 하고는 빠른 걸음으로 걸어갔다.

III

그가 또 왔다. 그녀가 열정적인 맨해튼 관중들에게 첫 시선을 던졌을 때, 그가 보였다. 저 아래 첫째 줄에 머리를 약간 숙이고 회색빛 눈을 그녀에게 고정시키고 있는 그가. 그녀는 알고 있었다. 지금 그에게는 이 세상에 그들 둘만이 존재하고 있다는 것을. 짙은 화장을 하고 줄지어 선 발레리나들의 얼굴도, 바이올린들의 커다란 울림도 그에겐 대리석 비너스 위의 파우더만큼도 지각되지 않고 있었다. 그녀 안에서 본능적인 반발심이 일었다.

"바보 같은 녀석!" 그녀는 다급하게 중얼거리고는 앙코르도 받지 않았다.

"일주일에 백 달러에 뭘 기대하는 거야? 쉬지 말고 계속 움직이라는 거야?" 그녀는 무대 옆에서 대기하며 투덜거렸다.

"뭐가 문제야, 마르샤?"

"내가 좋아하지 않는 남자가 앞줄에 있어."

마지막 막이 되자 자신의 특기를 공연하길 기다리던 그녀에게 기이하게도 무대 공포증이 몰려왔다. 그녀는 호레이스에게 약속했던 엽서를 보내지 않았다. 전날 밤 그녀는 그를 못 본 체했다. 자신의 춤이 끝난 즉시 서둘러 극장을 떠난 후 아파트에서 잠 못 이루는 밤을 보냈다. 지난달 그녀가 매우 자주 그랬던 것처럼, 그의 창백하면서도 열의가 깃든 얼굴, 호리호리하고 소년 같은 체격, 그를 매력적으로 느끼게 했던 냉정하고 때 묻지 않은 몰두하는 태도들을 생각했다.

그런데 그가 온 지금, 그녀는 모호한 미안함을 느꼈다. 마치 그녀가 좀처럼 느끼지 않는 책임감이 자신에게 부과된 것만 같았다.

"신동!" 그녀가 큰 소리로 말했다.

"뭐라고?" 옆에 서 있던 검둥이 코미디언이 물었다.

"아니야. 그냥 혼잣말이야."

무대에 서자 기분이 나아졌다. 이것이 그녀의 춤이었다. 그녀는 자신이 춤추는 방식이 이제는 어떤 남자들에게는 다른 아름다운 아가씨들의 춤만큼 도발적이지 않다는 것을 늘 느끼고 있었다. 그녀는 춤을 묘기처럼 추었다.

"업타운, 다운타운, 숟가락 위의 젤리,
해가 지면 달빛에 몸을 떠네."

그는 이제 그녀를 보고 있지 않았다. 그것이 분명히 보였다. 그는 매우 의식적으로 배경막 위의 성을 보고 있었다. 타프트 그릴에서의 그 표정이었다. 그녀에게 분노의 물결이 밀려왔다. 그는 그녀를 비난하고 있는 것이었다.

"그 떨림이 나를 전율하게 해,

재미있네, 애정이 나를 충만하게 하니,
업타운, 다운타운."

어찌할 수 없는 불쾌감이 그녀를 사로잡았다. 불현듯, 그리고 끔찍하게도 그녀는 관객이 의식되었다. 데뷔 이후로 전혀 경험하지 못했던 일이다. 앞줄에 앉은 저 창백한 얼굴에 떠오른 것은 추파인가? 저 여자아이의 입은 혐오감으로 처진 건가? 그녀의 이 어깨, 이 흔들리는 어깨가 그녀의 것이 맞나? 이 어깨들은 진짜인가? 분명 어깨는 이러라고 있는 것이 아닌데!

"그때, 당신은 눈길을 보게 되지,
나는 무도병(舞蹈病)에 걸렸으니 장례식 안내원들이 필요할 거야,
세상의 끝에서 나는……."

바순과 두 개의 첼로가 마지막 화음을 울리기 시작했다. 그녀는 동작을 멈추고 온몸의 근육을 긴장시켜 잠시 발끝으로 자세를 취했다. 그녀의 젊은 얼굴이 멍하니 관중을 바라보다가──후에 어떤 소녀는 그 얼굴을 '너무나도 기이하고 당황스러워하는 표정'이었다고 말했다.──허리 숙여 인사도 하지 않은 채 무대에서 급히 나가 버렸다. 그녀는 황급히 탈의실로 달려가 옷을 벗어 던지고 다른 옷으로 갈아입은 후 밖으로 나가 택시를 잡았다.

그녀의 아파트는 매우 따뜻했다. 그리고 작았다. 전문적인 화가들의 그림들이 줄지어 놓여 있었고, 그녀가 언젠가 푸른 눈의 외판원에게서 산 후 가끔씩 읽는 키플링과 오 헨리의 책

세트도 있었다. 그리고 짝이 맞는 의자들이 몇 개 있었는데 그중 어느 것도 편하지 않았다. 지빠귀 새들이 그려진 분홍색 갓 램프도 있었는데 그 분홍색이 사방으로 퍼져 다소 답답한 분위기를 풍겼다. 방에는 좋은 물건들도 있었지만 그 좋은 물건들은 서로에게 무자비한 적의를 보이고 있었다. 가끔씩 남들의 취향을 따라서 성급하게 사들인 산물들이었다. 그중 가장 최악은 참나무 껍질로 만든 액자에 끼워둔 이리 철도에서 바라본 퍼세이익 풍경화였다. 방을 산뜻하게 해주기에 그 조합은 광적이며, 기이하게 사치스럽고, 또 기이하게 뭔가가 결핍되어 보였다. 마르샤도 그것이 별로 성공하지 못한 시도였음을 알고 있었다.

천재가 방으로 들어와 서투르게 그녀의 두 손을 잡았다.

"이번엔 당신을 따라왔어요." 그가 말했다.

"오!"

"나와 결혼해 주길 바랍니다." 그가 말했다.

그가 두 팔을 뻗었다. 그녀는 열정적이면서도 건전하게 그의 입에 키스했다.

"됐죠!"

"당신을 사랑합니다." 그가 말했다.

그녀가 다시 그에게 키스를 하고는 작은 한숨과 함께 안락의자에 몸을 던져 반쯤 누운 자세로 앉았다. 어이없다는 듯한 웃음에 그녀의 몸이 흔들리고 있었다.

"세상에, 이거 봐요, 신동 씨!" 그녀가 말했다.

"좋아요, 원한다면 그렇게 불러요. 전에 말했었죠, 나는 당신보다 만 살은 더 많다고. 정말이에요."

그녀가 다시 웃었다.

"나는 무시당하는 것을 좋아하지 않아요."

"다시는 그 누구도 당신을 무시하지 못할 거예요."

"오마르." 그녀가 물었다. "왜 나와 결혼하고 싶어요?"

천재가 일어나더니 두 손을 주머니에 넣었다.

"당신을 사랑하니까요, 마르샤 메도우."

그때부터 그녀는 그를 오마르라고 부르는 걸 그만두었다.

"당신도 내가 당신에게 사랑 비슷한 마음을 가지고 있다는 걸 알지요. 당신에겐 무언가가 있어요. 뭔지 꼬집어 말할 순 없지만, 그게 내가 당신 곁에 있을 때마다 내 마음을 아프게 해요. 하지만, 자기야." 그녀가 말을 멈췄다.

"하지만, 뭐요?"

"하지만, 하고 시작해야 할 말이 너무 많아요. 하지만, 당신은 겨우 열여덟이고 난 거의 스물이에요."

"말도 안 돼!" 그가 말을 중단시켰다. "이렇게 생각해 봐요. 내가 열아홉이 되는 해에는 당신도 열아홉이잖아요. 그럼 나이 차이가 거의 없죠, 내가 말했던 만 살을 치지 않는다면요."

마르샤가 웃었다.

"하지만 더 많은 '하지만'들이 있어요. 당신 주변 사람들……."

"내 주변 사람들이라고요!" 천재가 사납게 화를 내며 말했다. "그들은 내게서 괴물을 끌어내려 했어요." 그의 얼굴은 그가 하고자 하는 말의 지독함으로 상당히 붉어졌다. "그 사람들은 저리 가서 가만히 앉아 있으라고 해요!"

"어머나!" 마르샤가 놀라서 말했다. "그게 다예요? 꺼지라고 해야죠."

"꺼지라고, 맞아요." 그가 거칠게 동의했다. "꺼지든 뭐든

간에. 그들이 나를 말라비틀어진 작은 미라가 되게 했다는 생각을 하면 할수록……."

"무엇 때문에 당신이 그렇다는 생각이 들었어요?" 마르샤가 조용하게 물었다. "나 때문인가요?"

"그래요. 당신을 만난 후로 나는 거리에서 만나는 모든 사람들에게 질투가 났어요. 사랑이 어떤 건지 그들이 나보다 먼저 알았으니까요. 예전의 나는 사랑을 '성적 충동'이라고 부르곤 했어요. 맙소사!"

"아직도 더 많은 '하지만'이 있어요." 마르샤가 말했다.

"뭡니까?"

"우리가 어떻게 먹고살 수 있겠어요?"

"내가 돈을 벌 겁니다."

"당신은 학생이에요."

"내가 인문학 석사 학위에 조금이라도 관심이 있을 것 같나요?"

"그럼 당신은 나에 대한 석사가 되고 싶은 건가요?"

"네! 뭐라고요? 아니, 그건 아니고!"

마르샤가 웃음을 터뜨리고는 재빨리 그 쪽으로 다가와 그의 무릎 위에 앉았다. 그는 그녀에게 거칠게 팔을 두르고 그녀의 목 어딘가에 키스의 자취를 남겼다.

"당신에겐 뭔가 열정적인 것이 있어요." 마르샤가 생각에 잠기며 말했다. "하지만 그다지 논리적으로 들리진 않네요."

"오, 그렇게 이성적으로 굴지 말아요!"

"나도 어쩔 수 없어요." 마르샤가 말했다.

"난 이렇게 자동판매기 같은 사람들이 싫다니까요!"

"하지만 우리는……."

"오, 입 닥쳐요."
그리고 마르샤는 원하는 만큼 계속 말을 할 수 없었다.

IV

호레이스와 마르샤는 2월 초에 결혼했다. 예일과 프린스턴 양쪽 학계에서의 소동은 대단했다. 호레이스 타박스, 열네 살에 대도시 신문들 일요 잡지 섹션마다 크게 소개되었던 그가 학자로서의 이력과 미국 철학계의 세계적인 권위자가 될 기회를 모두 던져버리고 일개 코러스걸과——그들은 마르샤를 코러스걸로 만들어버렸다.——결혼을 하다니. 하지만 오늘날 이야깃거리들이 모두 그렇듯 이 놀라움도 나흘 반을 넘기지 못했다.

그들은 할렘에 아파트를 얻었다. 일자리를 찾는 이 주 동안 학문적 지식의 가치에 대한 생각이 무자비하게 퇴색해 버린 호레이스는 한 남아메리카 수출 회사에 사무원 자리를 얻었다. 누군가 수출이 유망 업종이라고 말해 주었기 때문이었다. 마르샤는 몇 개월 동안 쇼에 계속 남을 계획이었다. 그가 스스로 자립할 수 있을 때까지는 그럴 생각이었다. 그는 일단 125달러를 받기로 했다. 물론 몇 달만 있으면 그 두 배를 벌 것이라는 얘기를 들었지만 마르샤는 당시 받고 있던 주당 150달러를 포기하는 일은 고려조차 하지 않고 있었다.

"여보, 우리를 각각 머리와 어깨로 부르기로 해요." 그녀가 부드럽게 말했다. "우리 머리가 제대로 기능을 시작할 때까진 이 어깨가 좀 더 오래 흔들어야 할 거예요."

"난 마음에 들지 않아." 그가 침울하게 반대 의사를 말했다.

"글쎄요." 그녀가 단호하게 답했다. "당신 봉급으로는 집세도 내지 못할 거예요. 내가 대중들 앞에 서고 싶어 한다고는 생각하지 말아요. 나도 그러고 싶지 않아요. 나도 당신만의 사람이고 싶어요. 하지만 방에 앉아 당신만 기다리며 벽지의 해바라기나 세고 있다면 너무 바보 같잖아요. 당신이 한 달에 3백 달러를 벌게 되면 그때 그만둘게요."

자존심이 상하긴 했지만 그녀의 계획이 더 현명하다는 것을 인정해야 했다.

3월이 원숙해지며 4월이 되었다. 5월의 맨해튼의 공원들과 물가는 아름답고 시끌벅적했고, 그들은 너무나 행복했다. 습관이라고는 없었던 호레이스였기에——어떤 습관이든 생겨날 시간조차 없었다.——가장 적응을 잘하는 남편임을 증명해 보였고, 마르샤는 그가 몰두하는 주제들에 대해 아예 아무 의견이 없었기 때문에 삐걱거림도 부딪침도 거의 없었다. 그들의 정신은 각자 다른 영역에서 움직이고 있었다. 마르샤가 실질적인 일꾼 역할을 했고, 호레이스는 추상적 관념이라는 그의 옛 세계에서 살거나 자랑스럽게 그의 아내를 숭상하고 사모하며 지냈다. 신선하고 창의적인 정신, 역동적이고 명석한 에너지, 그리고 흥미진진하고 재미있는 유머를 가진 그녀가 그에게는 끊임없는 경이로움의 원천이었다.

마르샤가 자신의 재능을 쏟고 있던 9시 쇼 동료들은 그녀가 남편의 정신적 힘에 대단한 자부심을 갖고 있는 것에 감동받았다. 그들이 알고 있던 호레이스는 그녀를 데려가기 위해 매일 밤 극장 앞에서 기다리는 아주 호리호리하고 입을 굳게 다문, 아직 덜 성숙한 듯 보이는 젊은이였을 뿐이기 때문이다.

"호레이스." 어느 날 저녁 11시, 여느 때처럼 그를 만난 마르샤가 말했다. "당신, 거리의 불빛을 배경으로 그렇게 서 있으니까 유령처럼 보여. 몸무게가 줄고 있어요?"

그는 모호하게 고개를 저었다.

"모르겠어. 오늘 135달러로 봉급이 올랐어. 그리고……."

"난 그런 거 상관없어요." 마르샤가 엄하게 말했다. "당신은 밤마다 공부하느라 몸을 너무 혹사시키고 있어요. 그 두꺼운 경제 책들을 읽느라……."

"경제학 책들이야." 그가 정정했다.

"어쨌든, 매일 밤 내가 잠든 후에도 오랫동안 그 책들을 읽잖아요. 당신은 우리가 결혼하기 전에 그랬던 것처럼 아주 구부정해지고 있다고요."

"하지만 마르샤, 나는 반드시……."

"아뇨, 아니에요, 여보. 현재로선 내가 가계를 꾸려 나가는 가장인 셈이니 내 남자가 건강과 눈을 망치게 그냥 내버려 두지 않겠어요. 당신은 운동을 좀 해야 해요."

"나 운동해. 아침마다 나는……."

"아, 알아요! 하지만 당신 아령으로는 결핵 환자도 열이 나지 않을 거예요. 진짜 운동을 말하는 거예요. 그러려면 체육관에 가야죠. 기억나요? 당신이 한때 곡예 체조를 잘해서 대학 팀에서 데려가려고 했다면서요. 그런데 당신이 허브 스펜서[19]와 약속이 있어서 그러지 못했다고 했었잖아요."

"나도 한때 곡예 체조 하는 걸 좋아하긴 했어." 호레이스가 생각에 잠겨 말했다. "하지만 지금은 그러려면 시간을 너무 많이 써야 해."

"좋아요." 마르샤가 말했다. "그럼 나도 약속을 하나 하죠.

머리와 어깨

당신이 체육관에 간다면 나도 저 갈색 표지의 책들 중 하나를 읽겠어요."

"『피프스의 일기[20]』? 아하, 그거 재미있을 거야. 그 사람 상당히 가볍거든."

"나한텐 가볍지 않아요. 판유리를 소화시키는 것 같을 거라고요. 하지만 그 책이 내 시야를 넓혀 줄 거라고 당신이 여러 번 얘기했었잖아요. 그러니 당신은 일주일에 세 번씩 체육관에 가고, 나는 새뮤얼의 책을 많이 읽을게요."

호레이스가 망설였다.

"글쎄……."

"그렇게 하자고요! 당신은 날 위해 커다란 그네를 뛰어주고, 난 당신을 위해 문화라는 걸 따라가고."

그래서 호레이스도 마침내 동의를 했다. 찌는 듯한 더위의 여름에도 그는 일주일에 세 번씩, 때로는 네 번씩 스키퍼 체육관에서 공중그네를 시도하며 지냈다. 그리고 8월에 그는 마르샤에게 운동을 함으로써 낮 동안에 더 많은 정신적 작업을 할 수 있게 되었다고 인정했다.

"멘스 사나 인 코르포레 사노.[21]" 그가 말했다.

"그런 거 믿지 말아요." 마르샤가 답했다. "나도 언젠가 그런 특허 받은 약을 먹어봤는데, 다 속임수예요. 당신은 곡예체조에만 집중해요."

9월 초의 어느 날 밤 그는 거의 텅 빈 체육관에서 고리를 잡고 비틀기 동작을 연습하고 있었다. 며칠 밤 동안 그를 지켜보며 생각에 잠겨 있곤 하던 뚱뚱한 남자가 말을 걸어왔다.

"저기, 젊은이, 어젯밤에 하던 묘기를 다시 해봐요."

호레이스가 횃대에서 그 사람을 향해 씩 웃었다.

"내가 만들어낸 동작이에요. 유클리드의 네 번째 명제에서 아이디어를 얻었지요."

"그 사람은 어느 서커스단에 있어요?"

"이미 죽었습니다."

"그렇군. 그 사람 아마 그 묘기를 하다가 목이 부러졌을 거요. 어젯밤에 당신도 분명 목이 부러지겠다고 생각하면서 봤거든."

"이렇게요!" 호레이스가 말하며 공중그네에 매달려 그의 묘기를 해 보였다.

"그렇게 하면 목과 어깨 근육이 아프지 않소?"

"처음엔 그랬어요. 그런데 일주일 만에 나는 '쿼드 에라트 데몬스트란둠[22]'이라고 썼지요."

"흠!"

공중그네에 매달린 호레이스는 여유롭게 몸을 흔들거렸다.

"그걸 전문적으로 할 생각은 해봤소?" 그 뚱뚱한 남자가 물었다.

"아니요."

"그런 묘기들을 즐기는 데다 잘해 내기까지 한다면 상당한 돈을 벌 수 있소."

"다른 걸 보여 드리죠." 호레이스가 즐거워하며 말했다. 뚱뚱한 남자는 놀라서 입이 벌어진 채 분홍색 저지 바지를 입은 프로메테우스가 다시 한 번 신과 아이작 뉴턴에게 도전하는 모습을 지켜보았다.

그 만남이 있고 난 다음 날 밤, 호레이스가 직장에서 집으로 돌아오니 좀 창백해 보이는 마르샤가 소파에 늘어진 채 그를 기다리고 있었다.

"나 오늘 두 번이나 기절했어요." 그녀가 곧장 본론으로 들어갔다.

"뭐라고?"

"그래요. 우리 아기가 넉 달 후면 태어난대요. 의사는 내가 이 주 후엔 댄스를 그만둬야 한다더군요."

호레이스가 자리에 앉아 생각에 잠겼다.

"난 기뻐, 물론." 그가 숙고하며 말했다. "우리에게 아기가 생기게 돼서 기쁘단 뜻이야. 하지만 이건 비용이 많이 드는 일인데."

"은행에 250달러가 있어요." 마르샤가 희망적으로 말했다. "그리고 이 주치 봉급도 나올 거고요."

호레이스가 곧 계산을 해보았다.

"내 봉급을 합하면 다음 여섯 달 동안 1400달러 가까이 되겠군."

마르샤의 얼굴이 창백해졌다.

"그게 다예요? 물론 이 달 동안은 어디 가서 노래하는 일을 잡을 수 있을 거예요. 그리고 3월이면 다시 일을 나갈 수 있고요."

"그건 당연히 안 돼!" 그가 거친 목소리로 말했다. "당신은 그냥 집에 있어. 어디 보자, 의사와 간호사들에 병원비, 가정부 비용도 있어야겠군. 돈이 더 필요해."

"글쎄요." 마르샤가 피곤한 목소리로 말했다. "난 어디서 돈을 구해야 할지 모르겠어요. 이제 우리 머리가 알아서 해야 해요. 어깨는 더 이상 일을 못하니까요."

호레이스가 일어서더니 코트를 입었다.

"어디 가요?"

"생각이 있어. 곧 돌아올게."

십 분 후 스키퍼 체육관을 향해 거리를 걸어가며 그는 조금도 우습다는 생각 없이 자기가 하고자 하는 행동에 대해 만족스러운 감탄을 느꼈다. 일 년 전이었다면 얼마나 스스로에게 놀랐을 것인가! 다른 사람들도 모두 얼마나 놀랐을 것인가! 하지만 인생의 두드림에 문을 열면 많은 것들이 들어오게 되는 법이다.

체육관은 환하게 불이 켜져 있었다. 눈부심에 눈이 어느 정도 적응이 되자 그 사색적인 뚱뚱한 남자가 쌓아 올린 캔버스 매트 위에 앉아 커다란 시가를 피우고 있는 것이 보였다.

"저." 호레이스가 직접적으로 말했다. "어젯밤 공중그네 곡예로 돈을 벌 수 있다는 얘기, 진지하게 하신 말씀입니까?"

"아, 그렇소." 그 뚱뚱한 남자가 놀라며 말했다.

"저, 생각을 해봤는데요, 한번 해보고 싶어요. 매일 밤과 토요일 오후에 일할 수 있어요. 그리고 보수가 충분하다면 정기적으로 하고요."

그 뚱뚱한 남자가 손목시계를 보았다.

"그럼 찰리 폴슨을 만나봐요. 일단 당신이 하는 걸 보기만 하면 나흘 안에 일을 잡아줄 것이오. 그런데 지금은 그 사람이 없을 테니 내가 내일 밤 안으로 그 사람에게 연락을 취하리다."

그 뚱뚱한 남자는 약속을 지켰다. 찰리 폴슨은 다음 날 밤 호레이스를 찾아왔고, 천재가 놀라운 곡선을 그리며 공중에서 내려오는 것을 지켜보며 감탄의 시간을 보내고는 그다음 날 밤, 덩치가 큰 남자 둘을 데리고 다시 왔다. 그 남자들은 태어날 때부터 검은 시가를 피우기라도 했던 사람들처럼 보였고,

낮고 열정적인 목소리로 돈 이야기를 하고 있었다. 그리고 그 주 토요일, 호레이스 타박스의 몸은 콜맨 스트리트 가든스에서 열린 곡예 박람회에 프로 선수 자격으로 처음 등장하게 되었다. 오천 명이 넘는 관객들이 있었지만 호레이스는 전혀 떨리지 않았다. 어린 시절부터 그는 관중들에게 논문을 읽어주곤 했고, 그러면서 그들로부터 자신을 이탈시키는 기술을 터득하고 있었다.

"마르샤." 그날 밤 그는 쾌활하게 말했다. "우리, 곤궁에서 벗어난 것 같아. 폴슨이 곡마장 첫 공연에 나를 세울 수 있을 것 같다더군. 그러면 겨울 내내 일하는 거야. 곡마장은 있잖아, 아주 크고……."

"그래요, 들어본 적 있어요." 마르샤가 말을 끊었다. "그런데 내가 알고 싶은 건, 당신이 한다는 그 곡예 말이에요, 그거 공연용 자살행위 같은 거 아니에요?"

"별거 아니야." 호레이스가 조용히 말했다. "하지만 한 남자가 당신을 위해 위험을 감수하다 죽는 것보다 더 좋은 방식의 자살 방법이 있다면, 난 그렇게 죽고 싶어."

마르샤가 두 팔을 뻗어 그의 목을 힘껏 껴안았다.

"키스해 줘요." 그녀가 속삭였다. "그리고 '내 사랑'이라고 불러줘요. 난 당신이 '내 사랑'이라고 부르는 걸 듣고 싶어. 그리고 내일 읽을 책 한 권 가져다줘요. 이제 새뮤얼 피프스는 그만두고 뭔가 재미있고 통속적인 걸로요. 하루 종일 뭔가 하고 싶어 혼났어요. 편지라도 쓰고 싶었지만 쓸 사람이 없었어요."

"나한테 써요." 호레이스가 말했다. "내가 읽을게."

"그럴 수 있으면 좋겠어요." 마르샤가 한숨을 쉬었다. "내가 어휘를 많이 안다면 당신에게 세상에서 가장 긴 연애편지를 쓸 테고, 그래도 결코 피곤하지 않을 텐데."

하지만 두 달이 더 지나자 마르샤는 매우 피곤해졌고, 밤마다 곡마장 관중 앞으로 걸어 나가는 젊은 선수도 매우 피곤하고 불안한 표정이었다. 그러고 나서 이틀 동안 그의 자리에는 흰 얼굴 대신 창백하고 파랗게 질린 젊은이가 대신 나왔는데 거의 박수를 받지 못했다. 그러나 이틀 후 호레이스가 다시 등장했을 때 무대에 가까이 앉았던 사람들은 그 젊은 곡예사의 얼굴에 기쁨과 행복이 넘쳐 났다고, 그가 경이롭고 독창적인 어깨 그네 동작 중 공중에서 숨을 죽이고 몸을 비틀 때조차 그랬다고 말했다. 그 공연 후 호레이스는 엘리베이터 맨에게 웃음을 던지고는 아파트 계단을 한 번에 다섯 개씩 뛰어 올라갔다. 그러고는 발끝으로 아주 조심스럽게 조용한 방으로 들어갔다.

"마르샤." 그가 속삭였다.

"안녕!" 그녀가 그를 보며 기운 없이 웃었다. "호레이스, 당신에게 부탁이 있어요. 책상 첫 번째 서랍을 보면 큼직한 종이 뭉치가 있을 거예요. 그거, 일종의 책이에요, 호레이스. 지난 석 달간 집에 들어앉아 있는 동안 내가 쓴 거예요. 그걸 내 편지를 신문에 실어주었던 피터 보이스 웬델에게 갖다 줘요. 그 사람이 좋은 책이 될 수 있을지 여부를 말해 줄 거예요. 그냥 얘기하듯이, 내가 그 사람에게 썼던 편지처럼 그렇게 썼어요. 그냥 나에게 일어났던 많은 일들에 관한 이야기예요. 그 사람에게 갖다 주겠어요, 호레이스?"

"그럴게, 여보."

그는 머리가 베개 위 그녀의 머리에 닿을 때까지 몸을 숙여 그녀의 노란 머리를 쓰다듬기 시작했다.

"무엇보다 사랑하는 마르샤." 그가 부드럽게 말했다.

"아뇨." 그녀가 중얼거렸다. "내가 불러달라고 한 대로 불러줘요."

"내 사랑." 그가 열정을 다해 속삭였다. "무엇보다 사랑하는 내 사랑."

"우리 딸은 뭐라고 부를까요?"

그들은 잠시 행복하고 나른한 만족감 속에서 쉬었다. 호레이스가 생각에 잠겼다.

"마르샤 흄 타박스라고 부르자." 그가 마침내 말했다.

"왜 흄이에요?"

"우리를 처음 소개시켜 준 사람이니까."

"그래요?" 그녀가 중얼거렸다. 졸리는 가운데 놀라는 눈치였다. "난 그 사람 이름이 찰리 문인 줄 알았는데."

그녀의 눈이 감겼다. 그리고 잠시 후 그녀의 가슴 위의 이불이 느리고 길게 오르내리는 모습에서 그녀가 잠든 것을 알 수 있었다.

호레이스는 발끝으로 걸어서 책상으로 간 다음 제일 위의 서랍을 열었다. 빽빽하게 흘려 쓴, 그리고 연필 자국이 번진 종이 뭉치가 있었다. 첫 페이지를 보았다.

샌드라 피프스, 깨어나다.
마르샤 타박스 지음

그가 미소를 지었다. 새뮤얼 피프스가 어쨌든 영향을 주긴 준 것이로군. 그는 페이지를 넘기고 읽기 시작했다. 그의 미소가 더욱 깊어졌다. 그는 계속 읽어갔다. 반 시간이 지난 후 그는 마르샤가 깨어나 침대에서 자신을 지켜보고 있다는 걸 알게 되었다.

"여보." 부드러운 목소리가 들려왔다.

"왜, 마르샤?"

"마음에 들어요?"

호레이스가 기침을 했다.

"계속 읽게 되는군. 재치 있어."

"피터 보이스 웬델에게 가지고 가요. 가서 당신이 한때 프린스턴에서 최고 점수를 받았고 당신은 좋은 책을 알아본다고 말해요. 그리고 이 책이 대성공을 할 거라고 말해 줘요."

"알았어, 마르샤." 호레이스가 상냥하게 말했다.

그녀의 눈이 다시 감겼고, 호레이스는 건너가 그녀의 이마에 키스를 했다. 그리고 안타까움을 담은 부드러운 표정으로 잠시 그렇게 서 있었다.

그날 밤 내내 종이 위의 갈겨쓴 글씨들, 반복되어 나타나는 철자와 문법의 실수, 이상하게 찍힌 구두점들이 그의 눈앞에서 춤을 추었다. 그는 밤에 몇 번이나 잠에서 깨었고, 그때마다 글로 표현되고 싶어 하는 마르샤의 영혼의 욕구에 대한 혼란스러운 공감이 가득 솟구쳐 오르는 것을 느꼈다. 그가 보기에 이 일에는 한없이 애처로운 뭔가가 있었다. 그리고 그도 몇 달 만에 처음으로 마음속에서 반쯤 잊고 있었던 자신의 꿈들을 뒤적여 보았다.

그도 책을 쓸 생각이었다. 쇼펜하우어가 염세주의를, 윌리엄 제임스가 실용주의를 대중화했듯, 자신도 책을 통해 신실재론을 대중화시킬 마음을 가지고 있었다.

머리와 어깨 143

그러나 인생은 그쪽으로 풀리지 않았다. 인생은 사람을 붙들어 체조용 링 안으로 던져버렸다. 그는 자신의 방문을 두드리던 소리, 흄에 비치던 투명한 그림자, 마르샤가 졸라대던 키스를 생각하며 웃었다.

"그래도 나는 여전히 나다." 그는 어둠 속에서 잠에서 깨어 누운 채로 경이로움 속에 그렇게 소리 내어 말했다. "나는 여전히 버클리에 앉아 과연 그 두드림의 소리가 그 소리를 들을 귀가 없다 해도 실제로 존재하는 것일까 무모하고 골똘하게 생각했던 그 사람인 것이다. 나는 여전히 그 사람이다. 그가 범죄를 저지르면 전기의자에 앉을 사람이 바로 나인 것이다."

"가엾고 투명한 영혼들은 뭔가 손에 잡히는 구체적인 것으로 우리를 표현하려 한다. 마르샤는 이미 저술한 책으로, 나는 아직 저술하지 못한 책으로. 우리는 각자 자신의 도구를 선택하고 우리가 얻을 수 있는 것을 취하면 된다. 그리고 기뻐하면 될 일이다."

V

「샌드라 피프스, 깨어나다」는 칼럼니스트 피터 보이스 웬델에 의해 《조단의 매거진》에 연재되었고, 3월에는 책으로 나왔다. 글은 잡지에 실린 첫 회부터 폭넓은 주목을 받았다. 아주 진부한 주제였지만——뉴저지 주 작은 마을 출신의 여자가 뉴욕으로 가서 무대에 선다는——담백하게 다루어져 있었다. 문장에는 특유의 생생함이 있었고, 어휘의 부적절한 사용에는 쉽게 잊을 수 없는 슬픔의 색조가 깔려 있어 저항할 수 없는 매력을 뿜어냈다.

당시 피터 보이스 웬델은 마침 표현이 풍부한 토착 어휘들의 즉각적인 채택을 통한 미국 언어의 풍요화를 역설하고 있던 중이었기에 기꺼이 책의 후원자로 나섰고, 인습에 갇힌 비평가들이 평이하게 늘어놓는 진부함 위로 강력한 추천의 말들을 퍼부었다.

마르샤는 연재물 회당 3백 달러를 받았는데 시기적으로 적절한 것이었다. 이제는 호레이스가 곡마장에서 받는 월급이 마르샤가 그전까지 받던 돈보다 많기는 했지만 어린 딸 마르샤가 새된 소리를 내며 울어대는 바람에 시골의 공기가 필요하다고 생각하던 참이었기 때문이다. 그래서 4월 초, 그들은 웨스트체스터 카운티에 작은 집을 얻었다. 잔디밭과 차고를 포함한 모든 것이 갖춰져 있었고, 특히 방음장치가 된 난공불락의 서재까지 있었다. 마르샤는 조단 씨에게 딸의 요구가 줄어들기 시작하면 그 서재에 칩거하면서 사라지지 않을 비문학적 문학을 쓰겠다고 성실하게 약속했다.

"결코 나쁘지 않아." 어느 날 밤 호레이스는 기차역에서 집으로 향하며 생각했다. 그는 자신 앞에 열려 있는 여러 가능성들을 저울질하는 중이었다. 다섯 자리 숫자의 봉급을 주겠다는 넉 달간의 보드빌 공연, 그리고 프린스턴으로 돌아가 체육관의 모든 일을 총 관장하는 자리 등이 있었다. 참 신기하지! 그는 한때 프린스턴으로 돌아가 철학에 관한 모든 일을 담당할 생각을 했던 사람인데 그의 옛 우상이었던 안톤 로리에가 뉴욕에 도착했다는 소식을 듣고도 전혀 마음의 동요가 느껴지지 않았다.

그의 발아래에서 자갈돌들이 소란스럽게 자박자박 소리를

냈다. 거실의 불빛이 빛나고 있는 것이, 그리고 커다란 차 한 대가 차고 앞 차도에 서 있는 것이 보였다. 아마도 또 조단 씨가 마르샤에게 일에 착수하라고 설득하러 온 모양이었다.

그가 다가오는 소리를 들었는지 불 밝힌 현관에 마르샤의 형상이 나타났고 그녀가 밖으로 나와 그를 맞았다.

"어떤 프랑스 사람이 와 있어요." 그녀가 안정을 잃고 낮은 목소리로 말했다. "난 그 사람 이름을 발음할 수가 없네요. 하지만 목소리가 아주 깊어요. 당신이 그 사람과 얘기하세요."

"프랑스 사람이라니?"

"난들 알겠어요. 한 시간 전에 조단 씨와 함께 차를 타고 와서는 샌드라 피프스와 그녀 주변의 모든 것들을 만나보고 싶다는 거예요."

그들이 안으로 들어가자 두 남자가 의자에서 일어섰다.

"잘 있었나, 타박스." 조단이 말했다. "난 지금 유명 인사 두 사람을 만나게 해주고 있었네. 로리에 씨를 여기로 모시고 왔어. 로리에 씨, 타박스 씨를 소개하겠습니다. 타박스 부인의 남편이지요."

"아니, 안톤 로리에 아닙니까!" 호레이스가 놀라 소리쳤다.

"네. 제가 꼭 와보고 싶었습니다. 와야 했지요. 부인의 책을 읽었는데 아주 매력적이었습니다." 그는 자기 주머니 안을 뒤적이며 말을 이었다. "아, 당신 이야기도 읽었습니다. 오늘 읽은 이 신문에 당신 이름이 있어요."

그는 마침내 잡지에서 잘라낸 기사 하나를 꺼냈다.

"읽어봐요!" 그가 열정을 보이며 말했다. "당신 얘기도 있어요."

호레이스의 시선이 종이를 훑어 내려갔다.

"미국 사투리 문학에 대한 탁월한 기여." 글은 그렇게 시작했다. "문학적 어조로 승부하지 않는다. 이 책은 바로 그 점에서 고유의 우수성을 끌어내었다. 『허클베리 핀』이 그러했듯이."

그 아래의 한 구절이 호레이스의 눈길을 끌었다. 그는 갑작스러운 놀라움 속에 서둘러 글을 읽어 내려갔다.

"마르샤 타박스의 무대와의 인연은 관객에 그치지 않는다. 그녀는 공연가의 아내이기도 하다. 그녀는 지난해 호레이스 타박스와 결혼했는데, 그는 매일 저녁 곡마장에서 멋진 공중곡예로 어린이들에게 기쁨을 안겨 준다. 이 젊은 부부는 자신들을 '머리와 어깨'라는 별명으로 부르고 있다. 물론 타박스 부인이 저술과 정신적 분야를 담당하고, 남편은 유연성과 민첩함으로 어깨를 담당하여 가정의 부를 형성함에 있어 각각의 몫을 하고 있다고 한다."

"타박스 부인은 지나치게 남용되고 있는 '천재'라는 호칭을 받을 만하다. 이제 스무 살인……."

호레이스가 읽기를 멈췄다. 그리고 눈에 아주 기이한 표정을 담고서 안톤 로리에를 뚫어지게 응시했다.

"제가 도움말을 하나 드리고 싶군요." 그가 거친 목소리로 입을 열었다.

"뭔가요?"

"문 두드리는 소리에 대해서입니다. 절대로 대답하지 마세요! 그냥 두드리게 내버려 두세요. 아예 문에 패드를 대버리시던지요."

컷글라스 그릇

 구석기시대가 있었고 신석기시대가 있었고 청동기시대가 있었다. 그리고 많은 세월이 흐른 후 컷글라스 시대가 되었다. 컷글라스 시대에는 젊은 여자들이 위로 말린 콧수염을 길게 기른 젊은 남자들에게 결혼하자고 설득하고는, 몇 달이 지나면 자리에 앉아 각종 컷글라스 선물 — 컷글라스 펀치 그릇, 손가락 씻는 그릇, 저녁 식사용 물 잔, 와인 잔, 아이스크림 그릇, 사탕 그릇, 음료수 병, 꽃병 등 — 에 대한 감사 카드를 썼다. 1890년대에 컷글라스는 그다지 새로운 것이 아니었고, 이미 백베이 지역에서 중서부의 성채들에 이르기까지 분주히 상류사회의 반짝이는 불빛을 반사시키고 있었다.

 결혼식이 끝난 후면 펀치 그릇들은 식당 진열대 위의 커다란 그릇과 함께 중앙에 놓였다. 글라스들은 찬장으로 들어갔고 촛대들은 이런저런 물품들의 양 끝에 놓였다. 그 순간부터 존재를 위한 투쟁이 시작되었다. 사탕 그릇은 작은 손잡이가 사라지면서 위층으로 올라가 핀을 놓는 접시가 되었다. 유유히 노닐던 고양이가 진열대에서 작은 그릇을 쳐서 떨어뜨리고, 가정부 아이는 중간 크기 그릇과 설탕 그릇을 부딪쳐 이가 빠지게 만들었다. 그러고 나면 와인 잔들의 다리에 금이 가고, 심지어는 식사용 물 잔도 열 명의 흑인 아이들처럼 그렇게 하나둘 사라졌다. 그리고 마지막 잔은 결국 홈이 가고 망가져서 몰락하고도 허세를 부리는 화장실 선반 위의 다른 물건들 사이에 칫솔꽂이가 되어 놓이게 되었다. 하지만 이런 일들이 다 일어났을 때 이미 컷글라스 시대는 끝나 있었다.

호기심 많은 로저 페어볼트 부인이 아름다운 해럴드 파이퍼 부인을 만나러 왔던 그날은 처음의 그 영광이 모두 다 지나간 후였다.

"부인." 호기심 많은 로저 페어볼트 부인이 말했다. "집이 정말 마음에 들어요. 상당히 예술적이라고 생각해요."

"너무나 감사해요." 아름다운 해럴드 파이퍼 부인이 그녀의 젊디젊은 검은 눈에 빛을 내며 말했다. "더 자주 오셔야죠. 저는 오후에는 거의 늘 혼자 있답니다."

페어볼트 부인은 그 말을 전혀 믿지 않는다고 지적하고 싶었을 것이다. 어떻게 자신을 기다리겠다는 것인지 알 수가 없었다. 프레디 게드니 씨가 지난 여섯 달 동안 일주일에 닷새씩 오후마다 파이퍼 부인에게 들른다는 것은 이미 온 동네가 다 아는 이야기였다. 페어볼트 부인은 아름다운 여자라면 누구든 믿지 않는 그런 성숙한 나이에 이르러 있었다.

"식당이 가장 마음에 들어요." 그녀가 말했다. "저 근사한 자기 그릇들과 커다란 컷글라스 그릇 말이에요."

파이퍼 부인이 웃음을 터뜨렸다. 그 웃음이 너무 예뻐서 페어볼트 부인의 마음속에 계속 남아 있던 프레디 게드니의 이야기는 사라지고 말았다.

"아, 저 큰 그릇요!" 그 말들을 굴려 내는 파이퍼 부인의 입은 신선한 장미 꽃잎이었다. "그 그릇에는 사연이 있답니다."

"아!"

"칼튼 캔비라는 청년 기억하세요? 한때는 정말 상냥한 사람이었지요. 내가 해럴드와 결혼할 거라는 이야기를 하자, 그러니까 칠 년 전인 1892년이군요. 그가 아주 가까이 다가오더니 말했어요. '에블린, 당신에게 선물을 주겠어요. 당신만큼 단단하고, 당신만큼 아름답고, 당신만큼 비어 있고, 그리고 당신만큼 속을 꿰뚫어 보기 쉬운 선물이지요.' 그 사람 말에 겁이 좀 났어요. 그 사람의 눈이 너무 새까맸거든요. 그가 내게 유령의 집이나, 열었을 때 폭발하는 무언가를 주려는 건 아닐까 생각했어요. 그런데 저 그릇이 온 거예요. 물론 아름답지요. 지름인가 둘레인가, 하여튼 그게 2.5피트, 아니 3.5피트인가 그래요. 어쨌든 저 그릇을 놓기에는 진열대가 너무 작아서 앞으로 삐져나온답니다."

"어머, 부인, 그거 참 이상하네요! 그맘때쯤 그 젊은이가 마을을 떠났잖아요, 그렇죠?" 페어볼트 부인은 그녀의 머릿속에서 이탤릭체로 강조해 가며 메모를 갈겨쓰고 있었다. "단단하고, 아름답고, 텅 비고, 꿰뚫어 보기 쉽다."

"네, 그 사람은 서부로, 아니 남부든가, 하여튼 어디론가 갔어요." 파이퍼 부인이 대답했다. 그녀에게선 세월과는 상관없이 늘 그녀를 아름답게 느끼게 만드는 어떤 신성하고 알 수 없는 무언가가 발산되고 있었다.

페어볼트 부인은 널찍한 음악실로부터 서재를 지나 그 뒤의 식당 일부분까지 보이는 탁 트인 시야가 집을 크게 보이게 하는 효과가 있다고 인정하며 장갑을 꼈다. 이 집은 마을에 있는 작은 규모의 집들 중 가장 훌륭한 집이었다. 파이퍼 부인은 드브로 대로에 있는 더 큰 집으로 이사 가는 일에 대해 이야기했다. 해럴드 파이퍼가 돈을 잘 버는 것이 틀림없다.

페어볼트 부인은 짙어지는 가을 어스름 속의 인도로 올라섰다. 그녀는 성공한 사십 대 여성들 거의 대부분이 입가에 띠고 다니게 마련인, 상대를 비난하는 듯한 희미하게 불쾌한 표정을 얼굴에 드러내고 있었다.

그녀는 생각했다. 내가 만약 해럴드 파이퍼였다면 나는 일에 시간을 좀 덜 쓰고 대신 집에서 좀 더 많은 시간을 보내겠어. 친구들이 그에게 얘기 좀 해주지.

그러나 페어볼트 부인이 그날 오후의 성과를 성공적이라고 생각했다면, 만약 그녀가 몇 분만 더 오래 있었더라면 그 오후를 대성공이라고 여겼을 것이다. 그녀가 100야드 정도 떨어진 거리에서 점점 멀어져 가는 검은 그림자가 되었을 때, 아주 잘생기고 정신이 피폐해 보이는 청년이 파이퍼 씨의 집으로 가는 길에 나타났다. 벨 소리에 파이퍼 부인이 직접 문을 열었고 다소 당황한 표정으로 재빨리 그를 서재로 데리고 갔다.

"당신을 만나야 했어요." 청년이 격렬하게 말했다. "당신 편지 때문에 난 엉망진창으로 지냈어요. 해럴드가 그렇게 하라고 당신에게 겁을 주었습니까?"

그녀가 머리를 저었다.

"난 끝났어요, 프레드." 그녀가 천천히 말했다. 지금처럼 그녀의 입술이 떨어지는 장미 꽃잎처럼 보였던 적도 없었다. "어젯밤 그이가 지쳐서 집에 돌아왔어요. 제시 파이퍼가 의무감이 너무 무거웠던 나머지 그이 사무실에 가서 이야기를 다 해버린 모양이에요. 그는 상처를 받았고, 아, 난 그이 편에서 볼 수밖에 없어요. 이제 그는 그가 들었던 대화의 단편들과 사람들이 나에 대해 흘리던 감추어진 힌트들을 이해하게 된 거에요. 그이는 정말 화가 많이 났어요, 프레드. 그는 나를 사랑하고 나도 그를 사랑해요, 어느 정도는요." 게드니는 천천히 고개를 끄덕이고는 반쯤 눈을 감았다.

"네." 그가 말했다. "네, 내 고민도 당신과 같아요. 내게도 다른 사람들의 생각이 아주 뚜렷하게 보이니까요." 그의 회색 눈이 그녀의 검은 눈과 숨김없이 만났다. "축복받았던 일은 끝났군요. 아, 에블린, 난 하루 종일 사무실에서 당신 편지의 겉봉만 보고 있었어요. 그걸 보고 또 보고……."

"어서 가야 해요, 프레드." 그녀가 단호하게 말했다. 그녀의 목소리에 나타난 서두름을 약간 강조하는 기색이 그에게 새로운 아픔으로 다가왔다. "난 그이에게 당신을 만나지 않겠다고 명예를 걸고 약속했어요. 난 내가 해럴드와 갈 수 있는 한계를 알아요. 그리고 오늘 저녁 여기 이렇게 당신과 함께 있는 것도 내가 해서는 안 되는 일이에요."

그들은 그렇게 거기 서 있었다. 그녀는 말을 하며 문을 향해 조금 움직였다. 게드니는 비참한 마음으로 그녀를 바라보며 거기 그 끝에서 그녀의 마지막 모습을 소중히 간직하려 애쓰고 있었다. 바로 그때 갑자기 두 사람 모두 돌처럼 딱딱하게 굳어졌다. 밖에서 발소리가 들려왔던 것이다. 즉시 그녀가 팔을 뻗어 그의 코트 깃을 잡고는 반쯤 재촉하며 반쯤 그를 돌아세워 어두운 식당으로 통하는 커다란 문으로 밀어 넣었다.

"내가 그이를 위층으로 올라가게 할게요." 그녀가 그의 귀 가까이에 대고 낮은 목소리로 말했다. "그이가 계단을 올라가는 소리가 들릴 때까지는 움직이지 말아요. 그다음 앞 현관으로 나가세요."

그러고 나서 그는 홀로 남아 그녀가 홀에서 남편에게 인사하는 것을 듣고 있었다.

해럴드 파이퍼는 서른여섯 살로 아내보다 아홉 살이 많았다. 그는 잘생긴 남자였다. 몇 가지 주변적인 주석을 달자면, 그는 눈과 눈 사이가 너무 좁았고, 기분이 가라앉아 있을 때면 그의 얼굴에서는 어떤 뻣뻣한 부자연스러움이 느껴졌다. 게드니 문제에 대한 그의 태도는 그만의 아주 전형적인 것이었다. 그는 에블린에게 자신은 이 문제가 다 끝난 이야기라고 생각하며, 다시 그녀를 비난하거나 어떤 형태로든 이 문제를 암시하는 일은 없을 거라고 말했다. 그는 그렇게 하는 것이 이 문제를 통 크게 바라보는 방법이라고, 그녀도 적지 않게 감동을 받았을 거라고 스스로 생각했다. 하지만, 스스로 마음이 넓다는 생각에 사로잡힌 남자들이 다 그렇듯 실제로 그는 유난히 편협했다.

그는 이날 저녁 에블린에게 유난히 애정 표현을 하며 인사했다.

"해럴드, 서둘러 옷을 갈아입어야 해요." 그녀가 조바심 내며 말했다. "브론슨 씨 집에 가야 하잖아요."

그가 고개를 끄덕였다.

"난 옷 입는 데 오래 걸리지 않아, 여보." 그는 말소리를 뒤로 남기며 서재로 들어갔다. 에블린의 가슴이 크게 요동쳤.

"해럴드." 목소리가 약간 메인 그녀가 남편을 뒤따라 들어갔다. 그는 담배에 불을 붙이고 있었다. "서둘러야 해요, 해럴드." 그녀는 말을 마치고 문에 서 있었다.

"왜?" 그가 좀 짜증을 내며 물었다. "당신도 아직 옷을 안

입었잖아, 에비."

그가 모리스 안락의자에 몸을 뻗으며 앉더니 신문을 펼쳤다. 에블린은 몸이 꺼지는 느낌이었다. 그것은 최소한 십 분은 걸린다는 뜻임을 알고 있었던 것이다. 게드니는 바로 옆방에 숨을 죽이며 서 있다. 해럴드가 위층으로 올라가기 전에 신문을 보기로 한 이상 그는 진열대 위 음료수 병에서 마실 것을 원할 것이다. 그렇다면 미리 앞질러 그에게 병과 잔을 가져다주어야겠다는 생각이 들었다. 그녀는 식당으로 그의 주의를 끌지도 모른다는 걱정에 겁이 났지만 다른 경우가 일어나게 할 수는 없는 일이었다.

그런데 동시에 해럴드가 자리에서 일어나 신문을 내려놓더니 그녀에게 다가왔다.

"에비, 여보." 그가 몸을 숙이며 두 팔을 그녀에게 둘렀다. "당신이 어젯밤 일을 생각하고 있지 않길 바라오." 그녀는 그에게 가까이 갔다. 몸이 떨리고 있었다. "나는 알아." 그가 말을 이었다. "당신 입장에서는 그저 경솔한 우정이었을 뿐이라는 걸. 우리는 누구나 실수를 하지."

에블린에게는 그의 말이 거의 들리지 않았다. 그녀는 자신이 그에게 완전히 밀착하면 그를 유혹하여 위층으로 올라가게 할 수 있을까 생각하고 있었다. 그녀는 치사한 방법을 써서 그에게 그녀를 안고 위층 침실로 올라가 달라고 할 생각까지 했다. 하지만 불행하게도 그녀는 그가 그녀를 소파에 누이고 위스키를 가지고 올 것임을 알고 있었다.

갑자기 그녀의 신경이 도달할 수 있는 최대 한계치까지 극도로 팽팽해졌다. 아주 희미했지만 분명히 마루가 삐걱거리는 소리가 식당에서 들려온 것이다. 프레드가 뒷문으로 나가려하고 있었다.

그때 마치 징과도 같은 텅 빈 울림이 집 안에 울려 퍼지고 또 울려 퍼졌다. 게드니의 팔이 그 커다란 컷글라스 그릇을 친 것이었다.

"저게 뭐지!" 해럴드가 외쳤다. "누가 저기 있는 거야?"

그녀가 그에게 매달렸지만 그는 그녀에게서 몸을 빼내어 가 버렸다. 방이 완전히 무너지는 것만 같았다. 저장실 문이 열어 젖혀지는 소리, 드잡이하는 소리, 그리고 양철 팬이 덜그럭거리는 소리, 미칠 듯한 절망 속에서 그녀가 부엌으로 뛰어 들어갔고 싸움을 제지했다. 남편이 천천히 게드니의 목에서 팔을 풀었고, 그는 처음에는 놀라움에, 그러고 나서는 고통이 떠오르는 얼굴로 그 자리에 전혀 움직이지 않고 서 있었다.

"세상에!" 그가 어쩔 줄 몰라 하며 말하고는 또 되풀이해서 말했다. "세상에!"

그는 게드니에게 다시 덤비기라도 할 것처럼 돌아서다가 멈추었다. 그의 근육들이 눈에 띄게 풀어지더니 그가 작게 쓴웃음을 뱉었다.

"당신네들, 당신네들……." 에블린이 두 팔로 그를 안고 눈으로는 미친 듯이 애원했지만 그는 그녀를 밀어버리고 부엌 의자에 멍하니 주저앉아 버렸다. 그의 얼굴은 자기처럼 창백했다. "당신이 내게 이런 짓을 하고 있었다니, 에블린. 악마 같으니라고! 이 악마!"

그녀는 지금처럼 그에게 미안한 적이 없었다. 그리고 지금처럼 그를 사랑한 적이 없었다.

"저 사람 잘못이 아닙니다." 게드니가 자신을 낮추며 말했다. "내가 그냥 찾아온 겁니다." 하지만 파이퍼는 고개를 흔들었다. 그가 일어났을 때 그의 표정은 마치 육신에 일어난 어떤 사고 때문에 정신이 일시적으로 기능하지 못하는 사람 같았다. 그의 눈이 갑자기 너무나도 측은해 보여서 에블린은 소리 없는 깊은 울림을 느꼈다. 그리고 동시에 그녀 안에서 강렬한 분노가 솟구쳐 올랐다. 눈꺼풀이 타는 것처럼 뜨거웠다. 거칠게 발을 굴렀다. 그리고 마치 무기라도 찾듯이 그녀의 손이 신경질적으로 테이블 위를 훑더니, 거칠게 게드니에게 퍼부어 대기 시작했다.

"나가요!" 그녀가 소리를 질렀다. 그녀의 검은 눈은 이글거렸고, 작은 주먹은 무력하게 게드니가 벌리고 있던 두 팔을 두드려대고 있었다. "당신이 이렇게 만든 거야! 여기서 당장 나가! 나가! 나가라고! 나가!"

II

해럴드 파이퍼 부인이 서른다섯 살인 것을 생각하면 의견이 나뉘었다. 여자들은 그녀가 아직도 아름답다고 했고, 남자들은 그녀가 더 이상 예쁘지 않다고 했다. 그런데 이는 아마도 여자들은 두려워하고 남자들은 쫓아다니던 그녀 아름다움 속의 그 특색이 사라졌기 때문일 것이다. 그녀의 눈은 여전히 크고 까맣고 또 슬펐지만 신비로움이 떠나고 없었다. 눈에 깃든 슬픔은 더 이상 불멸의 것이 아닌 지극히 인간적인 것이었다. 그리고 그녀에겐 버릇이 하나 생겼는데, 놀라거나 성가시면 눈썹에 경련을 일으키며 눈을 몇 번 깜박거리는 것이었다. 그녀의 입도 역시 예전의 입이 아니었다. 붉은빛은 퇴색했고, 웃을 때면 입가가 약간 아래로 처져서 그 때문에 눈을 더 슬퍼 보이게 만들었던, 막연히 비웃는 것 같으면서 아름답던 그 모습도 거의 사라지고 없었다. 그녀가 웃으면 이제는 입가가 위로 올라갔다. 그녀가 자신의 아름다움에 푹 빠져 있던 옛 시절, 에블린도 자신의 미소를 좋아했었다. 그녀는 자주 그 미소를 강조하여 웃곤 했었다. 하지만 그러기를 멈춘 지금, 미소는 희미해지고 그와 함께 마지막 남은 그녀의 신비로움도 퇴색해 버렸다.

에블린은 프레디 게드니 사건이 있은 지 한 달이 채 지나지 않아 강조된 미소 짓기를 그만두었다. 겉으로는 모든 것이 이전과 거의 똑같이 흘러갔다. 하지만 자신이 남편을 얼마나 사랑하는지 깨달은 불과 그 몇 분 동안 그녀는 또한 자신이 남편에게 얼마나 지독한 상처를 입혔는지도 깨달았다. 한 달 동안 그녀는 고통스러운 침묵과 거친 비난 그리고 질책을 견뎌냈다. 그녀는 남편에게 빌기도 했고, 남편과 말없이 비참하고 짧은 잠자리를 하기도 했다. 그는 그녀를 잔인하게 비웃었다. 그리고 그녀 역시 점차 침묵 속으로 빠져들어 갔고, 그들 사이엔 어둡고 완벽한 차단의 장벽이 세워졌다. 그녀는 내부에서 차올라 솟구치는 사랑을 그녀의 어린 아들 도널드에게 쏟아부었다. 그 아이가 자신의 삶의 일부임을 놀라움 속에 깨닫게 된 것이다.

다음 해가 되자 서로에 대한 이해와 책임이 쌓여 가고, 과거로부터 홀연히 나타난 감정의 일렁임이 아내와 남편을 다시 하나로 합쳐 주었지만, 다소 측은한 열정의 물결이 지나간 후 에블린은 그녀의 기회는 이제 아주 지나가 버렸음을 깨달았다. 간단히 말해, 아무것도 남지 않았던 것이다. 그녀도 한때 젊음이었고 사랑이었다. 그러나 그 침묵의 시간은 서서히 애정의 샘을 말려 버렸고, 그 애정의 샘을 다시 마시고 싶다는 그녀의 욕구도 죽어버렸다.

그녀의 서른다섯 번째 생일엔 유달리 분주했다. 그날 밤 너무 촉박하게 사람들을 초대하고 파티를 준비했기 때문이었다. 그녀는 그날 늦은 오후 침실 창가에 서서 몹시 피곤하다고 느끼고 있었다. 십 년 전이었다면 자리에 누워 잠을 잤겠지만 지금의 그녀는 일들이 어떻게 진행되는지 봐야겠다고 생각하고 있었다. 가정부들이 아래층에서 청소를 하고 있었고 잡동사니들이 바닥에 마구 널려 있었다. 분명 식료품점 사람들에게 급하게 해야 할 이야기들도 있을 것이다. 그리고 도널드에게 편지도 써야 했다. 아이는 열네 살이었고 처음으로 기숙학교에 들어가 지내고 있었다.

그럼에도 불구하고 그녀가 누워야겠다고 거의 마음을 정하던 차에, 갑작스럽게 아래층에서 어린 줄리가 내지르는 낯익은 비명 소리가 들려왔다. 그녀는 입술을 다물었다. 눈썹에 경련이 일었고 눈은 깜박거렸다.

"줄리!" 그녀가 소리쳤다.

"아-아-아우!" 줄리가 애처롭게 소리를 늘이고 있었다. 그때 보조 가정부인 힐다의 목소리가 계단 위로 올라왔다.

"조금 베었어요, 파이퍼 부인."

바느질 바구니로 달려간 에블린은 바구니를 뒤져 찢어진 손수건 하나를 찾아낸 후 급히 아래층으로 내려갔다. 곧 줄리는 울면서 그녀의 품에 안겼고 어디를 베었는지 찾는 동안 희미하고 미약한 흔적들이 줄리의 옷에서 나타났다!

"내 엄지!" 줄리가 말했다. "아, 아, 아야, 아파."

"여기 있던 그릇 때문이에요, 그 큰 거요." 힐다가 미안해하며 말했다. "제가 진열대를 닦는 동안 바닥에 내려놓았거든요. 그런데 줄리가 와서 가지고 놀다가 긁힌 거예요."

에블린은 힐다에게 인상을 잔뜩 쓴 후 무릎에 있던 줄리를 과감히 돌려 앉히고는 손수건을 길게 찢기 시작했다.

"자, 어디 보자, 아가야."

줄리가 엄지를 올려 보였고 에블린은 그 손가락을 잡았다.

"자!"

줄리가 천으로 동여맨 손가락을 못 미덥다는 듯 살폈다. 손가락을 구부려보았다. 손가락이 움직였다. 만족스럽고 재미있어하는 표정이 눈물로 얼룩진 아이의 얼굴에 떠올랐다. 아이는 훌쩍거리며 다시 손가락을 움직여 보았다.

"우리 예쁜 아가!" 에블린이 말하며 아이에게 키스했다. 하지만 그녀는 방을 떠나기 전에 다시 한 번 힐다에게 인상을 찌푸렸다. 조심성도 없지! 요즘 가정부들이란 참! 일 잘하는 아일랜드 여자를 구할 수 있었다면……. 하지만 요즘은 그런 사람을 좀처럼 구하기 힘들었고, 그래서 이 스웨덴 여자들을 쓰는 것이다.

5시가 되자 해럴드가 왔다. 그녀의 방으로 올라온 그는 이상하게 즐거운 말투로 그녀의 생일이니 그녀에게 서른다섯 번의 키스를 해주겠다고 했다. 에블린은 말렸다.

"술 마셨군요." 그녀가 간단히 말했다가 곧 내용을 덧붙였다. "조금요. 내가 술 냄새를 싫어하는 것 알잖아요."

"에비." 그가 잠시 사이를 두고 창가 의자에 앉으며 말했다. "이제는 당신에게 이야기할 수 있소. 당신도 시내의 일들이 잘 풀리지 않는다는 건 알 거요."

그녀는 창가에 서서 머리에 빗질을 하다가 그 말에 돌아서서 그를 바라보았다.

"무슨 소리예요? 당신은 이 도시에 하드웨어 도매상 하나쯤 더 있어도 괜찮다고 항상 말했잖아요." 그녀의 목소리에 놀라움이 담겨 있었다.

"그랬었지." 해럴드가 의미심장하게 말했다. "하지만 이 클래런스 에이헌이란 자는 아주 영리해."

"그 사람이 저녁 먹으러 온다고 당신이 말했을 때 난 깜짝 놀랐어요."

"에비." 그가 무릎을 또 한 번 치면서 말을 이었다. "1월 1일 이후로 '클래런스 에이헌 사(社)'는 '에이헌, 파이퍼 사'로 바뀔 거야. '파이퍼 브러더스'라는 회사는 이제 더 이상 존재하지 않게 돼."

에블린은 크게 놀랐다. 두 번째로 들리는 그의 이름이 어쩐지 적대적으로 느껴졌다. 남편은 여전히 기쁨에 넘쳐 보였다.

"이해가 안 가요, 해럴드."

"에블린, 에이헌은 그동안 막스와 내통하고 있었소. 만일 그들 두 회사가 합쳐졌다면 우리는 군소 업자가 되어 리스크 때문에 주저하며 줄어든 소규모 주문이나 받으면서 계속 힘들어했을 거요. 문제는 자본이오, 에비. '에이헌 앤드 파이퍼'가 이제 하려는 사업을 '에이헌 앤드 막스'가 했을 거라고." 그는 말을 멈추고 기침을 했다. 은근한 위스키 냄새가 그녀의 코까지 올라와 흘러들었다. "사실대로 말하면, 에비, 난 에이헌의 아내가 이 일에 뭔가 관련되어 있다고 의심하고 있었소. 조그맣지만 야심에 찬 여자라고 들었거든. 그 여자가 막스 가문이 그다지 도움이 될 수 없으리라는 걸 안 것 같아."

"그 여자…… 천박한가요?" 에비가 물었다.

"만난 적은 없어, 분명히. 하지만 의심의 여지가 없지. 클래런스 에이헌의 이름이 다섯 달 동안 계속 컨트리클럽에서 오르내렸는데도 아무 조치도 없었거든." 그가 무시한다는 듯 손을 흔들었다. "오늘 나는 에이헌과 점심을 함께했고, 곧 결판을 지을 참이오. 그래서 에이헌과 그의 아내를 오늘 밤 초대하면 좋겠다고 생각했던 거요. 아홉 명 정도만 부릅시다, 주로 가족들로. 어쨌든 이 일은 내게 중요한 일이고, 당연히 우리도 그들을 좀 봐야 하지 않겠소, 에비."

"네." 에비가 생각에 잠겨 말했다. "그래야겠네요."

에블린은 이 일의 사교적 목적에 대해서는 마음이 불편하지 않았다. 하지만 '파이퍼 브러더스'가 '에이헌, 파이퍼 사'가 되는 일은 심란했다. 마치 세상에서 추락하는 것만 같았.

반 시간 후, 저녁 식사를 위해 그녀가 옷을 갈아입기 시작했을 때 아래층에서 남편의 목소리가 들렸다.

"에비, 내려와 봐요!"

그녀는 홀로 나가 난간 아래를 보며 말했다.

"무슨 일이에요?"

"저녁 전에 펀치 만드는 걸 좀 도와줘."

그녀가 서둘러 옷의 훅을 다시 채우면서 계단을 내려가니 남편은 식탁 위에 필요한 재료들을 꺼내 놓고 있었다. 그녀가 진열대로 가서 그릇들 중 하나를 들어 식탁으로 가지고 왔다.

"아, 아니야." 그가 반대했다. "저 큰 그릇을 쓰자고. 에이헌과 그 부인, 당신과 나, 밀턴, 그럼 다섯이지. 그리고 톰과 제시, 그럼 일곱, 당신 여동생과 조 앰블러, 그럼 아홉이잖아. 당신이 펀치를 만들면 얼마나 빨리 동이 나는지 당신은 몰라."

"그래도 이 그릇을 써요." 그녀가 고집을 부렸다. "여기에도 많이 담을 수 있어요. 당신도 톰이 어떤지 알잖아요."

톰 로리는 해럴드의 사촌인 제시의 남편이었는데, 그는 마시기 시작한 술은 무엇이든 끝장을 내는 성향이 있었다.

해럴드가 고개를 저었다.

"바보처럼 굴지 마. 이 그릇엔 겨우 세 병 정도만 담을 수 있는데 우린 아홉이라고. 게다가 하인들도 좀 마시고 싶을 테고. 그리고 별로 센 펀치도 아닌걸. 많이 마실수록 더 즐거울 거야, 에비. 게다가 만든다고 해서 다 마실 필요도 없고."

"난 작은 게 좋겠어요."

그가 다시 고집스럽게 머리를 흔들었다.

"안 돼. 좀 합리적으로 하자고."

"합리적으로 하는 거예요. 난 이 집에서 사람들이 술에 취하는 걸 바라지 않아요."

"누가 당신이 그러길 바란다고 그래?"

"그럼 작은 그릇을 써요."

"이봐, 에비."

그가 다시 작은 그릇을 집어 들었다. 즉시 그녀의 두 손이 그릇을 잡아 눌렀다. 잠깐 힘겨루기를 하다가 해럴드가 약간 과장된 신음 소리를 내며 자기가 쥐고 있던 부분을 들어 올리며 아내의 손가락이 미끄러져 나가게 하고서는 그릇을 들어 진열대로 가지고 갔다.

그녀는 그를 바라보며 경멸스럽다는 듯한 표정을 지으려 애썼지만 그는 웃기만 할 뿐이었다. 그녀는 패배를 인정하면서, 하지만 펀치에 한해서는 앞으로 관심을 끄겠노라며 방을 나가 버렸다.

III

7시 30분, 뺨에 홍조를 띠고 높이 틀어 올린 머리엔 기름을 살짝 발라 윤기가 흐르는 에블린이 계단을 내려갔다. 에이헌 부인이 ─붉은 머리와 지나치게 차려입은 엠파이어 스타일의 드레스 아래로 가벼운 초조함을 감춘 자그마한 여인이었다.─ 유창한 언변으로 에블린에게 인사했다. 에블린은 그 자리에서 그녀가 마음에 들지 않았다. 하지만 그 남편에 대해선 오히려 괜찮다는 생각이 들었다. 푸른색 눈이 날카로워 보였다. 그에게는 사람들을 즐겁게 하는 타고난 재주가 있었는데, 만약 그가 자신의 경력에 너무 일찍 결혼하는 명백한 실수만 범하지 않았더라면 그 재주 덕분에 사회적으로 성공했을지도 모를 일이었다.

"파이퍼 부인을 만나 뵙게 돼서 기쁩니다." 그가 간단하게 말했다. "부인의 남편과 저는 앞으로 함께 많이 만나며 지내게 될 것 같습니다."

그녀는 고개 숙여 인사하며 우아하게 미소를 지었다. 그러고는 돌아서서 다른 사람들을 맞았다. 밀턴 파이퍼, 해럴드의 남동생으로 조용하고 내성적인 성격이었다. 제시와 톰 로리 부부, 그리고 아이린은 에블린의 여동생으로 결혼하지 않았다. 그리고 마지막으로 조 앰블러, 독신주의자로 아이린의 영원한 애인이었다.

해럴드가 저녁 식탁으로 안내했다.

"펀치 파티를 할까 합니다." 그가 즐겁게 말했다. 에블린은 남편이 이미 본인이 만든 펀치를 맛보았음을 눈치챘다. "그래서 펀치 외의 다른 칵테일은 없을 겁니다. 저희 집 펀치 맛은 아내의 훌륭한 솜씨 덕분입니다, 에이헌 부인. 원하시면 아내가 레시피를 드릴 겁니다. 그런데 가벼운 두통이 있어서……." 그는 에블린과 눈이 마주치자 잠시 말을 멈췄다. "가벼운 두통이 있어서 지금 이 펀치는 제가 만들었답니다. 어떻게 만들었는지 얘기해 드리죠."

저녁 식사 내내 펀치가 나왔다. 에블린은 에이헌과 밀턴 파이퍼, 그리고 여자들 모두가 가정부에게 아니라고 머리를 흔드는 것을 보며 펀치 그릇에 대해 자신이 옳았음을 알았다. 아직도 반이나 남아 있었다. 에블린은 곧장 해럴드에게 주의를 주어야겠다고 마음먹었지만 여자들이 테이블을 떠나자 에이헌 부인이 그녀를 붙잡았다. 그녀는 예의상 관심을 보이며 도시들과 양장점 등에 관해 이야기했다.

"우리는 이사를 많이 다녔어요." 에이헌 부인이 붉은 머리를 열심히 끄덕이며 말했다. "네, 그래요, 전에는 한 도시에서 이렇게 오래 산 적이 없답니다. 하지만 여기에서는 아주 살았으면 좋겠어요. 여기가 마음에 들어요. 부인도 그러시죠?"

"글쎄요, 저는 줄곧 여기서 살았답니다. 그러니까 당연히……."

"아, 그렇군요." 에이헌 부인이 웃었다. "클래런스는 항상 자기는 아내가 있어야 한다고, 그래야 집에 와서 '우리는 내일 시카고로 가서 살게 될 거야. 그러니 짐을 꾸리라고.' 하고 말할 수 있다고 제게 얘기하곤 했지요. 그렇긴 하지만 이렇게 어느 곳에서나 살게 될 거라곤 예상하지 못했답니다." 그녀는 또 작은 웃음을 웃어 보였다. 에블린은 저것이 저 여자의 사교적 웃음이 아닐까 생각했다.

"남편분이 아주 유능하신가 봐요."

"아, 네." 에이헌 부인이 아주 자신 있게 대답했다. "머리가 좋아요, 클래런스는요. 아이디어도 있고 열정도 있고. 자신이 원하는 것을 알아내면 반드시 가서 얻어내죠."

에블린은 고개를 끄덕였다. 그녀는 남자들이 아직도 식당에서 펀치를 마시고 있을까 궁금했다. 에이헌 부인은 계속 이 이야기 저 이야기 늘어놓고 있었지만 에블린은 더 이상 귀 기울이고 있지 않았다. 처음으로 한꺼번에 피워 대는 시가의 냄새가 밀려들기 시작했다. 이건 정말 큰 집이 아니야, 그녀는 생각했다. 이런 저녁이면 서재는 연기 때문에 푸르스름하게 변했고, 다음 날엔 커튼에 짙게 밴 지독한 냄새를 빼느라고 몇 시간씩 창문을 열어두어야 했다. 어쩌면 이번 동업으로……. 그녀는 새 집을 꿈꾸기 시작했다…….

에이헌 부인의 목소리가 다시 들려왔다.

"그 레시피 말이에요, 어디 적어놓으셨다면 정말 얻고 싶네요."

그때 식당에서 의자들 소리가 들리더니 남자들이 걸어 들어왔다. 에블린은 즉시 그녀가 가장 걱정하던 일이 현실이 되었음을 알아차렸다. 해럴드의 얼굴이 붉게 물들어 있었고 그의 말은 문장 뒷부분에서 꼬였다. 톰 로리도 비틀거리며 걸어와서는 소파에 앉은 아이린의 옆에 주저앉았는데 하마터면 아이린의 무릎을 칠 뻔했다. 그는 그곳에 앉아 멍하게 눈을 깜박이며 사람들을 쳐다보았다. 에블린도 눈을 깜박이며 그를 바라보았지만, 언짢기만 했다. 조 앰블러는 만족스럽게 웃으면서 시가를 물고 있었다. 에이헌과 밀턴 파이퍼만이 취하지 않은 것 같았다.

"이곳은 아주 아름다운 도시입니다, 에이헌." 앰블러가 말했다. "곧 아시게 될 겁니다."

"그렇게 생각하고 있습니다." 에이헌이 기분 좋게 말했다.

"더욱 그렇게 느끼게 될 겁니다, 에이헌." 해럴드가 고개를 힘차게 끄덕이며 말했다. "저와 일하신다면 말입니다."

그는 갑자기 이 도시를 찬미하기 시작했다. 에블린은 불편한 마음으로 혹시 이 이야기가 자신을 지루하게 하는 것처럼 다른 사람들도 지루하게 만들지 않을까 걱정했다. 하지만 그렇게 보이지는 않았다. 모두 열심히 귀 기울여 듣고 있었다. 에블린은 처음으로 이야기가 끊어지자 대화에 끼어들었다.

"그전에는 어디서 사셨나요, 에이헌 씨?" 그녀가 관심을 보이며 물었다. 그러자 순간 에이헌 부인이 자신에게 해줬던 말이 기억났지만 아무래도 좋았다. 해럴드가 저렇게 이야기를 많이 하게 해서는 안 된다. 그는 술만 마시면 아주 고집불통이 되기 때문이었다. 하지만 그가 곧장 얘기를 이었다.

"이렇게 하죠, 에이헌. 우선 여기 언덕 위에 집을 구하는 겁니다. 스턴의 집이나 리지웨이의 집을 얻어요. 그럼 사람들이 말할 겁니다. '저기 에이헌의 집이 있군.' 견실하다는 느낌, 집이 그런 효과를 주는 겁니다."

에블린의 얼굴이 붉어졌다. 적절한 말로 들리지 않았다. 하지만 에이헌은 아직 부적절하다고 생각하는 것 같진 않았다. 그저 진지하게 고개를 끄덕이고 있을 뿐이었다.

"혹시 좀 알아보고 계셨……." 그러나 그녀의 말이 다 끝나기도 전에 해럴드의 목소리가 울렸다.

"집을 얻어요. 그게 시작이에요. 그다음엔 사람들을 사귀는 겁니다. 속물적인 동네부터 시작해서 사교계 외부 사람들로 퍼져 나가는 거지요. 하지만 오래 걸리진 않을 거예요, 사람들이 당신을 알고 나면 말이죠. 사람들은 당신들을 좋아합니다." 그는 에이헌과 에이헌 부인을 가리키며 손을 내저어 휩쓸어버리는 동작을 해 보였다. "상당히요. 진심이 되는 거지요, 일단 첫 번째 장벽, 장, 장벼어……." 그가 말을 삼켰다가 다시 거드름을 부리며 말했다. "장벽이 이렇게."

에블린은 부탁의 눈길로 시동생을 바라보았지만, 그가 중재하기도 전에 톰 로리에게서 탁한 웅얼거림이 밀려 나왔다. 톰은 그의 이에 단단하게 물려 있던 불 꺼진 시가 때문에 제대로 말을 하지 못하고 있었다.

"그 저네 일나기 저네 드르느데……."

"뭐?" 못 알아들은 해럴드가 물었다.

할 수 없이 톰이 어렵사리 시가를 입에서 뺐는데, 그만 일부만 빠져나오고 말았다. 그러자 그는 남아 있던 부분을 '훗' 하는 소리와 함께 뱉었고, 그것이 방을 건너 에이헌 부인의 무릎 위에 미끄러지듯 날아가 흐느적 내려앉았.

"미안합니다." 그가 중얼거리며 자리에서 일어섰다. 막연히 그 시가 조각을 가지러 갈 생각이었다. 밀턴의 손이 때마침 톰의 코트를 잡아 주저앉혔고, 에이헌 부인은 우아하게 그 담배 조각을 치마에서 바닥으로 떨어뜨리고는 다시는 단 한 번도 그것에 눈길을 주지 않았다.

"내 말은." 톰이 탁한 음성으로 말을 계속했다. "그 일이 있기 전에 ─ 그는 미안하다는 듯이 에이헌 부인을 향해 손을 흔들었다. ─ 내 말은, 컨트리클럽 문제에 대한 진실을 들었어요."

밀턴이 몸을 기울이더니 뭔가 그에게 속삭였다.

"내버려 둬." 그가 성질을 내며 말했다. "나도 다 생각이 있어. 저 사람들도 그래서 온 거고."

에블린은 몹시 당황하여 그곳에 앉아 있었다. 뭔가 말을 하려고 했지만 허사였다. 그녀는 여동생에게서 냉소적인 표정을 보았고, 에이헌 부인의 얼굴이 시뻘겋게 변하는 것도 보았다. 에이헌은 시곗줄을 내려다보며 만지작거리고 있었다.

"누가 당신을 막고 있었는지 들었어요. 그런데 그자는 당신보다 조금도 나을 게 없는 사람이에요. 내가 이 염병할 일을 몽땅 바로잡을 수 있어요. 전에 할 수도 있었겠지만, 그때는 내가 당신을 몰랐으니까. 해럴드가 당신이 그 일로 기분이 언짢다고 말해 주었어요……."

밀턴 파이퍼가 갑자기 자리에서 몸을 일으키더니 어정쩡하게 섰다. 잠시 모두가 긴장하여 움직이지 않았다. 밀턴은 일찍 가봐야 한다는 내용의 말을 아주 급하게 했고, 에이헌 부부는 상당히 집중하여 듣고 있었다. 그러고 나자 에이헌 부인이 말을 삼키더니 제시를 향해 억지로 미소를 지어 보였다. 에블린은 톰이 비틀대며 앞으로 가더니 손을 에이헌의 어깨에 올려놓는 것을 보았다. 그때 갑자기 그녀는 불안에 싸인 새로운 목소리가 그녀의 바로 옆에서 들리는 것을 알 수 있었다. 돌아보니 보조 가정부 힐다였다.

"저기요, 파이퍼 부인, 줄리의 손에 독이 들어간 것 같아요. 퉁퉁 부은 데다 볼이 빨갛네요. 계속 끙끙 앓고 칭얼거리고……."

"줄리가?" 에블린이 날카롭게 물었다. 갑자기 파티는 뒷전이 되어버렸다. 그녀는 급히 뒤로 돌아 눈으로 에이헌 부인을 찾은 다음 그녀에게 다가갔다.

"실례하겠어요, 부인." 그녀는 순간적으로 에이헌이란 이름이 생각나지 않았지만 계속 말을 이었다. "제 어린 딸아이가 아프답니다. 사정을 봐서 다시 내려오겠습니다." 그녀는 시가 연기와 시끄러운 논의들로 혼란스러운 방 한가운데의 광경을 마음에 담은 채 돌아서서 빠르게 계단을 올라갔다. 이제 그 논의들은 논쟁으로 발전되고 있는 것 같았다.

아이 방의 불을 켠 그녀는 줄리가 열에 들떠 뒤척이며 작게 끙끙거리고 있는 것을 발견했다. 아이의 뺨에 손을 대어보았다. 뜨거웠다. 깜짝 놀라며 그녀는 이불 아래로 아이의 팔을 짚어 내려가 손을 꺼내었다. 힐다의 말이 맞았다. 엄지손가락 전체가 팔뚝까지 퉁퉁 부어 있었고, 가운데는 염증이 조금 생겨 있었다. 패혈증! 그녀의 마음이 공포에 질려 소리를 질렀다. 베인 자리에서 붕대가 떨어져 나가고 뭔가가 안으로 들어간 것이다. 손을 베인 것이 3시였고 지금은 거의 11시가 다 되었다. 여덟 시간. 패혈증이 그렇게 빨리 발병할 수는 없다. 그녀는 전화기로 달려갔다.

길 건너에 사는 마틴 박사는 집에 없었다. 가족 주치의인 폴크 박사는 전화를 받지 않았다. 그녀는 궁리 끝에 다급한 나머지 그녀의 인후 전문의에게 전화를 했다. 그리고 그가 다른 의사 두 명의 전화번호를 찾는 동안 거칠게 입술을 깨물며 기다렸다. 한없이 긴 그 시간 동안 그녀는 아래층에서 커다란 목소리를 들은 것 같았다. 하지만 이제 그녀는 전혀 다른 세계에 와 있었다. 십오 분 후 그녀는 다른 의사와 연락이 닿았는데, 그 의사는 자다가 전화를 받게 된 것에 짜증이 나고 언짢아하는 것 같았다. 그녀가 다시 아이 방으로 달려가 아이의 손을 보았을 때, 손은 좀 더 부어올라 있었다.

"어머나, 세상에!" 그녀는 소리를 지르며 침대 곁에 무릎을 꿇고 줄리의 머리를 쓰다듬어 넘기고 또 쓰다듬었다. 뜨거운 물을 가져와야겠다는 막연한 생각으로 일어나 문을 향해 가는데, 드레스의 레이스가 침대 난간에 걸려 손과 무릎을 바닥에 짚으며 넘어지고 말았다. 그녀는 간신히 일어나 신경질적으로 그 레이스를 잡아당겼다. 침대가 움직였고, 줄리가 끙끙거렸다. 그 순간 그녀는 더 조용히, 하지만 불현듯 손가락으로 스커트 앞을 더듬어 주름을 찾아 앞부분을 완전히 찢어버리고는 방에서 뛰쳐나갔다.

홀에서 그녀는 커다란 목소리 하나가 뭔가를 주장하는 것을 들었지만 그녀가 계단 입구에 다다르자 그 목소리는 그치고 현관문이 쾅 하고 닫히는 소리가 들렸다.

음악실이 시야에 들어왔다. 해럴드와 밀턴만이 그곳에 남아 있었다. 해럴드는 의자에 기대어 앉아 있었는데, 얼굴이 창백하고 옷깃은 열려 있었으며 입은 힘없이 움직이고 있었다.

"무슨 일이에요?"

밀턴이 불안한 눈길로 그녀를 바라보았다.

"좀 문제가 있었어요……."

그때 해럴드도 그녀를 보았다. 그가 애써 몸을 바로 세우며 말을 시작했다.

"내 사촌을, 내 집을 모욕했어. 빌어먹을 천한 졸부 주제에. 내 사촌을 모욕하다니……."

"톰이 에이헌과 문제가 있었고, 해럴드가 중간에 끼어들었죠." 밀턴이 말했다.

"어머나, 밀턴." 에블린이 말했다. "좀 어떻게 해보지 그랬어요?"

"해봤죠. 나는……."

"줄리가 아파요." 그녀가 말을 끊었다. "독이 들어갔어요. 저 아이를 침대에 좀 누여주세요."

해럴드가 올려다보았다.

"줄리가 아파?"

에블린은 신경 쓰지 않고 그 옆을 지나 식당으로 들어갔다. 순간 그녀는 질색하고 말았다. 그녀의 눈에 들어온 것은 여전히 테이블 위에 놓여 있는 커다란 펀치 그릇이었다. 그릇 바닥에는 얼음 녹은 물이 고여 있었다. 앞 계단에서 발소리가 들려왔다. 밀턴이 해럴드를 도와 올라가고 있는 중이었다. 그때 중얼거림이 들려왔다. "아니, 줄리는 괜찮은 거냐고?"

"줄리 방에 못 들어가게 해요!" 그녀가 소리쳤다.

시간은 흐릿하게 흘러 악몽이 되었다. 의사는 자정 직전에 도착했고 반 시간 만에 상처를 절개했다. 그는 부를 수 있는 간호사 두 명의 주소를 주며 6시에 다시 돌아오겠다는 약속을 남기고 2시에 집을 떠났다. 패혈증이었다.

4시에 힐다를 침대 곁에 남겨 두고 그녀는 그녀의 방으로 들어가 몸서리를 치며 이브닝드레스에서 빠져나온 후 옷을 구석으로 차버렸다. 그리고 나서 실내복으로 갈아입은 다음 다시 아이 방으로 돌아갔고 힐다는 커피를 만들러 갔다.

정오가 되어서야 그녀는 해럴드의 방을 들여다볼 수 있었다. 그녀가 그 방에 갔을 때 그는 깨어서 아주 불쌍한 모습으로 천장을 뚫어지게 바라보고 있었다. 그가 핏발이 선 멍한 눈을 그녀를 향해 돌렸다. 잠시 동안 그가 미워 말을 할 수가 없었다. 쉰 목소리가 침대에서 흘러나왔다.

"몇 시요?"

"정오예요."

"내가 바보짓을……."

"그런 건 상관없어요." 그녀가 날카롭게 말했다. "줄리가 패혈증이에요. 어쩌면……." 그녀는 목이 메었다. "손을 잃게 될지도 모른대요."

"뭐?"

"손을 베었어요, 그 그릇에."

"어젯밤?"

"그게 무슨 상관이에요?" 그녀가 소리를 질렀다. "패혈증이라고요. 못 들었어요?"

그가 어쩔 줄을 몰라 하다 그녀를 바라보며 반쯤 일어나 앉았다.

"옷을 입겠소." 그가 말했다.

그녀의 분노가 가라앉으며 피곤과 그에 대한 안쓰러움이 밀려왔다. 어쨌거나 이것 역시 그의 근심거리이기도 한 것이다.

"네." 그녀가 맥없이 말했다. "그러는 게 좋겠어요."

IV

에블린의 아름다움은 삼십 대 초반에는 머뭇거리며 남아 있더니, 바로 그 직후에 갑작스러운 결정을 내린 듯 완전히 그녀를 떠나버렸다. 그녀의 얼굴에 일시적으로 생겨났던 주름이 갑자기 깊어졌고, 다리와 엉덩이와 팔에는 빠르게 살이 붙어갔다. 눈썹을 찌푸리던 그녀의 습관은 이제 표정으로 굳어져서, 책을 읽거나 말을 하거나 심지어는 잠을 잘 때도 버릇이 되어버렸다. 그녀는 마흔여섯이었다.

재산이 늘기보다는 줄어가는 가족들이 대부분 그렇듯 에블린과 해럴드는 무채색의 대립 관계로 변해 갔다. 차분히 가라앉은 상태에서 오래되어 고장 난 의자를 보며나 느낄 그런 묵인 속에 서로를 바라보았다. 에블린은 그가 아프면 좀 걱정이 되었고, 실망한 남자와 함께 사는 피곤한 우울함 속에서도 최선을 다해 즐거워 보이려 노력했다.

그날 저녁, 가족 브리지 게임이 끝나자 그녀는 안도의 한숨을 내쉬었다. 그녀는 오늘 밤 평소보다 더 많은 실수를 했지만 신경 쓰지 않았다. 아이린은 보병대가 특히 더 위험하다는 그런 말은 하지 말았어야 했다. 삼 주 동안이나 편지가 없었고, 이것이 보통 있는 일이라 해도 그녀는 불안하지 않을 수 없었다. 카드의 짝이 몇 장이나 나와 있는지 그녀가 모르는 건 당연했다.

해럴드는 위층으로 올라가고, 그녀는 현관의 포치로 나와 신선한 바람을 쐬었다. 밝은 달빛이 보도와 잔디밭 위로 환하게 퍼지고 있었고, 그녀는 반쯤은 하품을 하고 반쯤은 웃으며 젊은 시절의 길고 길었던 달밤의 연애를 생각했다. 생각해 보면 놀라운 일이다. 한때는 인생이 현재진행형인 연애 사건들의 모음이던 시절이 있었다. 그런데 이제는 현재진행형인 문제들의 모음이 되어버렸다.

우선 줄리의 문제가 있었다. 줄리는 열세 살이었고, 요즘 들어 자신의 불구에 대해 점점 더 예민해지고 있었으며 방에 틀어박혀 책 읽기만 좋아했다. 몇 년 전 아이는 학교에 간다는 생각 자체에 몹시 겁을 냈고, 에블린은 차마 그 애를 보내지 못했다. 그래서 줄리는 인조 손을 가진 애처로운 모습으로 엄마의 그늘에서 자랐고, 그 인조 손은 사용하려는 노력 없이 불쌍하게 주인의 주머니 속에 들어가 있었다. 최근에 와서야 줄리는 그 인조 손을 사용하는 방법을 배우고 있었다. 아이가 그 팔을 전혀 들지 않게 될까 봐 에블린이 걱정을 했기 때문이었다. 하지만 훈련이 끝나고 나면, 어머니에 대한 조용한 순종에서 좀 움직여 보이는 경우를 제외하면 그 작은 손은 여전히 옷 주머니 속으로 다시 기어 들어가 그곳에 머물렀다. 그래서 한동안 아이의 옷에서 주머니를 모두 없애 버린 적도 있는데, 줄리가 어쩔 줄 몰라 하며 한 달 내내 집 안에서 너무나도 우울하게 움츠리고 다니는 바람에 마음이 약해진 에블린은 다시는 그런 실험을 하지 않았다.

도널드의 문제는 처음부터 달랐다. 그녀는 줄리에겐 엄마에게 덜 의존하도록 가르치는 반면, 아들은 자신 옆에 좀 더 가까이 두고 싶어 했다. 하지만 소용없는 일이었다. 최근에 생긴 도널드의 문제는 그녀의 손에서 떠난 것이었다. 도널드의 사단이 석 달 동안 해외로 전출된 것이다.

그녀는 다시 하품을 했다. 인생은 젊음에게는 상당한 일이다. 정말이지 행복한 젊은 시절이었다! 그녀는 자신의 조랑말 비주가 생각났고, 열여덟 살 때 어머니와 떠났던 유럽 여행도 떠올랐다.

"너무, 너무, 복잡하군." 그녀는 달을 향해 큰 소리로 모질게 말했다. 그리고 안으로 들어가 막 문을 닫으려는 순간 서재에서 무슨 소리가 들려 깜짝 놀랐다.

마르타였다. 이제 한 사람 남은 중년의 하녀였다.

"어머나, 마르타!" 그녀가 놀라며 말했다.

마르타가 얼른 돌아보았다.

"아, 위층에 계신 줄 알았어요. 저는 그저……."

"뭐가 잘못됐어?"

마르타가 망설였다.

"아뇨. 저는……." 그녀가 안절부절못하며 그냥 서 있었다. "편지 한 통을 어디엔가 두었는데요, 파이퍼 부인."

"편지? 자네 편지야?" 에블린이 불을 켜며 물었다.

"아뇨, 부인한테 온 거예요. 아까 오후에 왔어요, 파이퍼 부인, 마지막 우편물과 함께요. 우체부가 제게 주었는데 마침 뒷문에서 벨이 울렸어요. 손에 들고 있었는데 어딘가에 넣어버린 모양이에요. 그래서 잠깐 들어와 찾아보려고요."

"어떤 편지였어? 도널드에게서 온 건가?"

"아뇨. 아마 광고거나, 아니면 비즈니스 서류였어요. 길고 폭이 좁았던 기억이 나네요."

그들은 음악실에서 편지를 찾기 시작했다. 쟁반 위, 벽난로 주변, 그리고 서재, 꽂혀 있는 책들 위도 다 더듬어보았다. 마르타가 절망하며 손을 멈췄다.

"어딘지 생각이 안 나요. 곧장 부엌으로 갔는데. 식당에 있을지도 몰라요." 마르타가 희망을 가지고 식당으로 향하는데 문득 뒤에서 들리는 헉하는 소리에 뒤를 돌아보았다. 에블린이 모리스 안락의자에 힘겹게 주저앉아 미간을 아주 좁게 찌푸리고는 격렬하게 눈을 깜박이고 있었다.

"어디 아프세요?"

잠시 동안 아무런 대답이 없었다. 에블린은 꼼짝 않고 앉아 있었고, 마르타는 에블린의 가슴이 아주 빠르게 오르락내리락하는 것을 볼 수 있었다.

"아프세요?" 다시 물었다.

"아냐." 에블린이 천천히 대답했다. "편지가 어디 있는지 알아. 가도 괜찮아, 마르타. 내가 알아."

마르타가 놀라워하며 물러갔다. 에블린은 여전히 그곳에 앉아 눈 주위의 근육만 움직이고 있었다. 찌푸렸다가 폈다가, 찌푸렸다가 폈다가……. 그녀는 그 편지가 어디 있는지 알았다. 마치 자신이 그 편지를 치우기라도 한 것처럼 잘 알았다. 그녀는 그 편지가 무엇이었는지도 본능적으로 확실하게 알 수 있었다. 광고처럼 길고 좁은 봉투, 하지만 구석에는 커다란 활자로 '국방부'라고, 그리고 작은 활자로 '공무'라고 써 있다. 그녀는 그 편지가 그 커다란 컷글라스 그릇 안에 놓여 있다는 걸 알았다. 밖에는 잉크로 쓴 그녀의 이름이, 안에는 그녀 영혼의 죽음이 담긴 그 편지가.

불안하게 몸을 일으킨 그녀는 책꽂이들과 복도의 벽을 더듬으며 식당을 향해 걸어갔다. 잠시 후 그녀는 전등을 찾아 스위치를 켰다.

거기 그 그릇이 있었다. 전기 불빛을 진홍색 네모로, 그 테두리를 다시 검은색과 노란색 네모로, 그리고 그 테두리는 다시 푸른색으로 반사하며 반짝이는 묵중한 그릇, 기괴하고 의기양양하며 불길해 보이는 그 그릇이 그렇게 그곳에 놓여 있었다. 그녀는 그 그릇을 향해 한 발짝 앞으로 다가가다 멈춰 섰다. 다시 한 발짝, 그러면 윗부분이, 그리고 그릇 안이 들여다보일 것이다. 한 발짝 더, 그러면 봉투의 하얀 귀퉁이가 보일 것이다. 또 한 발짝, 그녀의 손이 거칠고 차가운 표면 위에 놓였다.

잠시 후 그녀는 겉봉을 찢어 열었다. 잘 펴지지 않는 편지지를 더듬거리며 씨름한 끝에 종이를 눈앞에 드니 타자로 친 종이가 그녀를 노려보며 공격했다. 그러고는 한 마리 새처럼 바닥으로 푸드덕 떨어졌다. 윙 하며 빙글빙글 돌던 집이 순간 아주 조용해졌다. 열린 현관문을 통해서 지나가는 자동차 소리를 실은 바람이 들어왔다. 위층에서 희미한 소리가 들리더니, 서가 뒤편 파이프에서 삐걱거리는 소음이 들려왔다. 남편이 수돗물을 잠그는 모양이었다.

그 순간, 이 일은 결국 도널드의 죽음이 문제가 아니었음을 깨달았다. 그 아이도 이 일에 대한 하나의 표지에 불과했다. 이 일은 그동안 이 차갑고 악의적인 아름다움, 이제는 이미 얼굴도 잊어버린 한 남자가 적의를 품고 주었던 선물인 이 커다란 컷글라스 그릇이 그녀의 인생에서 갑작스럽게 파도처럼 휩쓸려 왔다가 다시 잠잠해지곤 하던 여러 사건들과 함께 숨어 오랫동안 에블린과의 사이에서 벌여온 힘겨루기였던 것이다. 그 그릇은 무겁고 음울한 냉정 속에 거기 그렇게 그녀의 집 한가운데서 오랜 세월 수천 개의 눈으로 얼음같이 차가운 빛을 쏘아내며 존재해 왔다. 악의적인 반짝임들이 서로 합쳐지며 결코 나이 드는 법 없이, 결코 변하는 법 없이.

에블린은 테이블 끝에 앉아 넋 놓고 그 그릇을 바라보았다. 이제 그 그릇은 미소를 짓고 있는 것 같았다. 아주 잔인한 미소와 함께 이렇게 말하는 것만 같았다.

'거봐, 이번에는 내가 직접 당신에게 상처 줄 필요도 없었어. 손끝 하나도 까딱하지 않았지. 그렇지만 당신 아들을 빼앗아 간 것이 나라는 건 당신도 알 거야. 당신은 내가 얼마나 차가운지, 얼마나 단단한지, 얼마나 아름다운지 알고 있어. 왜냐하면, 한때 당신도 바로 그만큼 차갑고, 단단하고, 아름다웠으니까.'

그릇이 갑자기 스스로 뒤집히는 것 같더니 잠시 후엔 팽창하여 점점 더 부풀어 오르는 것처럼 보였다. 그러다 마침내 커다란 차양으로 변하여 반짝이고 흔들리며 식당을 뒤덮고, 집을 뒤덮는 것만 같았다. 그러자 벽들이 천천히 녹으며 안개가 되었고, 에블린은 컷글라스 그릇이 여전히 움직이며 그녀로부터 멀리, 더 멀리, 아주 멀리 뻗어 나가 지평선과 태양과 달과 별을 다 가리는 것을 알 수 있었다. 컷글라스 유리를 통해 마치 잉크 얼룩 같은 어둠만이 희미하게 보일 뿐이었다. 그리고 그 아래로 모든 사람들이 걷고 있었다. 그릇을 통과해 사람들에게 비치는 빛은 굴절되고 왜곡되어 그림자가 빛처럼 보였고 빛이 그림자처럼 보였다. 그러다 마침내 세상이라는 화려한 위용 전체가 반짝거리는 그릇이라는 하늘 아래서 변질되고 비틀렸다.

그때 멀리에서 나지막하고 맑은 벨 소리 같은 목소리가 들려왔다. 그릇의 중앙에서 커다란 옆면을 타고 내려온 목소리는 바닥으로 떨어지더니 그녀를 향해 악착같이 반사되어 돌아왔다.

"알겠나, 나는 운명이야." 그 목소리가 그렇게 소리쳤다. "그러니 당신의 그 미약한 계획보다 더 강하지. 나는 결국 일이 이렇게 되어버리게 만드는 운명이라고. 나는 당신의 그 작은 꿈과도 달라. 나는 쏜살같이 빠른 시간의 흐름이고, 아름다움의 종말이며 결코 채워지지 못한 욕망이지. 모든 사건들, 모든 몰지각함, 그리고 중요한 세월을 이루어가는 모든 작은 순간들, 그 모든 것이 다 내 것이지. 나는 어떤 규칙도 증명하지 못하는 예외이며, 당신 통제력의 한계이고, 인생이라는 요리에 덧뿌려지는 소스와도 같아."

윙윙거리는 소리가 멈췄다. 울림은 넓은 지면을 넘어 그릇의 테두리를 향해 굴러가더니, 세상에 반사되어 커다란 옆면을 오른 후 다시 그릇의 중앙으로 떨어져 잠시 웅웅 작은 소리를 내다가 사라져버렸다. 그러자 그 거대한 벽들이 서서히 그녀를 압박해 왔다. 점점 작아지면서 점점 가까이 다가와 그녀를 눌러 부서뜨릴 것만 같았다. 그녀가 손을 꼭 마주잡고 차가운 유리가 빠르게 다가와 부딪칠 것을 기다리는 순간, 그릇이 갑자기 비틀리며 뒤집어지더니 진열대 위에 놓였다. 여전히 빛을 내며 불가해하게, 무수한 빛깔의 반짝임과 빛줄기들을 수많은 프리즘으로 반사시키는가 하면 그 빛들을 서로 교차하고 서로 엮으며 그렇게 놓여 있었다.

차가운 바람이 다시 현관문으로 들어왔다. 절망적이고 광기 어린 힘으로 에블린은 두 팔을 뻗어 그릇을 잡았다. 빠르고 강해야 한다. 그녀가 아플 정도로 두 팔에 세게 힘을 주자 부드러운 살결 아래 얇은 근육이 팽팽해졌다. 엄청난 노력으로 그 그릇을 들어 올려 안았다. 힘을 쓰느라 당겨져 벌어진 옷 때문에 등이 드러난 그녀의 몸에 차가운 바람이 느껴졌다. 그녀는 바람을 향해 돌아섰다. 그릇의 육중한 무게 때문에 비틀거리며 서재를 지나 현관문을 향해 나아갔다. 빠르고 강해야 한다. 그녀의 팔 안에서는 피가 느리게 고동쳤고 무릎은 계속 후들거렸다. 그러나 차가운 유리의 감촉은 좋았다.

문을 나선 그녀는 비틀거리며 돌계단들을 내려간 후 그곳에서 마지막 노력으로 그녀의 영혼과 육신의 모든 신경을 하나하나 다 불러 모아 몸을 반쯤 돌렸다. 순간, 그녀가 그릇을 떨어뜨리려고 하는 바로 그 순간, 그녀의 무뎌진 손가락들이 그릇의 거친 표면 위에서 떨어지지 않았다. 순간적으로 그녀는 미끄러지며 균형을 잃었고, 절망적인 비명을 지르며 앞으로 비틀거리다가 팔로 아직도 그 그릇을 안은 채……넘어지고 말았다…….

  길 건너편에서 불들이 켜졌다. 길 저 아래에서도 깨지는 소리를 들을 수 있었다. 길 가던 사람들이 무슨 일인가 싶어 급히 달려왔다. 위층에서는 피곤에 지친 남자가 잠의 한 자락에서 깨어났고 어린 소녀 아이가 아직 잠에 취한 채 훌쩍거리며 울었다. 달빛이 환히 빛나는 보도 위, 움직이지 않는 검은 형체 주위로 수백 개의 프리즘과 유리 파편과 조각들이 그 빛을 반사시키고 있었다. 푸르른 작은 반짝임으로, 노란 테두리를 두른 검은색, 노란색으로, 그리고 검은 테두리를 두른 진홍색으로.

버니스 단발머리를 하다

 어둠이 내린 토요일 밤, 골프 코스의 첫 번째 티 위에 서면 아주 검게 너울거리는 바다 너머로 드넓은 노란색 컨트리클럽 창문들이 보였다. 이 바다의 파도들은, 말하자면, 호기심 많은 수많은 캐디들과 그들보다는 좀 더 영리한 운전기사 몇 명, 그리고 프로 골퍼의 귀머거리 누이의 머리 들이었다. 그리고 여기저기 흩어져 있는 몇몇 소심한 파도들이 있었는데, 그들은 정말 원했다면 안으로 흘러들어 갔을 물결들, 즉 갤러리였다.
 특별석이 안에 있었다. 클럽룸 겸 무도장 벽을 따라 줄지어 놓인 등나무 의자들이 그것이었다. 이 토요일 밤의 댄스파티는 대개 여성들 위주였다. 오페라 안경과 커다란 가슴 뒤로 날카로운 눈과 얼음 같은 마음을 지닌 중년 여성들이 모여 왁자지껄하는 그런 파티였던 것이다. 특별석의 주된 기능은 비판을 하는 것이었다. 때때로 마지못한 감탄을 보여 주기도 했지만, 결코 긍정해 주지는 않았다. 왜냐하면 젊은 사람들이 여름에 댄스파티를 한다는 것은 세상에서 가장 나쁜 의도를 가지고 있다는 것임은 서른다섯이 넘은 여인들 사이에선 이미 잘 알려진 이야기였기 때문이다. 살벌한 시선의 폭격을 피해 젊은 커플들은 여기저기 구석진 곳에서 기이하고 야만적인 음악에 맞춰 춤을 출 것이며, 더 보편적이면서 더 위험한 것은, 아가씨들이 누구의 의심도 받지 않는 중년 귀부인들의 주차된 리무진 안에서 키스를 받기도 한다는 것이었다.

그러나 어쨌든 이 비판적인 그룹은 무대에 가까이 있지 않아 배우들의 얼굴도 제대로 볼 수 없고, 섬세하고 미묘한 사건들은 목격하기 어렵다. 단지 눈살을 찌푸리고 머리를 기울여 질문을 해댄 후 기본 가정들로부터 만족스러운 추론을 할 뿐이다. 예를 들면 돈을 잘 버는 젊은 남자는 누구나 사냥당하는 새와 같은 삶을 살고 있다는 추론 같은 것이다. 그들은 쉽게 변하며 잔인하기 이를 데 없는 사춘기 세계의 드라마는 결코 좋아하지 않는다. 절대로! 그들이 특별석, 일등석의 주인이며 주인공이다. 그리고 다이어 댄스 오케스트라의 구슬픈 아프리카 리듬에 맞춰 몸을 흔드는 일련의 얼굴들과 목소리들은 코러스일 뿐이다.

힐 스쿨을 이 년은 더 다녀야 하는 열여섯 살의 오티스 오먼드에서부터 집의 책상 위에 하버드 로스쿨 졸업장을 걸어놓은 G. 리스 스토다드에 이르기까지, 머리 스타일이 아직도 이상하고 어색한 어린 마들렌 호그부터 좀 너무 오랫동안, 그러니까 십 년도 넘게 파티 인생을 살아온 베시 맥레에 이르기까지 이들 일련의 젊은이들은 무대의 중심에 서 있을 뿐 아니라 방해받지 않고 전체 광경을 볼 수 있는 유일한 이들이기도 하다.

화려한 쾅 소리와 함께 음악이 멎었다. 춤을 추던 커플들은 성의 없이 서로에게 가식적인 미소를 지어 보이고는 익살맞게 "라-드-다-다 덤덤." 하고 반복해서 외쳤다. 그리고 나자 터져 나오는 박수 소리 위로 아가씨들의 목소리가 떠들썩하게 울려 퍼졌다.

댄스 중간에 막 끼어들 참이었다가 실망한 몇몇 남자들이 플로어 가운데에 서 있다가 조용히 벽으로 물러났다. 이것은 떠들썩한 크리스마스 댄스파티가 아니었다. 이 여름 댄스파티는 그저 기분 좋게 따뜻하고 신나는, 결혼한 어린 커플들까지 일어나 케케묵은 왈츠나 끔찍한 폭스트롯을 추어서 그들의 어린 동생들이 재미있게 지켜보게 만드는 그런 파티였다.

별생각 없이 예일에 다녔던 워렌 매킨타이어도 그 운 없는 남자들 중 하나였다. 그는 야회복 주머니에서 담배를 찾더니 어둑어둑해진 널찍한 베란다로 걸어 나갔다. 그곳에는 테이블 곳곳에 커플들이 흩어져 앉은 채 랜턴이 걸려 있는 밤을 희미한 말들과 몽롱한 웃음으로 가득 채우고 있었다. 그는 그다지 열중하고 있지 않은 커플들에게는 여기저기 고개를 끄덕여 인사했다. 커플들을 하나하나 지나갈 때마다 반쯤 잊고 있었던 이야기의 단편들이 마음속에 다시 떠올랐다. 이곳은 큰 도시가 아니어서 사람들은 모두 다른 사람들의 과거 속 누군가의 누구였기 때문이었다. 예를 들어 짐 스트레인과 에텔 데모레스트는 남몰래 약혼을 한 지 삼 년째였다. 짐이 직장을 구해 두 달 이상만 다닌다면 에텔이 그와 결혼하리라는 것을 모두 알고 있었다. 하지만 두 사람은 너무나도 지루해 보였고, 에텔은 때로 너무나도 피곤한 눈으로 짐을 바라보곤 했다. 마치 자신이 왜 바람에 상처투성이가 된 포플러 나무에 애정이라는 덩굴을 가꾸었는지 모르겠다는 표정이었다.

워렌은 열아홉 살이었고, 동부로 대학을 가지 않은 친구들을 안됐다고 여겼다. 하지만 대부분의 다른 젊은이들과 마찬

가지로 그도 고향을 떠나 있을 때에는 고향의 여자들에 대해 엄청나게 자랑을 하곤 했다. 주느비에브 오먼드도 그중 하나였다. 그녀는 프린스턴, 예일, 윌리엄스, 코넬 등의 댄스파티와 하우스 파티, 풋볼 게임 등을 정기적으로 다녔다. 검은 눈의 로베르타 딜런은 그 세대들 사이에서는 하이램 존슨이나 타이 코브[23)]만큼 유명했고, 마조리 하비는 요정 같은 얼굴과 매혹적이고 사람을 당황하게 하는 언변을 가진 것 외에도, 뉴헤이븐 예일 대학의 지난 번 펌프앤슬리퍼 댄스파티에서 다섯 번이나 재주넘기를 한 것으로 이미 잘 알려진 유명 인사였다.

워렌은 마조리와 길 맞은편에서 함께 자랐으며 오랫동안 그녀에게 '미쳐 있었다.' 때로 그녀는 그의 감정에 대해 막연하게 고마움을 표시하기도 했지만, 그녀만의 확실한 테스트로 그를 시험했고, 그녀가 그를 사랑하지 않는다는 것을 진지하게 알렸다. 그녀의 테스트는, 그에게서 멀리 떠나 있으면 그를 잊고 다른 남자들과 연애를 하는 것이었다. 워렌은 그래서 절망하곤 했다. 특히 마조리는 여름 내내 짧은 여행을 다녔는데, 그녀가 집에 돌아올 때마다 이삼 일 후면 그녀의 집 현관 테이블에는 그녀 앞으로 온 남자 필체의 편지들이 수북하게 쌓이곤 했다. 상황이 더 안 좋아지려고 그랬는지, 8월 내내 그녀의 사촌인 버니스가 오클레어에서 와 있었고, 따라서 그녀를 혼자 만난다는 것은 불가능해 보였다. 항상 버니스 곁에 있어줄 누군가를 찾으러 다녀야만 했던 것이다. 8월도 거의 다 지나가면서 이 일은 더더욱 어려워졌다.

워렌이 마조리를 흠모하는 만큼이나 그는 그녀의 사촌 버니스도 썩 괜찮다는 것을 인정해야 했다. 버니스는 예뻤다. 검은 머리에 피부의 혈색도 좋았다. 하지만 파티에서는 재미가 없었다. 토요일 밤마다 그는 마조리의 마음에 들기 위해 버니스와 오래도록 끈기 있게 의무적으로 춤을 추었지만 그녀와 함께 있으면 지루하기만 할 뿐이었다.

"워렌." 바로 옆에서 그의 상념을 깨는 부드러운 목소리가 들려왔다. 돌아보니 마조리가 늘 그렇듯 환하게 빛을 내며 서 있었다. 그녀가 한 손을 그의 어깨에 올렸고, 빛 한 줄기가 섬세하게 그를 비추었다.

"워렌." 그녀가 속삭였다. "좀 도와줘. 버니스와 춤 좀 춰줘. 거의 한 시간째 오티스 오먼드와 추고 있는 중이야."

워렌의 빛이 사라졌다.

"아, 그러지 뭐." 그는 내키지 않아 하며 말했다.

"괜찮지, 그렇지? 네가 너무 오래 붙들려 있지 않도록 할게."

"괜찮아."

그녀가 미소를 지었다. 그 미소만으로도 충분한 인사가 되었다.

"넌 천사야. 정말 고마워."

천사는 한숨을 내쉬며 베란다를 둘러보았지만 버니스와 오티스가 보이지 않았다. 안으로 들어가니 오티스가 여자 드레싱룸 앞에서 요란하게 웃어대는 한 무리의 젊은 남자들 가운데에 있는 것이 보였다. 오티스는 각목 하나를 집어 들고 휘두르며 떠들어대고 있었다.

"그 여자는 머리 손질하러 들어갔어." 그가 거칠게 말했다. "기다렸다가 또 한 시간 동안 같이 춤을 추게 되겠지."

모두 또다시 웃음을 터뜨렸다.

"너희들 중 누가 좀 끼어들어 줘라." 오티스가 성질을 내며 말했다. "그 여자도 다른 파트너하고 좀 춰야지."

"야, 오티스." 한 친구가 말했다. "너 이제 간신히 그 여자한테 익숙해졌잖아."

"왜 2×4인치짜리를 들고 있어, 오티스?" 워렌이 미소를 지으며 물었다.

"2×4인치? 아, 이 각목? 클럽이야. 저 여자가 나오면 이걸로 머리를 쳐서 다시 안으로 넣을 거거든."

워렌이 의자에 주저앉으며 껄껄거리고 웃었다.

"걱정 마, 오티스." 그가 마침내 말했다. "이번에 내가 널 해방시켜 줄 테니."

오티스가 갑자기 공격 자세를 흉내 내며 그 각목을 워렌에게 건넸다.

"필요할지도 몰라, 형." 오티스가 쉰 목소리로 말했다.

아무리 아름답고 멋진 여자라도 중간에 끼어들어 춤을 청하는 사람이 빈번히 나타나지 않는다면, 댄스파티에서 그녀의 지위는 비참해진다. 아마도 남자들은 하루 저녁 동안 열두 번도 같이 춤을 추게 되는 바람둥이 여자들보다는 그 아름답고 멋진 여자와 함께 있는 것을 선호할 것이다. 하지만 재즈를 먹고 자라난 이 세대는 기질적으로 들떠 있어서, 폭스트롯 한 곡이 끝나도록 한 여자와 스텝을 밟는 것을 싫어하다 못해 혐오했다. 여러 가지 댄스들이 있고 그사이 휴식 시간이 있을 경우, 여자는 한 번 춤을 추고 간 남자가 다시 그녀와 춤을 추러 오는 일은 없을 거라고 확신해도 좋았다.

워렌은 그다음 곡 전체가 끝날 때까지 버니스와 춤을 추었고, 고맙게도 휴식 시간이 되자 그녀를 데리고 베란다로 나가 테이블에 앉았다. 잠시 침묵이 흘렀고 그녀는 부채를 별스럽지 않게 만지작거렸다.

"여긴 오클레어보다 더 더워요." 그녀가 말했다.

워렌은 한숨을 참으며 고개를 끄덕였다. 어쩌면 그럴지도 모르지만 그로선 알 바 아니었다. 그는 멍하게, 그녀가 아무런 주목도 받지 못하기 때문에 대화에 서툰 것일까 아니면 대화에 서툴기 때문에 아무런 주목을 받지 못하는 것일까 생각하고 있었다.

"여기 더 머무를 건가?" 그가 물었다. 그러고는 얼굴이 붉어졌다. 그렇게 물어본 동기를 버니스가 의심할지도 모른다.

"일주일 더요." 그녀가 대답하고는, 마치 그가 다음 말을 하면 입술에서 그 말이 떨어지기가 무섭게 찌르기라도 할 것처럼 그를 빤히 쳐다보았다.

워렌은 안절부절못했다. 그때, 자선을 베푼다는 심정에서 오는 갑작스러운 충동으로 그가 평소에 써먹는 대사를 시도해 보기로 했다. 그는 돌아서서 그녀의 눈을 바라보았다.

"당신은 정말이지 키스하고 싶은 입을 가졌군." 그가 조용하게 말을 떼었다.

대학 댄스파티에서는 지금보다 반만 어두워도 여자들과 이야기를 나누다 써먹어 보곤 하는 대사였다. 버니스는 눈에 띄게 화들짝 놀랐다. 그녀의 얼굴이 볼품없이 빨개지더니 어색하게 부채를 만지작거렸다. 지금껏 어느 누구도 그녀에게 그런 종류의 말을 한 적이 없었다.

"뻔뻔하긴!" 이 말은 그녀가 미처 깨닫기도 전에 입에서 터져 나왔고, 그녀는 입술을 깨물었다. 재미있는 농담으로 받아들여지기엔 이미 늦어버렸다는 것을 안 그녀는 당황스러운 미소만 지어 보였다.

버니스 단발머리를 하다

워렌은 불쾌했다. 그 대사가 진지하게 받아들여지는 것에도 익숙하진 않았지만, 그래도 대개는 웃음이나 다정한 농담 한 구절 정도의 반응은 불러일으키곤 했던 것이다. 그리고 장난이 아닌 다음에야 뻔뻔하다는 말을 듣는 것도 질색이었다. 자선의 충동은 사라져버렸다. 그는 화제를 바꿨다.

"오늘도 짐 스트레인과 에텔 데모레스트가 밖에 앉아 있군." 그가 말했다.

버니스가 더 좋아할 일이었다. 그런데 막상 화제가 바뀌니 그녀는 안도의 한숨과 함께 희미한 후회도 느꼈다. 남자들이 그녀에게는 키스하고 싶은 입 이야기 같은 걸 한 적이 없지만 다른 여자들에게는 그런 식으로 이야기한다는 것을 알고 있었기 때문이다.

"아, 네." 그녀가 웃었다. "저 사람들 몇 년 동안 동전 한 푼 없이 저렇게 멍청하게 지내고 있다면서요. 바보 같지 않아요?"

워렌의 혐오감이 더욱 커졌다. 짐 스트레인은 그의 형의 가까운 친구였다. 그리고 어쨌든 돈이 없다는 이유로 사람을 비웃는 것은 나쁜 버릇이라고 생각했다. 물론 버니스도 비웃을 의도는 전혀 없었다. 단지 그녀는 안절부절못하고 있을 뿐이었다.

II

자정에서 삼십 분 정도 지난 후 마조리와 버니스는 집에 도착했고, 계단 위에서 잘 자라는 인사를 나누었다. 둘은 사촌이

긴 했지만 그다지 친하지는 않았다. 사실 마조리는 친한 여자 친구가 없었다. 그녀가 보기에 여자애들은 다 멍청했다. 반면 버니스는 부모가 계획하여 보내준 이 여행 내내, 마조리와 은밀한 비밀을 서로에게 털어놓으며 깔깔거리며 웃고 때론 눈물도 흘리기를 기대하고 있었다. 그것이 모든 여자들의 우정에서 빠질 수 없는 요소라고 생각하고 있었던 것이다. 하지만 그런 면에서 마조리는 오히려 냉정했고, 그녀에게 말을 거는 것이 남자들에게 말 걸기만큼이나 어렵다고 느꼈다. 마조리는 결코 깔깔대고 웃는 법이 없었고, 결코 두려워하는 법도 없었다. 부끄러워하는 경우도 드물었다. 사실, 버니스가 여성답다고 생각하는 적절하고 축복받은 그런 점들은 마조리에게선 거의 찾아볼 수 없었다.

버니스는 그날 밤 양치질을 하면서 나는 왜 집에서 멀리 떠나 있으면 아무 관심도 받지 못하는 것일까 하고 벌써 백 번째는 됨 직한 생각을 또 하고 있었다. 그녀의 가족이 오클레어에서 가장 부유한 집안이라는 것, 어머니가 댄스파티마다 딸을 위해 파티 전 디너파티를 열고 대규모 여흥을 베풀었다는 것, 딸이 타고 다닐 수 있도록 차를 사주었다는 것, 그런 것들이 고향에서 그녀의 사교계에서의 성공을 만드는 중요한 요소들이라는 것에는 전혀 생각이 미치지 못했다. 대부분의 여자아이들처럼 그녀가 자라나며 양식으로 삼은 것은, 애니 펠로우 존스턴[24]이 준비한 따뜻한 우유와 여성들을 사랑받게 하는 어떤 신비로운 여성적 자질들을 언급만 하고 실제로 그게 어떤 건지는 보여 주지 않는 그런 내용의 소설들이었다.

버니스는 지금 자신이 인기가 없다는 사실에 희미한 아픔을 느꼈다. 그녀는 마조리가 나서서 돕지 않았더라면 그날 저녁 내내 한 남자하고만 춤을 추었을 거라는 사실을 모르고 있었다. 하지만 오클레어에서도 그녀보다 지위도 높지 않고 외모도 아름답지 않은 여자들에게 더 많은 남자들이 몰려간다는 것은 알고 있었다. 그녀는 이것을 그 여자들에게는 미묘하게 부도덕한 뭔가가 있기 때문이라 생각하고 있었다. 그래서 조금도 걱정해 본 적이 없었다. 그리고 그녀의 어머니라면, 다른 여자들이 저속하게 행동하고 있는 것이며, 남자들이 정말 존중하는 것은 버니스 같은 여자들이라고 말해 주었을 것이다.

그녀는 화장실의 불을 껐다. 그러고는 충동적으로 조세핀 이모의 방으로 가서 잠깐 이야기를 나누어야겠다고 결심했다. 이모의 방에는 아직 불이 켜져 있었다. 그녀의 부드러운 슬리퍼는 카펫이 깔린 홀로 내려가는 동안 아무런 소리도 내지 않았다. 그런데 안에서 들리는 목소리 때문에 그녀는 조금 열려 있는 문 근처에서 걸음을 멈추었다. 그녀의 이름이 들렸고, 엿들을 의도는 없었지만 그대로 서 있을 수밖에 없었다. 안에서 나누는 대화가 마치 바늘로 찌르는 것처럼 그녀의 의식을 날카롭게 파고들었다.

"걔는 정말 절망적이야!" 마조리의 목소리였다. "어머니가 무슨 말을 할지 알아요! 사람들이 다 어머니에게 그 아이가 예쁘고 착하다고, 요리도 잘한다고 얘기했을 테니까요! 그래서요? 그 앤 너무 지루해. 남자들이 걜 안 좋아한다고요."

"그까짓 인기가 뭐 중요하니?"

하비 부인은 좀 짜증스럽게 말했다.

"열여덟 살 때는 그게 인생의 전부예요." 마조리가 단호하게 말했다. "난 최선을 다했어요. 예의 바르게 대했고, 남자들이 그 아이와 춤을 추게도 해줬다고요. 하지만 다들 그 애의 지루함은 못 참아 해요. 그 아름다운 혈색이 그런 멍청이에게 무슨 소용이야. 마르타 캐리가 그랬었다면 어땠을 것 같아요, 오!"

"요즘엔 호의라는 것이 없나 보구나."

하비 부인의 목소리는 요즘 돌아가는 일들이 그녀가 이해하기엔 벅차다는 것을 암시하고 있었다. 그녀가 젊었을 때는 좋은 집안의 젊은 처자들은 모두 멋진 시간을 보냈던 것이다.

"글쎄." 마조리가 말했다. "그런 낙오자 손님을 영원히 떠받쳐 줄 수 있는 여자는 없어요. 요즘엔 여자들도 다 스스로 서야 하는 법이에요. 난 그 애에게 옷이며 그런 것들에 대해 암시를 주려고 했지만, 그 애는 오히려 사람을 이상하게 보며 화를 내더군요. 그 아인 자기가 그런 식으로는 많은 인기를 얻을 수 없다는 것 정도는 알 만큼 섬세해요. 하지만 그 앤 자기는 매우 정숙하고, 나는 너무 헤프고 변덕스러워서 종국에 가서는 좋지 않을 거란 생각을 하며 스스로를 위로하고 있는 게 틀림없어요. 인기 없는 여자애들은 다 그렇게 생각하거든요. 못난 아이들의 자기 합리화죠! 사라 홉킨스는 주느비에브와 로베르타와 나를 춘희라고 불러요! 그렇지만 난 걔가 춘희가 되어 서너 명의 남자들이 자기와 사랑에 빠지고, 댄스파티에서 몇 스텝마다 끼어들어 오는 남자들이 있기만 하다면, 자기 인생 십 년과 그 잘난 유럽에서의 교육도 바꿀 거라고 장담해요."

"내가 보기에는." 하비 부인이 다소 피곤하다는 듯이 말을 끊었다. "네가 버니스를 위해 뭔가를 해줄 수 있어야 할 것 같다. 그 아이가 아주 활발한 성격이 아니라는 건 나도 알아."

마조리가 투덜거렸다.

"활발하긴! 맙소사! 걔가 남자들에게 하는 말이라곤 고작 날이 덥다는 둥, 플로어에 사람이 많다는 둥, 아니면 내년에 뉴욕에서 학교를 다닐 거라는 둥, 그런 말뿐이라니까요. 가끔씩은 어떤 차를 타냐고 물어보곤 자기 차 이야기를 하죠. 퍽 재미도 있겠다!"

잠깐 짧은 침묵이 흘렀다. 하비 부인이 하던 이야기를 계속했다.

"내가 아는 건, 그 아이 반만큼도 다정하거나 매력적이지 않은 아가씨들도 파트너를 구한다는 거다. 마르타 캐리 같은 아이는 뚱뚱하고 시끄럽잖니, 그 애 엄마도 너무나 저속하고. 로베르타 딜런은 올해 너무 말라서 애리조나에서 요양이나 해야 할 아이 같더구나. 죽도록 춤을 추니 그렇지."

"하지만 어머니." 마조리가 참지 못하고 반박했다. "마르타는 쾌활하고 재치 있고 정말 멋진 아이예요. 로베르타는 근사하게 춤을 잘 추고요. 그 아이가 얼마나 오랫동안 인기가 있었는데요."

하비 부인이 하품을 했다.

"버니스에게 흐르는 그 미친 인디언 혈통 때문인 것 같아요." 마조리가 계속했다. "유전인가 봐. 인디언 여자들은 모두 그냥 앉아만 있고 말은 전혀 안 하잖아요."

"가서 자라, 실없는 소리 말고." 하비 부인이 웃었다. "네가 기억할 줄 알았다면 얘기하지 않았을 텐데. 그리고 네 생각 대부분은 완전히 말도 안 되는 거다." 그녀는 졸린 듯이 말을 맺었다.

또다시 침묵이 흘렀다. 마조리는 어머니에게 자기 생각을 확신시키는 수고를 굳이 할 필요가 있을까 생각 중이었다. 마흔이 넘은 사람들은 어떤 것에도 지속적인 확신을 갖지 않는다. 열여덟 살에 우리는 확신이라는 언덕 위에서 세상을 본다. 그리고 마흔다섯에는 그 확신이라는 동굴 속에 몸을 숨긴다.

그렇게 결론을 내리고 마조리는 안녕히 주무시라는 인사를 했다. 그녀가 나왔을 때 홀에는 아무도 없었다.

III

다음 날 느지막이 마조리가 아침을 먹고 있을 때, 버니스가 내려와 다소 딱딱하게 아침 인사를 하고 반대편에 앉더니 그녀를 빤히 바라보며 입술을 살짝 적셨다.

"무슨 생각을 하고 있는 거야?" 마조리가 당황스러워하며 물었다.

버니스는 잠시 생각하더니 직격탄을 날렸다.

"어젯밤 네가 너희 어머니에게 나에 대해 이야기하는 걸 들었어."

마조리가 화들짝 놀랐다. 하지만 아주 희미하게 얼굴이 붉어졌을 뿐 그녀가 입을 열었을 때의 목소리는 평소와 같았다.

"어디 있었는데?"

"홀에. 엿들을 생각은 아니었어, 처음엔."

마조리의 얼굴에 자기도 모르게 경멸의 표정이 떠올랐다. 그녀는 시선을 떨어뜨리고는 떨어진 콘플레이크 한 조각을 손가락 위에 올려놓으려 애썼다.

"오클레어로 돌아가는 편이 낫겠어, 내가 그렇게 성가신 존재라면 말이야." 버니스의 아랫입술이 격하게 떨리고 있었다.

그녀는 흔들리는 목소리로 말을 이었다. "난 상냥하게 굴려고 노력했어. 그런데, 그런데도 난 처음엔 무시당했고 그다음엔 모욕당했어. 우리 집에 오는 손님들은 결코 그런 대접을 받지 않아."

마조리는 아무 말이 없었다.

"난 귀찮은 존재라는 거구나. 내가 네게 짐이라는 거지. 네 친구들도 날 좋아하지 않고." 그녀가 말을 멈췄다. 그때 또 다른 불만이 떠올랐다. "지난주에 네가 내 드레스가 어울리지 않는다고 암시를 주려 했을 때, 당연히 난 화가 났었어. 내가 옷 입을 줄도 모른다고 생각해?"

"그래." 마조리가 조그만 소리로 중얼거렸다.

"뭐?"

"난 암시 같은 건 주지 않았어." 마조리가 딱 잘라 말했다. "기억나, 난 이렇게 말했어. 어울리는 옷 한 벌을 세 번 연속으로 입는 편이 흉측한 옷 두 벌과 번갈아 입는 것보다 낫다고."

"그게 그렇게 친절한 말이라고 생각하니?"

"난 친절하려고 한 말이 아니야." 그녀가 잠깐 말을 끊었다가 다시 이어 말했다. "언제 돌아가고 싶어?"

버니스가 헉하고 숨을 들이마셨다.

"아!" 작은 외침에 가까웠다.

마조리가 놀란 표정으로 쳐다보았다.

"갈 거라고 하지 않았어?"

"그래, 하지만……."

"아, 그냥 큰소리 치신 거였군!"

그들은 아침상을 사이에 두고 잠시 서로를 노려보았다. 버니스의 눈앞에 촉촉한 물결이 일렁거렸고, 마조리의 얼굴엔 그녀가 술에 약간 취한 대학생들과 잠자리를 할 때 짓곤 했던 다소 굳은 표정이 떠올랐다.

"그러니까 그냥 큰소리 친 거잖아." 그녀가 그럴 줄 알았다는 듯이 되풀이했다.

버니스는 눈물을 터뜨리며 그 말을 인정하고 말았다. 마조리의 눈에 지루함이 떠올랐다.

"넌 내 사촌이야." 버니스가 흐느꼈다. "난 널 보, 보, 보러 온 거고. 한 달 동안 머무를 예정이었는데 내가 벌써 집에 가면 우리 어머니가 알게 될 거고, 그럼 거, 걱정……."

마조리는 쏟아지는 그 토막 난 말들이 작은 훌쩍임으로 잦아들 때까지 기다렸다.

"내 한 달치 용돈을 너한테 줄게." 그녀가 차갑게 말했다. "이 마지막 주 동안 그 돈으로 네가 원하는 곳 아무 데나 가서 쓰며 지내. 아주 좋은 호텔이 한 곳……."

버니스의 흐느낌이 플루트 음색처럼 높아졌고, 갑자기 몸을 일으킨 그녀는 식당에서 나가 버렸다.

한 시간 후, 마조리는 서재에서 오직 젊은 아가씨만이 쓸 수 있는 이도 저도 아니게 애매하고, 놀랄 만큼 파악이 힘든 편지를 쓰는 데 몰두하고 있었다. 그때 버니스가 시뻘겋게 충혈된 눈으로 의식적인 차분함을 가장하며 나타났다. 그녀는 마조리에겐 눈길을 주지 않고 서가에서 아무 책이나 한 권 꺼내더니 읽기라도 할 것처럼 자리에 앉았다. 마조리는 편지에 집중한 듯, 계속 편지를 쓰고 있었다. 시계가 정오를 가리키자 버니스가 탁 하고 소리를 내며 책을 덮었다.

"가서 내 기차표를 사는 게 좋을 것 같아."

이것은 그녀가 위층에서 미리 연습한 대사의 첫 부분은 아니었지만, 마조리가 그녀의 대사를 하지 않았기 때문에——이성적으로 행동하라고, 모든 것이 다 실수였다고 버니스를 달래지 않았기 때문에——그것이 그녀가 생각해 낼 수 있는 최선의 말이었다.

"이 편지 끝낼 때까지 기다려." 마조리는 돌아보지도 않고 말했다.

그리고 잠깐 펜을 분주하게 놀리고 난 그녀는 버니스 쪽을 돌아보며 '뭘 도와드릴까요?' 하는 느낌으로 편하게 앉았다. 그래서 이번에도 버니스가 먼저 이야기를 시작해야 했다.

"내가 집에 돌아가길 원해?"

"글쎄." 마조리가 생각해 보며 말했다. "내 생각엔 네가 여기서 즐겁지 않다면 가는 게 나을 것 같은데. 괜히 있으면서 괴롭게 지낼 필요는 없잖아."

"너는 최소한의 기본적인 친절이……."

"아, 제발 『작은 아씨들』에나 나오는 구절은 읊지 마!" 마조리가 참지 못하고 소리를 질렀다. "그건 구식이야."

"그렇게 생각해?"

"당연하지, 그럼! 어떻게 현대 여성이 그런 생각 없는 여자들처럼 살 수 있겠니?"

"그 주인공들은 우리 어머니들의 본보기였어."

마조리가 웃음을 터뜨렸다.

"그래? 그랬어? 아니야! 물론 우리 어머니들은 당신들 나름대로는 잘 살았지. 단지 딸들의 문제에 대해 잘 알지 못할 뿐이야."

버니스가 자세를 고쳤다.

"우리 어머니에 대해 함부로 말하지 마."

마조리가 웃었다.

"너희 어머니 말을 한 적은 없는 것 같은데."

버니스는 원래의 화제에서 벗어나 다른 방향으로 끌려가고 있음을 느꼈다.

"넌 네가 나에게 잘 대해 줬다고 생각하니?"

"난 최선을 다했어. 넌 함께 지내기 힘든 사람이야." 버니스는 눈꺼풀까지 빨개졌다.

"난 네가 냉정하고 이기적이라고 생각해. 여성적인 면이 없어."

"맙소사!" 답답해진 마조리가 소리쳤다. "이런 바보! 바로 너 같은 여자애들이 모든 지루하고 권태로운 결혼에 책임이 있는 거야. 흔히 여성적인 면이라고 하는 그 모든 끔찍한 비효율성들. 생각해 봐, 상상력이 뛰어난 어떤 남자가 아름다운 옷으로 둘둘 싸인 여자와 결혼을 했어. 그 여자를 중심으로 자기 이상을 만들어가고 있었지. 그런데 그 여자가 알고 보니 그저 약해 빠지고 푸념이나 늘어놓는 비겁한 허식 덩어리라는 걸 발견하면, 그게 얼마나 큰 충격이겠냐고!"

버니스의 입이 반쯤 벌어졌다.

"여성스러운 여자라고!" 마조리가 이야기를 계속했다. "그 여자는 자기 인생의 젊은 시절을 나처럼 정말 행복한 시간을 보내고 있는 여자들을 비판하고 투덜거리며 다 보냈을 거야."

버니스의 턱은 마조리의 목소리가 높아짐에 따라 더욱 크게 벌어졌다.

"징징거리는 못생긴 여자들에겐 언제나 핑곗거리들이 있지. 나는 내가 어찌할 수 없이 못생겼더라면 그런 나를 세상에 내놓은 우리 부모님을 결코 용서하지 않았을 거야. 하지만 넌 어떤 불리한 조건도 없이 인생을 시작했잖아." 마조리의 작은 주먹에 힘이 들어갔다. "내가 너와 함께 울어주길 기대한다면 그건 오산이야. 가든지, 남아 있든지, 네가 알아서 해." 편지를 집어 든 그녀는 서재를 나가 버렸다.

버니스는 머리가 아프다며 점심 식사에 내려오지 않았다. 그들은 그날 오후에 오후 공연 데이트를 하기로 되어 있었지만 두통은 사라지지 않았고, 마조리가 남자에게 변명을 해주어야 했다. 남자는 별로 실망스러워하지 않았다. 그런데 마조리가 늦은 오후에 집으로 돌아와 보니 버니스가 이상한 표정으로 침실에서 그녀를 기다리고 있었다.

"결정했어." 버니스가 불쑥 말했다. "어쩌면 네가 옳을지도 몰라, 아닐 수도 있고. 하지만 네가 왜 네 친구들이 내게, 내게 관심이 없는지 말해 준다면, 네가 하라는 대로 할 수 있을지 생각해 볼게."

마조리는 거울 앞에서 머리카락을 흔들어서 풀어 헤치고 있었다.

"진심이야?"

"응."

"무조건? 내가 시키는 대로 할 거야?"

"글쎄, 나는……."

"글쎄 그런 거 없이! 내가 시키는 그대로 하겠냐고?"

"민감한 문제들이면."

"그런 거 아니야! 넌 민감한 문제의 경우가 아니야."

"네가 나한테 권하는 게……."

"전부 다. 내가 권투 도장을 다니라고 하면 넌 다녀야 해. 그리고 집에 편지를 써서 너희 어머니에게 이 주 더 있겠다고 그래."

"네가 그러라고 하면……."

"좋아. 이제 내가 몇 가지 예를 들어줄게. 첫째, 넌 태도가 편하지가 않아. 왜? 그건 네가 네 외모에 대해 결코 자신감을 갖지 못하기 때문이야. 여자는 자기가 완벽하게 치장을 하고 옷을 입었다고 생각하면 그 부분에 대해서는 전혀 신경 쓰지 않아도 되거든. 그게 매력이지. 네 모습에 대해 신경 쓰지 않아도 되는 부분이 많아질수록 너는 더 매력적이 되는 거야."

"나 이만하면 괜찮지 않아?"

"아니. 예를 들면, 넌 눈썹 정리를 전혀 안 하더라. 네 눈썹은 검고 숱이 많지만 그렇게 단정치 못하게 내버려 두면 그것도 결점이야. 네가 아무것도 안 하며 지내는 시간의 십 분의 일만 눈썹 정리에 써도 아주 아름다워질 거야. 눈썹 브러시로 빗어주면 반듯하게 되지."

버니스가 눈썹을 올리며 물었다.

"남자들이 눈썹도 본단 말이야?"

"그럼, 무의식적으로. 그리고 너 집에 돌아가면 치아 교정도 좀 받아야 해. 거의 눈에 띄지는 않지만 그래도……."

"하지만 나는……." 버니스가 말을 끊었다. "네가 그렇게 작고 섬세한 여성적인 것들은 경멸하는 줄 알았는데."

"섬세한 마음은 싫어해." 마조리가 대답했다. "하지만 여자는 외모에 있어서만큼은 섬세해야 되는 거야. 여자가 아주 매력적으로 생겼다면 러시아니, 핑퐁이니, 국제연맹 같은 걸 이야기해도 용서가 돼."

"그 밖에는?"

"아, 이제 겨우 시작이야! 네 춤!"

"나 춤은 괜찮게 추지 않니?"

"아니, 그렇지 않아. 넌 남자에게 의지하더라. 그래, 아주 약간이더라도 그래. 어제 우리가 춤출 때 본 거야. 그리고 넌 춤출 때 몸을 약간 숙여야 하는데 너무 빳빳하게 세우고 있어. 구경하던 아줌마들은 그런 너의 모습이 우아해 보인다고 했겠지. 하지만 아주 작은 여자가 아닌 다음에야 춤을 그렇게 추면 남자가 너무 힘들어. 중요한 건 남자 파트너거든."

"계속해." 버니스는 머리가 빙빙 도는 것만 같았다.

"그리고 '처량한 새'인 남자들에게도 친절하게 대하는 법을 배워야 해. 넌 가장 인기 있는 남자들이 아닌 다른 파트너를 만나면 무슨 모욕이라도 당한 표정이더라. 버니스, 나는 몇 스텝마다 남자들이 끼어들어 와. 그런데 어떤 남자들이 가장 많이 오지? 바로 그 '처량한 새'들이야. 어떤 여자도 그들을 무시해서는 안 돼. 어디를 가든 그들은 많이 있거든. 너무 수줍어서 말도 잘 못하는 어린 남자애들은 가장 좋은 대화 연습 상대야. 춤이 서툰 남자들은 가장 좋은 춤 연습 상대고. 네가 그 아이들을 잘 따라가면서도 여전히 우아해 보일 수 있다면, 넌 작은 탱크를 따라 철조망이 쳐진 고층 빌딩도 건너갈 수 있을 거야."

버니스가 깊은 한숨을 내쉬었다. 하지만 마조리의 말은 아직 끝나지 않았다.

"네가 댄스파티에 가서 정말 즐겁게 지내고 싶다면 말이지. 음, 처량한 새 세 사람 정도와 춤을 춘다고 해보자. 그런데 네가 그 남자들에게 말을 잘해서 그 아이들이 너한테 붙박였다는 생각이 들지 않는다면 넌 성공한 거야. 그럼 다음에도 그 아이들이 또 올 거고, 점점 더 많은 처량한 새들이 너한테 올 거야. 그렇게 되면 매력적인 남자들도 네게 가도 붙박일 위험이 없다는 것을 알고는 너와 춤을 추러 오게 되는 거지."

"그렇구나." 버니스가 희미하게 말했다. "이제 알 것 같아."

"그리고 마지막으로." 마조리가 결론을 내렸다. "몸가짐과 매력은 그냥 오는 거야. 어느 날 아침 일어나면 네가 그걸 얻었다는 걸 알게 될 거야. 그럼 남자들도 알게 돼."

버니스가 일어났다.

"이렇게 얘기해 주다니 정말 친절하구나. 하지만 아무도 나에게 이런 식으로 얘기해 준 사람이 없어서 좀 당황스러워."

마조리는 대답 없이 거울 속 자신의 모습을 응시하며 생각에 잠겨 있었다.

"날 이렇게 도와주다니 넌 정말 멋진 애야." 버니스가 계속했다.

여전히 마조리는 아무 대답도 하지 않았고, 버니스는 자신이 너무 고마워한 것일까 생각했다.

"나도 알아, 네가 감상적인 것을 좋아하지 않는다는 걸." 그녀가 소심하게 말했다.

마조리가 얼른 그녀를 돌아보았다.

"아, 그걸 생각 못했네. 나는 네 머리를 단발로 자르는 게 더 낫지 않을까 생각하고 있었어."

버니스가 뒤로 넘어가더니 침대 위로 쓰러졌다.

IV

다음 수요일 저녁, 컨트리클럽에서 디너 댄스파티가 열렸다. 손님들이 들어오자 버니스는 그녀의 좌석표를 보고 약간 짜증이 났다. 그녀의 오른쪽은 G. 리스 스토다드로, 가장 호감이 가고 멋있는 청년이 앉았지만, 가장 중요한 왼쪽 좌석은 찰리 폴슨이었다. 찰리는 키도, 외모도, 사회적 통찰력도 부족했다. 그러나 버니스는 새로운 깨우침에 따라 자신의 파트너가 되기 위한 유일한 자격은 상대가 그녀에게 붙박였던 경험이 없으면 되는 것이라고 마음먹었다. 하지만 이 짜증스러운 느낌은 마지막 수프 그릇들이 치워지면서 사라졌다. 마조리의 구체적인 지시가 기억났다. 그녀는 자존심을 삼키고 찰리 폴슨을 향해 말을 던졌다.

"내가 단발머리로 바꾸면 어떨까요, 찰리 폴슨 씨?"

찰리가 놀라며 그녀를 바라보았다.

"왜요?"

"그럴까 생각 중이거든요. 시선을 모으는 가장 확실하고 쉬운 방법이죠."

찰리가 유쾌하게 미소 지었다. 그가 이 대화가 미리 연습 된 것임을 알 리 없었다. 그는 단발머리에 대해서는 잘 모른다고 대답했다. 하지만 버니스는 그에게 이야기를 계속했다.

"나는 사교계의 흡혈귀가 되고 싶어요." 그녀가 대담하게 선언했다. 그리고 단발머리가 그에 필요한 전조임을 이야기했다. 또 그녀는 그의 충고를 듣고 싶다고, 그가 여자들에 대해 매우 비판적이라 들었기 때문이라고 말했다.

명상을 하는 불교 신자의 정신 상태에 대해서만큼이나 여자의 심리에 대해서도 무지했던 찰리는 막연히 기분이 좋았다.

"그래서 결정을 했답니다." 버니스의 목소리가 약간 높아졌다. "다음 주 초에 시비어 호텔 이발소에 가서 첫 번째 의자에 앉은 다음 머리를 단발로 자르기로요." 그녀는 주변 사람들이 대화를 멈추고 자기 얘기에 귀를 기울이고 있다는 것을 알고는 잠시 멈칫했지만, 당황스러운 짧은 순간을 무사히 넘기고 마조리가 코치해 준 대로 주변 사람들 모두를 대상으로 하던 이야기를 마쳤다. "물론 구경하는 사람들에게 입장료는 받을 거예요. 하지만 여러분들이 모두 와서 날 격려해 준다면 특별석 무료입장권을 드리죠."

유쾌한 웃음이 일었고, 그 웃음 아래로 G. 리스 스토다드가 얼른 몸을 기울이더니 그녀의 귀 가까이에 대고 말했다. "지금 특등석으로 예약하죠."

그녀는 그와 눈을 마주친 후 마치 그가 대단히 재치 있는 말이라도 한 것처럼 미소를 지었다.

"단발머리가 좋아요?" 그가 여전히 작은 목소리로 말했다.

"좋고 나쁘고의 문제가 아니라고 생각해요." 버니스가 진지하게 대답했다. "하지만, 물론 사람들을 즐겁게 하거나 만족스럽게 하거나 충격을 주어야 하죠." 마조리는 이 말을 오스카 와일드에서 따왔다. 이 말에 또다시 남자들에게서 웃음이 터져 나왔고, 여자들이 여기저기서 흘깃흘깃 호기심 어린 눈으로 바라보았다. 그리고 그 순간, 버니스는 자신이 재치 있거나 중요한 이야기 따위는 하지 않았다는 듯 다시 찰리를 바라보며 그의 귀에 대고 자신 있게 말했다.

"몇몇 사람들에 대한 당신의 의견을 물어보고 싶어요. 당신은 분명 사람들의 성격 판단을 잘할 것 같아요."

찰리는 살짝 흥분한 나머지 그녀의 물을 엎지르는 것으로 그녀의 섬세한 칭찬에 답례했다.

두 시간 후, 워런 매킨타이어는 남자들 사이에 묵묵히 서서 멍하니 춤추는 사람들을 바라보며 마조리가 누구와 어디로 사라진 것일까 궁금해하고 있었다. 그런데 그것과는 전혀 상관없는 것이 천천히 인식되며 그의 눈에 들어왔다. 버니스, 마조리의 사촌에게 지난 오 분 동안에도 몇 번이나 여러 남자들이 끼어들고 있었던 것이다. 그는 눈을 감았다가 다시 뜨고 바라보았다. 몇 분 전 그녀는 이곳을 방문한 어떤 남자와 춤을 추고 있었다. 그건 쉽게 이해할 수 있는 일이었다. 손님으로 온 사람이 무얼 알겠는가. 하지만 지금 그녀는 또 다른 사람과 춤을 추고 있었고, 게다가 찰리 폴슨이 눈에 어떤 열정적인 확신을 담고 그녀를 향해 가고 있었다. 이상한 일이었다. 찰리 폴슨은 하루 저녁에 세 여자 이상과 춤을 추는 일이 드물었다.

워렌이 특히 놀랐던 것은 파트너가 바뀌면서 물러난 남자가 G. 리스 스토다드라는 사실이었다. 그리고 G.리스는 그렇게 물러나게 된 것에 전혀 기뻐하지 않는 것 같았다. 다음번에 버니스가 근처에서 춤을 추고 있을 때 워렌은 그녀를 자세히 살펴보았다. 그랬다, 그녀는 예뻤다. 눈에 띄게 예뻤다. 오늘 밤 그녀의 얼굴에 정말 생기가 도는 것 같았다. 그녀는 아무리 연기력이 좋은 여자라 할지라도 꾸며서는 절대 만들 수 없는 표정, 아주 행복한 시간을 보내고 있는 것 같은 그런 표정을 짓고 있었다. 그는 그녀의 머리 스타일이 마음에 들었다. 저렇게 윤이 나는 것은 머릿기름을 발랐기 때문일까 생각했다. 그리고 드레스가 잘 어울렸다. 검붉은 색깔의 드레스는 그녀의 어두운 눈동자와 밝은 피부를 돋보이게 했다. 그는 그녀가 처음 이곳에 왔을 때, 지루한 사람이라는 걸 깨닫기 전에는 참 예쁘다고 생각했던 것이 기억났다. 지루하다니 참 유감이었다. 지루한 여자는 참아줄 수가 없었다, 분명 예쁘기는 했지만.

그의 생각이 다시 마조리에게로 돌아갔다. 이번에 사라진 것은 다른 때와는 달랐다. 그녀가 다시 나타났을 때 그는 그녀에게 어디에 있었는지 물었고, 단호하게 네가 상관할 일이 아니라는 대답을 들었다. 그녀가 그에 대해 그렇게 자신을 가지다니 정말 유감이었다! 그녀는 이 지역의 어떤 여자도 그에게 관심이 없다는 것을 알고 그 사실을 즐기고 있었다. 그에게 주느비에브나 로베르타와 사랑에 빠져보라는 식이었다.

워렌은 한숨을 지었다. 마조리의 애정으로 가는 길은 정말 미로 같았다. 그는 위를 올려다보았다. 버니스가 다시 그 방문 중인 남자와 춤을 추고 있었다. 그는 반은 무의식적으로 한 발짝 그녀를 향해 내딛었다. 그러고는 망설이다가 이건 자선이다 하고 자신에게 말했다. 그는 그녀를 향해서 걸었다. 그러다 갑자기 G. 리스 스토다드와 부딪치고 말았다.

"실례." 워렌이 말했다.

하지만 G. 리스는 멈춰 서서 사과도 하지 않고 다시금 버니스에게 끼어들었다.

그날 밤 1시, 마조리는 홀의 전기 스위치에 손을 올리며 마지막으로 버니스의 반짝이는 눈을 보기 위해 돌아섰다.

"그래서 잘됐어?"

"아, 마조리, 응!" 버니스가 소리쳤다.

"네가 즐겁게 지내는 걸 봤어."

"정말 그랬어! 유일한 문제는 자정쯤 되니까 얘깃거리가 부족하다는 거였어. 그래서 한 말을 또 해야 했지, 물론 다른 남자들에게 말이야. 자기네들끼리 말을 맞춰보거나 하지 말아야 할 텐데."

"남자들은 그런 거 안 해." 마조리가 하품을 하며 말했다. "설사 그랬다 하더라도 괜찮아. 그럼 그들은 네가 더 능란하다고 생각할 거야."

그녀는 불을 껐고, 둘이 계단을 올라갈 때 버니스는 고맙게도 난간을 붙잡아야 했다. 생전 처음으로 지치도록 춤을 추어 보았던 것이다.

"있잖아." 마조리가 계단 꼭대기에서 말했다. "남자는 다른 남자가 끼어들어 오는 것을 보면 분명 뭔가 그럴듯한 게 있을 거라고 생각하거든. 어쨌든 내일 또 새로운 것들을 준비해 보자. 잘 자."

"잘 자."

버니스는 올렸던 머리를 내리면서 그날 저녁 일을 머릿속에서 다시 되풀이해 보았다. 그녀는 마조리의 지시 사항들을 그대로 따랐다. 찰리 폴슨이 여덟 번이나 끼어들었을 때조차 그녀는 기쁜 척했으며, 겉보기에는 관심도 있고 황송해하는 것처럼 보이도록 했던 것이다. 그녀는 날씨나 오클레어, 자동차며 학교 이야기도 하지 않았고, 대화를 나, 당신, 우리에 관한 것으로 국한시켰다.

하지만 그녀가 잠들기 몇 분 전, 머릿속에서 천천히 반발심이 일어났다. 어쨌든 이 일을 제대로 해낸 것은 자신이 아닌가. 물론 마조리가 대화 내용을 주긴 했지만, 그 내용의 대부분은 마조리도 책에서 읽은 것에서 따온 것이다. 그 빨간 드레스도 마조리가 자신의 트렁크를 뒤져 꺼내기 전엔 별로 괜찮다는 생각을 못하긴 했지만, 어쨌든 버니스가 산 것이다. 말을 한 것도 버니스 자신의 목소리였고, 미소를 지은 것도 자신의 입술이었고, 춤을 춘 것도 자신의 발이었다. 마조리는 좋은 아이다, 자만심에 차 있긴 하지만, 좋은 저녁이었고, 괜찮은 남자들, 워렌처럼, 워렌, 워렌, 이름이 뭐더라, 워렌……

그녀는 잠이 들었다.

V

버니스에게 그다음 한 주는 계시와도 같았다. 사람들이 자신을 쳐다보고, 자기 이야기를 들으면서 정말로 즐거워한다는 느낌은 자신감의 바탕이 되었다. 물론 처음에는 여러 가지 실수들이 있었다. 예를 들면, 그녀는 드레이코트 디요가 목사 공부를 하고 있다는 것을 모르고 있었다. 그가 끼어든 이유가 그녀를 조용하고 신중한 여자로 생각했기 때문인 것도 알지 못했다. 알았더라면 그에게 "안녕, 포탄 충격 환자분!"이라는 대사로 그를 맞이하지도 않았을 것이며, 욕조 이야기로 이어가지도 않았을 것이다. "여름에 내 머리를 손질하는 것은 정말 엄청난 노력이 든답니다. 너무 할 일이 많죠. 그래서 난 항상 머리를 먼저 고정시키고 얼굴에 파우더를 바른 다음 모자를 쓰죠. 그리고 욕조에 들어갔다가 그다음에 옷을 입는답니다. 그게 가장 좋은 방법이라고 생각지 않으세요?"

드레이코트 디요는 침수 세례에 대해 어려움을 느끼고 있던 터라 거기서 어떤 연관성을 보았는지도 모를 일이지만, 그가 그렇게 생각하지 않는다는 것은 분명해 보였다. 그는 여성의 목욕은 부도덕한 주제라고 생각했고, 현대사회의 타락에 대한 그의 의견들을 이야기했다.

하지만 이런 불행한 경우들을 상쇄할 만한 여러 뚜렷한 성공 사례들이 있었다. 오티스 오먼드는 동부로의 여행을 취소하고 대신 그녀를 따르기로 결정했다. 풋사랑 같은 애정이었는데 그의 친구들은 재미있어했고 G. 리스 스토다드는 짜증이 났다. 오티스가 혐오스러울 정도로 다정한 눈길을 버니스에게 던지는 바람에 오후에 여러 번이나 있었던 그의 기회를 완전히 망쳐버렸기 때문이었다. 오티스는 심지어 2×4인치 각목과 드레싱룸 이야기까지 버니스에게 들려주며 얼마나 자기와 다른 사람들이 처음 판단에서 끔찍한 실수를 했는지 보여 주고 싶어 했다. 버니스는 그 이야기를 웃어넘겼지만 마음 한구석이 무너지는 것을 느꼈다.

버니스의 대화 중에서 아마도 가장 잘 알려지고 가장 보편적으로 인정을 받은 것은 단발머리 이야기일 것이다.

"버니스, 언제 단발로 자를 건가요?"

"어쩌면 모레쯤에요." 그녀는 웃으며 대답하곤 했다. "와서 볼래요? 알잖아요, 내가 당신에게 의지하는 거."

"그럴까? 하지만 서둘러요."

머리를 자르겠다는 의도는 전적으로 불명예스러운 것이었지만, 그녀는 다시 웃으며 대답했다.

"이제 금방이에요. 당신도 놀랄걸요."

그러나 그녀가 성공했다는 가장 중요한 증거는 혹평을 하던 워렌 매킨타이어의 회색 자동차로, 그 차는 매일 하비 자택 앞에 서 있었다. 처음 워렌이 하녀에게 마조리가 아닌 버니스를 불러달라고 했을 때 하녀는 몹시 당황했지만, 일주일이 지나자 그녀는 요리사에게 버니스 양이 마조리 양의 가장 좋은 남자를 붙잡았다고 말했다.

그리고 그것은 사실이었다. 아마도 처음엔 마조리에게 질투를 불러일으키고 싶은 워렌의 마음에서 시작되었을 것이다. 어쩌면 그가 버니스와의 대화 속에서 분명히 인식하진 못했지만 친숙한 마조리의 기질을 느꼈기 때문인지도 모른다. 그리고 어쩌면 이 두 가지 외에도 뭔가 진실한 매력이 있었기 때문인지도 모른다. 그러나 이 새로운 한 쌍은 두 사람 다 일주일 만에 마조리가 가장 믿었던 애인이 완전히 급변하여 마조리의 손님에게 흠뻑 빠져 있음을 깨닫게 되었다. 이제 문제는 마조리가 그것을 어떻게 받아들일 것인가 하는 것이었다. 워렌은 버니스에게 하루에 두 번씩 전화를 했고, 쪽지를 보냈으며 두 사람이 그의 차를 타고 함께 있는 모습도 자주 눈에 띄었다. 그들은 분명 그가 진심인지 아닌지에 대한 팽팽하고 중요한 대화에 몰두하고 있었다.

마조리는 놀림을 받으면 웃을 뿐이었다. 그녀는 워렌이 마침내 그를 소중하게 생각하는 사람을 찾게 되어 기쁘다고 말했다. 그래서 그들 새로운 커플도 웃으며 마조리가 전혀 신경 쓰지 않는다고 짐작하며 그냥 지나갔다.

버니스가 갈 날이 사흘밖에 남지 않았던 어느 오후였다. 버니스는 함께 브리지 게임 파티에 가기 위해 홀에서 워렌을 기다리고 있었다. 그녀는 상당히 행복한 기분이었다. 그때, 역시 같은 파티에 갈 계획이었던 마조리가 그녀 옆에 나타나 거울을 보며 평소와 다름없이 모자를 매만졌고, 버니스는 충돌 같은 것이 일어나리라고는 전혀 생각지도 못하고 있었다. 마조리는 그녀가 할 말을 아주 냉정하고 간결하게 세 문장으로 말했다.

"넌 워렌을 잊는 게 좋을 거야." 그녀가 차갑게 말했다.

"뭐?" 버니스는 너무나도 놀랐다.

"워렌 매킨타이어 때문에 바보짓 하지 말라고. 걘 너한테 눈곱만큼도 관심 없어."

긴장된 순간, 그들은 서로를 바라보았다. 마조리는 비웃듯이 냉담한 표정이었고, 버니스는 놀라서 반은 화가 나고 반은 두려움을 느꼈다. 그때 차 두 대가 집 앞으로 오더니 요란하게 경적을 울렸다. 마조리와 버니스는 둘 다 희미하게 짧은 숨을 들이켜곤 돌아서서 나란히 서둘러 나갔다.

브리지 파티 내내 버니스는 커져 가는 불안함을 다스리기 위해 애썼지만 쉽지 않았다. 그녀는 마조리를, 스핑크스의 스핑크스인 그녀를 모욕했던 것이다. 의도는 세상에서 가장 좋고 순진했으나, 어쨌든 마조리의 소유물을 훔친 것이다. 그녀는 갑자기 지독한 죄책감을 느꼈다. 브리지 게임이 끝난 후 사람들이 자유롭게 둘러앉아 이런저런 이야기를 나눌 때 조금씩 폭풍우가 불어오기 시작했다. 오티스 오먼드가 무심코 그것을 촉발시켰다.

"너 언제 유치원으로 돌아가냐, 오티스?" 누군가 물었다.

"나? 버니스가 단발머리로 자르는 날."

"그렇다면 네 학교교육은 이제 끝났어." 마조리가 재빨리 말했다. "그건 쟤가 그냥 큰소리 친 것에 불과하니까. 네가 알아챘을 줄 알았는데."

"그게 사실이야?" 오티스가 버니스에게 힐난의 눈길을 던지며 물었다.

버니스가 효과적이고 재치 있는 말대꾸를 생각해 내려 애쓰는 동안 그녀의 귀가 붉게 물들었다. 이 직접적인 공격 앞에서 그녀의 상상력은 마비되어 버렸다.

"세상에는 말뿐인 큰소리들이 많아." 마조리가 아주 기분 좋게 말을 이어갔다. "네가 아무리 어려도 그 정도는 알 줄 알았는데, 오티스."

"글쎄." 오티스가 말했다. "그럴지도 모르지. 하지만, 와! 버니스같이 말을 하면……."

"정말?" 마조리가 하품을 했다. "쟤가 한 최근의 명대사는 뭐였어?"

아무도 아는 것 같지 않았다. 실제로 버니스는 그녀의 뮤즈의 애인을 농락하느라 최근에는 기억에 남을 만한 말을 아무것도 하지 못했다.

"그게 전부 정말 대사였어?" 로베르타가 호기심 어린 투로 물었다.

버니스는 주저하고 있었다. 어떤 형태든 재치가 요구되는 상황임을 느꼈지만 갑작스러운 사촌의 냉랭한 눈길 속에서 그녀는 완전히 능력을 잃고 말았다.

"모르겠는데." 그녀가 시간을 끌었다.

"끝났어!" 그녀가 말했다. "인정하시지!"

버니스는 서투르게 우쿨렐레[25]를 만지작거리던 워렌이 악기에서 눈을 떼고 묻는 듯한 표정으로 그녀를 보고 있음을 알았다.

"아, 모르는 이야기야." 그녀가 흔들리지 않고 말했다. 그녀의 뺨이 달아올랐다.

"끝났다고!" 마조리가 다시 말했다.

"털어놔 봐요, 버니스." 오티스가 재촉했다. "어디까지 갈 생각이었는지 그녀에게 말해 봐요."

버니스가 주변을 둘러보았다. 워렌의 시선에서 벗어날 수는 없을 것 같았다.

"난 단발머리가 좋아." 마치 워렌이 묻기라도 한 것처럼 그녀가 다급하게 말했다. "단발로 자를 생각이야."

"언제?" 마조리가 물었다.

"언제든지."

"지금처럼 좋을 때도 없지." 로베르타가 제안했다.

오티스가 벌떡 일어났다.

"그거 좋네!" 그가 소리쳤다. "우리 여름 단발 파티를 하는 거야. 시비어 호텔 이발소, 거기라고 그랬죠?"

곧 모두가 자리에서 일어섰다. 버니스의 가슴이 심하게 요동쳤다.

"뭐?" 그녀가 놀라서 말했다.

사람들 가운데서 경멸하는 듯한 마조리의 목소리가 아주 또렷하게 들려왔다.

"걱정 마. 쟤는 포기하고 물러설걸!"

"어서요, 버니스!" 오티스가 외치고는 문 쪽으로 가기 시작했다.

네 개의 눈이, 워렌과 마조리의 눈이 그녀를 뚫어지게 바라보고 있었다. 도전하고 있었다. 무시하고 있었다. 잠시 후 그녀는 크게 손을 흔들었다.

"좋아." 재빨리 말했다. "난 상관없어."

영원 같은 몇 분이 지난 후, 그녀가 워렌의 옆에 앉아 늦은 오후 시내로 가는 차를 타고 다른 사람들은 로베르타의 차를 타고 바로 뒤에서 따라오는 동안, 버니스는 마리 앙투아네트가 사형수 호송 마차를 타고 단두대로 향하던 바로 그 심정이었다. 막연하게 그녀는 왜 자기가 그건 모두 실수였다고 소리치지 않았는지 의문스러웠다. 그것이 갑자기 적대적이 된 세계에서 자신의 머리카락을 보호하기 위해 두 손으로 머리를 붙잡는 행동을 막을 수 있는 유일한 길이었는데. 하지만 그녀는 이러지도 저러지도 않았다. 지금으로선 어머니에 대한 생각도 이를 막지 못했다. 그것이 그녀의 스포츠맨십을 테스트하는 궁극의 방법이었다. 인기 있는 여자들이라는 별이 반짝이는 하늘 아래에서 도전받지 않고 걷기 위한 그녀의 당당한 권리였다.

워렌은 시무룩하게 아무 말도 하지 않았고, 호텔에 도착하자 인도 옆에 차를 세우고는 버니스에게 먼저 내리라는 듯이 고개를 끄덕였다. 로베르타의 차에서 웃고 떠드는 한 무리의 사람들이 이발소 앞에 내렸다. 이발소의 두 개의 판유리 창문이 대담하게 거리를 향하고 있었다.

버니스가 인도에 서서 '시비어 이발소'라는 간판을 보았다. 그것은 정말이지 단두대였다. 하얀 가운을 입고 담배를 피우며 무심하게 첫 번째 의자에 기대어 있는 저 첫 번째 이발사가 사형집행인인 것이다. 그는 분명 버니스의 이야기를 들었을 것이다. 그는 분명 일주일 내내 그녀를 기다리고 있었을 것이다. 저 불길하고 너무나도 자주 언급되었던 첫 번째 의자 옆에서 담배를 피우고 또 피우며. 저들은 그녀의 눈을 가릴까? 그건 아니겠지만, 하얀 천을 그녀의 목둘레에 묶어 그녀의 피가,——말도 안 되는 소리——그녀의 머리카락이 옷에 떨어지지 않도록 할 것이다.

"다 왔어, 버니스." 워렌이 곧 말했다.

그녀는 턱을 치켜세운 채 인도를 가로지른 후, 망사문을 획 밀어젖혔다. 줄지어 기다리며 와자지껄 시끄러운 사람들에겐 눈길조차 주지 않고 그녀는 첫 번째 이발사에게 다가갔다.

"머리를 단발로 자르고 싶어요."

첫 번째 이발사의 입이 딱 벌어졌다. 담배가 바닥으로 떨어졌다.

"뭐?"

"내 머리요. 단발로 잘라요!"

더 이상의 서론은 거부한 채 버니스가 높은 의자에 앉았다. 옆 의자에 있던 남자가 옆으로 흘깃 그녀를 돌아보았다. 얼굴에 면도 거품을 바른 그는 재미있다는 표정이었다. 한 이발사는 놀라서 꼬마 윌리 슈네만의 한 달에 한 번 있는 이발을 망쳐버렸다. 마지막 의자에 있던 오레일리 씨는 면도기가 그의 뺨을 베자 툴툴거리며 노랫가락처럼 들리는 옛 게일어로 욕을 해댔다. 구두닦이 둘이 놀란 눈으로 그녀의 발을 향해 달려왔다. 아니, 버니스는 구두 닦는 일에는 관심이 없었다.

밖에서 지나가던 사람 하나가 멈춰 서서 바라보고 있었다. 커플 한 쌍이 그 남자 옆에 섰다. 곧 꼬마들 대여섯이 코를 내밀며 다가오더니 창문에 코를 눌러대며 안을 들여다보았다. 대화의 단편들이 여름 바람에 실려 망사문을 통해 들어왔다.

"저 아이 긴 머리 좀 봐!"

"어디서 저런 걸 구했대? 저기 면도가 끝난 사람은 수염 난 여자야."

그러나 버니스에게는 아무것도 보이지 않았고, 아무것도 들리지 않았다. 유일하게 살아 있는 감각으로는 하얀 가운을 입은 이 남자가 그녀의 머리에서 거북 껍질로 만든 빗을 하나 빼고, 또 하나를 빼는 것을 느낄 수 있을 뿐이었다. 그는 낯선 머리핀을 서툰 솜씨로 다루고 있었다. 그리고 곧 이 머리, 그녀의 아름다운 머리가 사라질 참이었다. 다시는 짙은 갈색으로 아름답게 등 뒤를 덮는 길고 풍성한 머릿결을 쓸어내릴 수 없을 것이다. 순간 그녀는 거의 무너질 뻔했다. 그때 눈앞의 그림이 무의식적으로 그녀의 시야에 들어왔다. 입꼬리가 올라간 마조리의 입이 희미하게 비웃음을 띠며 이렇게 말하는 것만 같았다.

"포기하고 내려와! 넌 내게 도전하려 했고, 난 네 허세에 어디 한번 해보라고 한 거야. 봐, 근데 네겐 승산이 없잖아."

얼마간 남은 마지막 힘이 버니스 안에서 솟구쳐 올라오고 있었다. 그녀는 흰 천 아래에서 두 손을 꽉 쥐었고 기이하게 눈살을 찌푸렸다. 오랜 시간이 지난 후 마조리는 누군가에게 그 눈살에 대해 언급하기도 했다.

이십 분 후 이발사가 그녀의 의자를 돌려 거울을 보게 했다. 그녀는 그녀에게 가해진 엄청난 손상을 보며 움찔했다. 그녀의 머리는 구불거리지 않았다. 이제는 갑자기 창백해진 그녀의 얼굴 양쪽으로 생기 없는 덩어리처럼 뭉툭하니 내려와 있을 뿐이었다. 끔찍하게 흉했다. 그리고 그녀는 그러리라는 것을 알고 있었다. 그녀의 얼굴의 가장 큰 매력은 성모마리아 같은 순수함이었다. 이제 그 순수함은 사라지고 그녀는 무서울 정도로 평범했다. 가관이었다. 집에 안경을 놓고 온 그리니치 빌리지의 여자처럼 우스꽝스러울 뿐이었다.

그녀는 의자에서 내려오며 미소를 지으려 했지만 비참하게도 그럴 수 없었다. 그녀는 여자 둘이서 서로 눈짓을 주고받는 것을 보았다. 마조리의 입꼬리가 희미한 비웃음으로 치켜 올라간 것을 알 수 있었다. 그리고 워렌의 눈이 갑자기 매우 냉담해져 있는 것을 느낄 수 있었다.

"봐." 그녀의 말이 어색하게 멎었다. "해냈잖아."

"그래, 해냈구나." 워렌이 말했다.

"마음에 들어?"

마지못한 "그럼."이라는 대답이 두세 명에게서 나온 후, 다시 어색한 침묵이 흘렀다. 그때 마조리가 재빠르게, 그리고 뱀처럼 강렬하게 워렌을 향해 돌아섰다.

"나하고 세탁소에 좀 같이 가주지 않겠어?" 그녀가 물었다. "오늘 저녁 전에 드레스를 찾아 와야 하거든. 로베르타가 집에 가는 길이니까 다른 애들을 태워 갈 거야."

워렌은 멍하니 창문 밖 어딘가를 바라보았다. 그러고는 잠시 후 그의 차가운 시선이 버니스에게 머물더니 마조리를 향해 돌아갔다.

"기꺼이 그러지." 그가 천천히 말했다.

VI

버니스는 저녁 식사 전에 이모의 놀란 눈을 보고서야 그녀 앞에 놓였던 잔인한 덫을 완전히 깨달을 수 있었다.

"어머나, 버니스!"

"단발로 잘랐어요, 조세핀 이모."

"어머나!"

"마음에 드세요?"

"세상에, 버니스!"

"놀라게 해드린 모양이네요."

"아니, 하지만 디요 부인이 내일 밤에 뭐라고 생각하겠니? 버니스, 디요네 댄스파티가 끝날 때까지만이라도 기다렸으면 좋았을 텐데. 머리를 자르고 싶었다면 기다렸어야 했어."

"갑자기 그렇게 됐어요, 조세핀 이모. 어쨌든, 디요 부인과 무슨 상관이 있는데요?"

"어쩌니, 얘야." 하비 부인이 말했다. "디요 부인이 지난 목요 클럽 모임에서 「젊은 세대의 결점들」이라는 제목으로 자신이 쓴 글을 읽었는데, 단발머리에 대해서만 십오 분이나 이야기를 했어. 부인은 단발머리를 특히 싫어한단다. 게다가 그 댄스파티는 너와 마조리를 위해 여는 것인데!"

"죄송해요."

"오, 버니스, 네 어머니가 뭐라고 하겠니? 내가 자르게 내버려 두었다고 생각할 거다."

"죄송해요."

저녁 식사는 아주 괴로웠다. 그녀는 급하게 헤어 아이론으로 머리를 손질해 보려 했지만 손가락을 데고 머리카락만 태우고 말았다. 그녀는 이모가 염려하고 마음 아파하는 것이 보였고, 이모부는 계속 "세상에, 이런 일이!"만 속상하고 약간 화가 난 어투로 되풀이했다. 마조리는 희미한 미소 뒤, 희미하게 비웃는 미소 뒤에 숨어 아주 조용히 앉아 있었다.

간신히 그날 저녁을 견뎌냈다. 세 명의 남자가 전화를 했다. 마조리는 그중 한 남자와 사라졌고, 버니스는 나머지 두 남자들과 즐겁게 지내보려고 내키지 않는 노력을 해보았지만 허사였다. 10시가 지나 방으로 가기 위해 계단을 오를 때 그녀는 한숨을 내쉬며 감사했다. 정말 힘든 하루였다!

그녀가 옷을 갈아입고 있을 때 문이 열리면서 마조리가 들어왔다.

"버니스." 그녀가 말했다. "디요 댄스파티에 대해서는 정말 미안해. 내가 완전히 잊어버리고 있었다는 건 내 명예를 걸고 맹세할게."

"괜찮아." 버니스가 간단하게 답했다. 거울 앞에 선 그녀는 빗으로 천천히 그녀의 짧은 머리를 빗어 내렸다.

"내일 시내로 데려가 줄게." 마조리가 말을 이었다. "헤어 디자이너가 멋지게 고쳐줄 거야. 난 네가 정말 그렇게 할 거라고는 상상도 못했어. 정말 너무 미안해."

"괜찮다니까."

"어쨌든 네 마지막 밤이고, 그러니까 크게 중요하지는 않을 거야."

그 순간 버니스는 마조리가 자기 머리를 어깨 너머로 넘기는 것을 보고 주춤했다. 마조리는 자신의 긴 금발 머리를 천천히 두 갈래로 땋기 시작했는데, 그녀의 크림색 얇은 잠옷과 어우러져 마치 섬세하게 그린 잉글랜드 공주의 초상화처럼 보였다. 넋이 빠진 버니스는 머리에서 땋은 부분이 점점 늘어가는 것을 지켜보았다. 성마른 뱀같이 유연하게 움직이는 손가락들 아래에서 움직이는 머리카락들이 묵직하고 탐스러워 보였다. 그리고 버니스에게는 긴 머리의 흔적과 헤어 아이론, 그리고 내일 자신을 바라볼 시선들만 남았다. 그녀는 그녀를 좋아했던 G. 리스 스토다드가 예의 그 하버드 학생다운 매너로 디너 파트너에게 버니스가 그렇게 자주 영화 보러 가는 것을 허락하지 말았어야 했다고 이야기할 것이 눈에 선히 보였다. 드레이코트 디요가 그의 어머니와 눈길을 주고받는 것도, 그리고는 의식적으로 그녀에게 동정을 베푸는 장면도 떠올랐다. 하지만 아마도 내일쯤이면 디요 부인도 이 소식을 들을 것이다. 그리고 그녀에게 오지 말 것을 요구하는 냉정한 쪽지를 보낼

지도 모른다. 그리고 그녀가 없는 자리에서 그들은 모두 웃으며 마조리가 그녀를 바보로 만들었다는 것을 알게 될 것이다. 그녀가 아름다울 수 있었던 기회가 한 이기적인 여자아이의 질투 어린 변덕에 희생되었다는 것도 알게 될 것이다. 그녀는 갑자기 거울 앞에 주저앉아 입술을 깨물었다.

"난 마음에 들어." 그녀가 힘들여 말했다. "잘 어울리게 될 거야."

마조리가 미소를 지었다.

"괜찮아 보여. 그러니 머리 때문에 걱정하지 마."

"걱정 안 해."

"잘 자, 버니스."

그러나 문이 닫히자 버니스의 내부에서 뭔가 툭 하고 끊어지는 것이 있었다. 그녀는 두 손을 꽉 쥔 채 힘차게 자리에서 벌떡 일어난 후 빠르고 소리 없이 침대로 건너가 그 아래에서 여행 가방을 꺼냈다. 그리고 가방 안에 화장실 용품들과 갈아입을 옷을 넣었다. 트렁크에는 서랍 두 개를 가득 채웠던 속옷과 여름옷들을 쏟아부었다. 그녀는 조용하게, 하지만 지극히 효율적으로 움직였고, 사십오 분 만에 트렁크를 잠그고 가죽끈으로 고정시켰다. 그러고 나서 그녀는 마조리가 고르는 것을 도와준 요즘 유행한다는 새 여행 복장으로 차려입었다.

책상 앞에 앉은 그녀는 이모 앞으로 떠나는 이유를 간단히 설명한 짧은 메모를 썼다. 봉투에 넣어 봉하고 이름을 쓴 후 베개 위에 올려놓았다. 그녀는 손목시계를 보았다. 기차는 1시에 떠난다. 두 블록 떨어진 마보로 호텔까지 걸어가면 쉽게 택시를 잡을 수 있다는 것을 알고 있었다.

갑자기 그녀는 세게 숨을 들이마셨다. 그녀의 눈에 어떤 표정이 번득였다. 숙련되게 성격을 읽는 사람이라면 그녀가 이발소 의자에서 지었던 그 단호한 표정과 어떤 면에서는 더 발전된 것 같은 그 표정을 막연히 연결 지을 수 있었을 것이다. 버니스에게는 상당히 새로운 표정이었고, 그것은 곧 실행으로 나타났다.

그녀는 살며시 서랍장으로 가서 그 위에 놓여 있던 물건 하나를 집어 들고 불을 다 끈 후 눈이 어둠에 익숙해질 때까지 가만히 서 있었다. 그러고는 부드럽게 마조리의 방문을 열었다. 양심의 가책은 조금도 느끼지 않고 잠든 나지막한 숨소리가 들려왔다.

버니스는 이제 침대 옆에 서 있었다. 아주 단호하고 침착했다. 그녀는 빠르게 움직였다. 몸을 숙이고 마조리의 많은 갈래머리 중 하나를 찾은 후 손으로 머리 가장 가까운 지점까지 더듬어 올라갔다. 그리고 거기를 약간 느슨하게 잡아 잠든 사람이 잡아당기는 것을 느끼지 못하는 상태에서 가위로 싹둑 잘라버렸다. 손에 머리 타래를 든 그녀는 숨을 죽였다. 마조리가 잠결에 뭔가 중얼거렸다. 버니스는 솜씨 좋게 나머지 갈래도 자른 후 잠시 멈추었다가 빠르고 조용하게 움직여 자기 방으로 다시 돌아갔다.

아래층에서 그녀는 현관문을 열고 나온 후 조심스럽게 닫았다. 기이한 행복감에 들뜬 그녀는 무거운 짐을 쇼핑백처럼 흔들며 달빛 속의 포치를 내려갔다. 잠깐 빠른 걸음을 걷던 그녀는 자신의 왼손에 아직도 두 타래의 금발 머리카락이 쥐어 있는 것을 발견했다. 그녀는 뜻밖의 웃음을 터뜨리다가 웃음이 밖으로 새어 나오지 않도록 손으로 입을 단단히 막아야 했다. 그녀는 이제 워렌의 집을 지나고 있었고, 순간적인 충동에서 가방을 내려놓고 머리 타래를 밧줄 조각처럼 흔들어 나무 포치 위로 던졌다. 머리채는 툭 하고 소리를 내며 포치 위에 떨어졌다. 그녀는 웃음이 다시 터졌지만 이제 더 이상 웃음을 참지 않았다.

"하하!" 그녀는 격렬하게 웃었다. "이기적인 것들의 머릿가죽은 다 벗겨 버려야지!"

그리고 다시 가방을 든 그녀는 뛰듯이 달빛 빛나는 거리를 걸어가기 시작했다.

성체강복식

볼티모어 역은 덥고 복잡했다. 그래서 로이스는 전보 접수대 옆에서 영원히 끝날 것 같지 않은 끈적끈적한 시간을 보내야 했다. 앞니가 커다란 사무원이 뚱뚱한 여자의 당일 전보를 들고 별 탈 없는 마흔아홉 단어인지 문제가 될 쉰 단어인지 세고 또 세고 있었던 것이다.

기다리던 로이스는 주소가 확실한지 자신이 없어져서 가방에서 편지를 꺼내 다시 읽어보았다.

사랑하는 당신. ─이렇게 시작했다. ─나는 이해해, 그리고 나는 내 인생에 과분한 행복을 느끼고 있어. 내가 당신에게 당신이 늘 바랐던 것을 줄 수만 있다면! 하지만 난 그럴 수 없어, 로이스. 우린 결혼할 수 없어. 그리고 우리는 서로를 잃을 수도 없고 이 모든 찬란한 사랑이 무위로 끝나게 할 수도 없어.

당신의 편지가 올 때까지 나는 여기 이 어둑한 곳에 앉아 내가 어디로 갈 수 있을지, 당신을 잊을 수는 있을지 생각하고 또 생각하고 있었어. 어쩌면 해외로, 이탈리아나 스페인으로 정처

없이 떠돌면 꿈결처럼 당신을 잃은 아픔을 흘려보낼 수 있지 않을까……. 하지만 더 오래되고 원숙한 옛 문명이 힘없이 무너져 버린 그곳의 폐허들은 내 마음의 괴로움을 더 크게 비춰주기만 하겠지……. 그런데 그때 당신의 편지가 도착했어.

너무나도 다정하고 너무나도 용기 있는 당신, 내게 전보를 보내주면 윌밍턴에서 당신을 만나겠어. 그때까지 나는 여기서 당신에 대한 모든 오랜 꿈들이 이루어지길 바라며 기다리고 있을게.

하워드.

그녀는 그 편지를 읽고 또 읽어서 한 자 한 자 모두 외우고 있었지만, 편지는 여전히 그녀를 놀라게 했다. 편지에서 그녀는 그것을 쓴 남자의 흔적들을, 달콤함과 슬픔이 섞인 그의 검은 눈, 그의 이야기를 들을 때 때때로 느꼈던 들뜬 흥분감, 그녀의 정신을 만족시켜 잠재우던 그의 꿈 같던 심미안, 그런 것들을 발견했다. 로이스는 열아홉 살로 매우 낭만적이고 호기심이 많았으며 또 용기도 있었다.

그 뚱뚱한 여자와 사무원이 쉰 단어로 절충을 하고 난 후 로이스는 백지 위에 그녀의 전보를 썼다. 그녀의 최종 결심에 숨겨진 의도 따위는 없었다.

이것은 그냥 운명이다 하고 그녀는 생각했다. 이것은 그냥 이 망할 세상에서 일이 돌아가는 방식일 뿐이다. 비겁함이 지금껏 나를 망설이게 했던 거라면, 이제 더 이상의 망설임은 없다. 그러니 우리는 그냥 일이 흘러가게 내버려 둘 것이고, 결코 후회하지 않을 것이다.

사무원이 전보를 훑어보았다.

오늘 볼티모어 도착 오빠와 하루 보낼 예정 수요일 오후 3시에 윌밍턴에서 봐요.

로이스.

"54센트." 직원이 감탄하며 말했다.

결코 후회하지 않을 것이다. ──로이스는 생각했다. ──결코 후회하지 않을 것이다…….

II

나무 사이를 지나간 빛이 풀밭 위로 점점이 떨어졌다. 깃털 부채를 들고 나른하게 서 있는 키 큰 여인 같은 나무들이 수도원의 흉물스러운 지붕을 가볍게 어루만지고 있었다. 집사 같은 나무들은 인도와 오솔길 위로 공손하게 몸을 숙이고 있었다. 나무들, 어느 쪽을 보든 산 위로 나무들이 무리 짓고 길게 줄지어, 그리고 숲이 되어 메릴랜드 동부 전체에서 자라나 황금빛 들녘의 가장자리에 섬세한 레이스가 되기도 하고, 꽃이 가득 핀 수풀이나 야생의 언덕진 정원들에 짙은 어둠의 배경으로 둘러서 있기도 했다.

아주 생기 있고 젊은 나무들도 있었지만, 수도원의 나무들은 수도원보다 오래되었다. 물론 진정한 수도원의 기준에서 본다면 그 수도원은 오래된 것도 아니었다. 그리고 사실 실제로는 수도원이라고 불리지도 않았다. 그저 신학교에 지나지 않았던 것이다. 그럼에도 불구하고 여기서는 수도원이라 부르겠다. 비록 빅토리아 건축양식에 에드워드 7세식의 증축, 심지어 우드로 윌슨 시대의 특징을 보이는 바로 지난 세기의 지붕까지 뒤섞여 있었지만 말이다.

바깥의 저 뒤로는 농장이 있었다. 대여섯 명의 평수사들이 채소밭에서 매우 효율적으로 움직이며 건강하게 땀을 흘리고 있었다. 왼쪽으로 줄지어 선 느릅나무 뒤로는 약식으로 만든 야구장이 있었고, 그곳에서는 세 명의 수련수사들이 대단한 추격과 헐떡임과 숨참 속에서 네 번째 수련수사의 공을 치고 나가 있었다. 부드러운 종소리가 30분을 알리자 그 앞으로 한 무리의 검은색 인간 잎들이 친절한 나무들 아래 검고 흰 바둑판무늬 오솔길 위로 흩날리며 나왔다.

이들 검은 잎 중 몇몇은 매우 늙어서 마치 물이 튄 웅덩이에 처음 생기는 물결들처럼 뺨에 깊은 주름들이 패어 있었다. 그리고 드문드문 보이는 중년의 잎들은, 옆에서 보면 체형이 그대로 드러나는 가운 속에서 그 형체가 약간 비대칭으로 변하기 시작하고 있었다. 이들은 토마스 아퀴나스, 헨리 제임스, 메르시에 추기경, 임마누엘 칸트 등의 두꺼운 책들과 함께 강의 자료로 채워진 불룩한 공책들을 여러 권 들고 있었다.

가장 수가 많은 것은 젊은 잎들이었다. 매우 엄격하고 성실한 표정의 열아홉 금발 젊은이들, 오 년 동안 세상을 벗어나 가르침을 받아온 날카로운 자기 확신의 이십 대 후반들, 그들 중 몇 백 명은 메릴랜드와 펜실베이니아, 버지니아, 웨스트버지니아, 델라웨어 등지의 도시와 마을과 시골에서 온 이들이었다.

미국인들이 많았고, 약간의 아일랜드인들, 그리고 약간의 억센 아일랜드인들, 몇몇 프랑스인, 그리고 이탈리아인과 폴란드인도 여럿 있었는데, 그들은 격식을 차리지 않고 두세 명씩 혹은 긴 줄로 서서 서로 팔을 끼고 있었다. 거의 하나같이 곧은 입술과 두드러진 턱을 가진 그들에게서는 품위가 느껴졌다. 예수회였기 때문이다. 예수회는 오백 년 전 스페인에서 굳센 정신을 가진 한 병사가 설립한 것으로, 그 병사는 사람들에게 정면으로 공격할 게 아니면 그냥 사교계에 남아 있고, 설교를 전파할 게 아니면 서약서를 쓰고, 그냥 행할 것이며 토를 달지 말라고 훈련시켰다.

로이스는 수도원 담장 문 앞에서 버스에서 내려 햇빛 아래로 걸어 들어갔다. 그녀는 열아홉에 금발이었고, 신중한 사람이라면 초록색이라고 말하지 않을 빛깔의 눈을 가지고 있었다. 재능 있는 남자들은 전차에서 그녀를 보면 종종 몰래 토막 연필을 꺼내어 봉투 뒷면에 그녀의 옆모습이나 그녀의 눈썹이 눈을 어떻게 보이게 하는지 꼬집어 그려내려 했다. 그러나 나중에 그들은 자신들이 그려낸 결과물을 보고는 대개는 의아함의 한숨과 함께 그것을 찢어버리곤 했다.

로이스는 값비싼 여행 복장으로 아주 멋지게 차려입었지만 옷을 뒤덮은 먼지를 터느라 꾸물대는 일 없이 호기심 어린 눈길로 양옆을 살피며 곧장 가운데로 난 길을 걸어가기 시작했다. 그녀의 얼굴은 상당한 열의와 기대감으로 빛나고 있었지만, 아가씨들이 프린스턴이나 예일의 졸업 무도회에 도착했을 때 짓는 그런 영광스러운 표정은 아니었다. 어쨌든 이건 졸업 무도회가 아니었으며 그런 건 아무래도 좋았던 것이다.

그녀는 그가 어떻게 생겼을까, 사진에서만 보던 그를 과연 알아볼 수 있을까 궁금했다. 집의 어머니 서랍장 위에 걸린 사진 속 그는 매우 젊고 뺨이 홀쭉했으며 입만 잘 발달된 모습으로 좀 가엾어 보였다. 잘 맞지 않는 신학생 가운을 입고 있는 모습은 그가 자신의 인생에 대해 이미 중대한 결정을 내렸음을 보여 주고 있었다. 물론 그는 그 당시 겨우 열아홉 살이었고, 지금은 서른여섯이지만 전혀 그렇게 보이지 않았다. 최근에 찍은 스냅사진을 보았는데, 그는 훨씬 건장해졌고 머리숱은 줄어든 것 같았다. 하지만 그녀가 항상 기억하고 있는 오빠의 인상은 그 커다란 사진 속의 모습이었다. 그래서 늘 오빠가 좀 안됐다고 느끼곤 했다. 남자로서는 참 힘든 삶 아닌가! 십칠 년을 준비하고도 아직도 사제가 아니며, 내년에도 아닐 것이다.

로이스는 오늘 만남이 그냥 흘러가는 대로 내버려 두면 좀 무거워질 것이란 생각이 들었다. 그래서 그녀는 강렬한 햇살의 흉내를 낼 생각이었다. 머리가 쪼개질 것처럼 아플 때나 어머니가 신경쇠약 증세를 보일 때, 그녀가 유난히 낭만적이고 호기심 많고 용기가 있을 때에나 해낼 수 있는 그 흉내를 낼 것이다. 그리고 이 오빠라는 사람은 분명 기운을 북돋아 줄 필요가 있을 것이고, 그녀로 인해 그는 좋든 싫든 기분이 좋아질 것이다.

그녀가 크고 소박한 정문에 가까이 갔을 때, 한 남자가 갑자기 무리에서 빠져나와 가운 자락을 잡아 들고는 그녀를 향해 달려왔다. 그가 미소를 짓고 있는 것이 보였다. 그는 체구가 매우 크고, 믿음직해 보였다. 그녀는 그 자리에 서서 기다리며 자신의 가슴이 평소와 달리 아주 빠르게 뛰고 있음을 느꼈다.

"로이스!" 그가 외쳤고, 다음 순간 그녀는 그의 품 안에 있었다. 갑자기 그녀는 떨고 있었다.

"로이스!" 그가 다시 불렀다. " 아, 정말 기쁘구나! 내가 얼마나 이런 날을 기다렸는지 이루 다 말로 표현할 수가 없어,

로이스! 아니, 로이스, 넌 정말 아름답구나!"

로이스는 헉하고 짧은 숨을 들이마셨다.

그의 목소리는 절제되긴 했지만 힘이 넘쳤고, 그녀가 가족들 중 오직 자신만이 가졌다고 생각했던 뭔가 상대를 포용하는 듯한 인품을 드러냈다.

"나도 너무 기뻐요, 키스."

그의 이름을 처음으로 불러보며 그녀의 얼굴이 붉어졌지만 그것은 행복한 수줍음이었다.

"로이스, 로이스, 로이스." 그가 놀라워하며 이름을 거듭 불렀다. "얘야, 곧 들어가서 원장 선생님도 만나보고, 그러고 나서 여기를 한 바퀴 돌아보자꾸나. 네게 하고 싶은 이야기들이 너무나도 많단다."

그의 목소리가 좀 무거워졌다. "어머니는 어떠시니?"

그녀는 잠시 그를 바라본 후 전혀 말할 의도가 없었던, 그녀가 피하겠다고 마음먹었던 바로 그 이야기를 하고 말았다.

"아, 키스, 어머니는, 어머니는, 계속 나빠지고 있어요, 매일매일."

그가 이해한다는 듯이 천천히 고개를 끄덕였다.

"신경성이니까, 어쨌든 그 이야기는 나중에 해다오. 지금은……."

그녀는 커다란 책상이 있는 작은 서재에 있었다. 자그마하고 쾌활한 백발의 사제와 이야기를 나누었고, 사제는 그녀의 손을 잠시 잡았다 놓았다.

"이 아가씨가 로이스로군!"

그는 마치 그녀의 이야기를 몇 년 전부터 계속 들어오기라도 한 것처럼 말했다.

그는 그녀에게 앉으라고 말했다.

사제 두 사람이 더 몹시 반가워하며 들어와서는 그녀와 악수하며 그녀를 '키스의 여동생'이라고 불렀는데, 그녀는 그 소리가 듣기 싫지 않았다.

그들은 정말이지 자신감이 넘쳐 보였다. 그녀는 일종의 수줍음을, 아니면 최소한 자제하는 듯한 모습을 기대하고 있었다. 농담이 여러 개 오갔는데 그녀로선 알아들을 수 없었지만 기분 좋은 농담들 같았다. 자그마한 원장 신부는 그들 세 사람을 '멍청한 늙은 수도사들'이라고 불렀는데, 그녀는 그것이 마음에 들었다. 그들은 절대 수도사가 아니었기 때문에 당연한 일이었다. 그녀는 즉시 그들이 키스를 특별히 아낀다는 인상을 받았다. 원장 신부는 그를 '키스'라고 불렀고, 다른 한 사람은 대화 내내 한 손을 키스의 어깨에 올려놓고 있었다. 그녀는 다시 악수를 하고, 조금 있다가 아이스크림을 먹으러 다시 오겠다는 약속을 한 후 미소를 지으며, 미소를 지으며, 터무니없을 만큼 행복해했다……. 그녀는 이것이 키스가 너무나도 기쁘게 그녀를 자랑하고 있기 때문일까 하고 생각했다.

그리고 나서 그녀와 키스는 팔짱을 낀 채 오솔길을 걸었고, 그는 원장 신부가 얼마나 귀한 사람인지 그녀에게 이야기해 주었다.

"로이스." 그가 갑자기 이야기를 중단했다. "더 멀리 가기 전에 네가 여기 와준 것이 내게 얼마나 큰 의미인지 말해 주고 싶구나. 정말 고맙다. 네가 얼마나 즐겁게 지냈는지 알고 있단다."

로이스는 좀 놀랐다. 이런 것은 예상하고 있지 않았던 것이다. 처음 그녀가 볼티모어로 이 더운 날 여행을 하기로 계획했을 땐, 친구와 그날 밤을 보낸 후에 오빠를 보러 올 생각이었기에, 그녀는 다소 의식적으로 스스로를 정숙하다 느끼며 그녀가 미리 오지 않은 것에 대해 그가 까다롭게 굴거나 화를 내지 않기만을 바라고 있었던 것이다. 그런데 여기 이렇게 나무 아래에서 그와 함께 걷고 있다니 참으로 작지만 놀라울 만큼 행복한 일이었다.

"아, 키스." 그녀가 빠르게 말했다. "난 하루도 더 기다리지 못했을 거예요. 내가 다섯 살 때 오빠를 보았어요, 물론 난 기억도 못하지만. 내가 하나밖에 없는 오빠를 어떻게 실제로는 한 번도 만나지 않고 지냈을까요?"

"그렇게 얘기해 주니 정말 고맙구나, 로이스." 그가 다시 말했다.

로이스는 얼굴이 붉어졌다. 그는 정말 인품이 있었다.

"너에 대한 이야기를 모두 들려다오." 그가 잠시 사이를 두고 말했다. "물론 너와 어머니가 유럽에서 십사 년 동안 어떻게 지냈는지 대강의 이야기는 알고 있다. 그리고 네가 폐렴에 걸려서 어머니와 함께 내려오지 못했을 때 우리 모두 얼마나 걱정했는지 모른단다. 그러니까 그게 이 년 전이구나. 신문에서 네 이름을 보기는 했지만 그걸로는 충분치가 않았어. 내가 네 소식을 잘 모르고 지냈구나, 로이스."

그녀는 자신이 매번 만나는 남자들의 인품을 분석하듯 그의 인품도 분석하고 있음을 깨달았다. 그녀는 그가 일으키는 이 효과, 이 친밀함은 그가 계속 반복해서 그녀의 이름을 불러주기 때문일까 생각했다. 그는 마치 로이스라는 단어 자체를 사랑하는 것처럼, 마치 그 이름이 그에게 어떤 고유의 의미라도 있는 것처럼, 그렇게 계속 로이스의 이름을 불렀다.

"그리고 넌 학교에 들어갔지." 그가 계속했다.

"네, 파밍턴에요. 어머니는 수녀원에 가기를 원했지만 나는 싫었어요."

그녀는 그 말에 그가 기분 상해하지는 않을까 곁눈질로 그를 보았다.

하지만 그는 천천히 고개를 끄덕일 뿐이었다.

"외국에도 수녀원이 많지, 그렇지?"

"네, 그런데 키스, 거기 수녀원은 달라요. 여기는 가장 좋다는 수도원에도 저속한 아이들이 너무 많아요."

그가 다시 고개를 끄덕였다.

"그래." 그가 동의했다. "그럴 것 같구나. 그리고 네가 어떻게 생각하는지도 알겠다. 처음엔 여기서도 내 신경에 거슬리는 일들이 많았단다, 로이스. 물론 네게만 하는 이야기야. 우리는, 그러니까 너와 난 이런 일들에 좀 예민하지."

"여기 있는 사람들 말이에요?"

"응, 물론 좋은 사람들이 많았지. 난 항상 그런 사람들을 만나게 되거든. 하지만 아닌 사람들도 있어. 한 예로, 리건이란 이름의 남자가 있었는데, 난 그를 싫어했어. 지금은 아주 가까운 친구지만. 훌륭한 사람이야, 로이스. 나중에 만나게 될 거다. 싸울 때 네 편이었으면 하게 되는 사람이지."

로이스는 키스야말로 싸움에서 그녀의 편이었으면 하는 사람이라고 생각하고 있었다.

"어떻게, 어떻게 처음으로 하게 되었어요?" 그녀가 좀 수줍게 물었다. "여기 온 거 말이에요. 물론 어머니가 침대차에 대한 이야기는 해주셨어요."

"아, 그거……." 그는 좀 불편해하는 것 같았다.

"얘기해 줘요. 오빠에게서 듣고 싶어요."

"아, 아무것도 아니야, 어쩌면 너도 이미 다 알고 있을 거고. 어느 저녁이었어. 하루 종일 기차를 타면서 생각을 하고 있었어, 백 가지도 넘는 생각들을 했었단다, 로이스. 그런데 갑자기 누군가 내 건너편에 앉아 있다는 느낌이 들었어. 그는 한참 동안 거기 앉아 있었고 막연히 그도 여행 중일 거라는 생각이 들었지. 그런데 갑자기 그가 나를 향해 몸을 기울였고, 나는 목소리 하나를 들었어. '네가 사제가 되기를 바란다. 그것이 내가 바라는 바다.' 난 깜짝 놀라 일어나 소리쳤어. '오, 하느님, 그건 아닙니다!' 스무 명쯤 되는 사람들 앞에서 바보짓을 한 셈이지. 그리고 사실 내 앞엔 아무도 앉아 있지 않았었단다. 그 일이 있고 일주일 후 나는 필라델피아에 있는 예수회 대학에 갔고, 원장 사무실로 가는 마지막 층 계단들을 기어서 올랐단다."

또 다른 침묵이 흘렀다. 로이스는 오빠의 눈에서 꿈꾸듯 멍한 표정을 보았다. 그의 눈은 저 멀리 햇빛 가득한 벌판을 향하고 있었지만 아무것도 보고 있지 않았다. 그녀는 그의 목소리의 변화와 그가 말을 마쳤을 때 그에게서 흘러나온 것만 같은 갑작스러운 침묵에 불안했다.

그녀는 그의 눈이 자신과 같은 바랜 초록 빛깔이고, 그의 입은 사진에서보다 훨씬 더 부드러워 보인다는 걸 알 수 있었다. 아니면 혹시 최근에 얼굴이 그에 맞춰 변한 것일까? 그는 머리 정수리 부분이 조금 벗겨지고 있었다. 모자를 너무 써서 그런 것일까 궁금했다. 남자가 대머리가 되어간다는 것, 그리고 아무도 그것에 신경 쓰지 않는다는 것은 참으로 끔찍해 보였다.

"오빠는…… 독실했어요, 어렸을 때?" 그녀가 물었다. "무슨 뜻인지 알죠? 종교적이었냐고요. 이런 걸 물어도 괜찮나?"

"응." 그가 여전히 시선을 멀리 둔 채 말했다. 그녀는 그가 저렇게 망연자실하게 몰두한 모습도 그가 집중하여 주의를 기울이는 것과 다름없이 그의 인품의 일부분임을 느꼈다. "그래, 그랬어, 술에서 깨어 있을 때는."

로이스는 약간 놀랐다.

"술을 마셨어요?"

그가 끄덕였다.

"난 엉망진창으로 망가져 가고 있었지." 그가 미소를 짓고는 회색 눈동자로 그녀를 바라보며 화제를 바꾸었다.

"얘야, 어머니에 대해 말해 주렴. 요즘 들어 네가 무척 힘들었다는 거 안다. 네가 많이 희생하고 많이 참아야 했다는 것도. 내가 널 얼마나 훌륭하게 생각하는지 알아줬으면 좋겠구나. 나는 로이스, 네가 우리 두 사람 몫을 다 하고 있다고 느낀단다."

로이스는 곧 자신이 거의 희생을 하지 않았다는 것을 생각했다. 최근 들어 그녀는 계속해서 신경쇠약에 반은 불구인 어머니를 피하고 있었다.

"젊은 사람이 노인을 위해 희생되어서는 안 돼요, 키스." 그녀가 흔들리지 않고 말했다.

"안다." 그가 한숨을 쉬었다. "네가 어깨에 짐을 짊어져서는 안 되지. 내가 곁에서 널 도울 수 있다면 좋았을 텐데."

그녀는 그가 얼마나 빠르게 그녀의 주의를 돌려놓는지 보았고, 곧 그의 이런 면모가 무엇을 의미하는지 알아차렸다. 그는 다정했다. 그녀의 생각이 옆길로 벗어났다. 잠시 후 그녀가 침묵을 깨며 뜻밖의 말을 했다.

"다정함은 단단한 거예요." 그녀가 불현듯 말했다.

"뭐?"

"아무것도 아니에요." 그녀가 혼란스러워하며 말했다. "입 밖으로 내어 하려던 말은 아니었어요. 뭘 좀 생각하고 있었는데…… 프레디 케블이란 남자와 하던 대화였어요."

"모리 케블의 동생?"

"네." 그녀는 그가 모리 케블을 안다는 것에 좀 놀라며 말했다. 하지만 그렇다고 이상할 것은 없었다. "그 사람과 몇 주일 전에 다정함에 대해서 이야기한 적이 있거든요. 아, 잘 모르겠어요. 난 내가 다정하다고 알고 있는 하워드라는 이름의 어떤 남자에 대해 말했는데, 그는 내게 동의하지 않더군요. 그래서 우리는 남자에게 있어 다정함이란 무엇인가에 대해 이야기하기 시작했죠. 그는 내가 다정함을 여자에게 친절하게 구는 그런 종류의 부드러움이라고 생각하고 있다고 계속 주장하더군요. 하지만 내 말은 그런 뜻이 아니었어요. 그런데 그때는 나도 어떻게 해야 정확하게 표현할 수 있을지를 몰랐어요. 그런데 이제는 알겠어요. 난 정반대의 의미를 생각하고 있었던 거예요. 진정한 다정함이란 일종의 단단함, 그리고 힘인 것 같아요."

키스가 고개를 끄덕였다.

"무슨 뜻인지 알겠다. 그런 성품을 지닌 노사제들을 알지."

"난 젊은 남자들을 말하는 거예요." 그녀는 다소 도전적으로 말했다.

"아!"

그들은 텅 빈 야구장에 이르렀다. 그녀에게 나무 벤치를 가리키며 그가 풀밭 위에 길게 누웠다.

"이곳의 젊은 남자들은 여기서 행복해하나요, 키스?"

"행복해 보이지 않니, 로이스?"

"행복하겠죠. 하지만 이들 젊은 사람들은, 우리가 막 지나온 그 두 사람은, 그 사람들은, 그들은……."

"서원을 했냐고?" 그가 웃었다. "아니, 하지만 다음 달에 할 거야."

"영원히요?"

"응, 정신적으로나 육체적으로 무너지지만 않는다면. 물론, 우리 같은 규율 속에서는 포기하는 사람이 많지."

"하지만 저들은 청년이잖아요. 바깥 세계의 근사한 춤들을 다 포기하나요, 오빠가 그랬던 것처럼?"

그가 고개를 끄덕였다.

"대부분은."

"하지만 키스, 저들은 저들이 하는 일을 모르고 있어요. 무엇을 놓치고 있는지 아직 경험해 보지도 않았잖아요."

"그렇지는 않을 거다."

"공평하지 않은 것 같아요. 인생은 시초부터 저들에게 겁을 준 거나 마찬가지예요. 모두들 저렇게 젊었을 때 들어오나요?"

"아니, 일부는 방황을 하고, 상당히 거친 인생을 살다가 오기도 하지, 리건처럼."

"그편이 더 낫다고 생각해요." 그녀가 생각에 잠겨 말했다. "인생을 봤던 남자들이요."

"아니." 키스가 진지하게 말했다. "굳이 그런 방황이란 경험을 통해서만 한 남자가 다른 사람들과 소통할 수 있게 된다고는 생각하지 않아. 내가 알고 있는 포용력이 큰 사람들 중에도 자신에게만은 절대적으로 엄격한 사람들이 있어. 그런데

성체강복식 235

개과천선한 난봉꾼들은 가장 편협한 집단으로 악명이 높지. 그렇게 생각하지 않아, 로이스?"

그녀가 여전히 생각에 잠긴 채 고개를 끄덕였다.

"나약한 사람이 다른 나약한 사람에게 가는 것은 도움을 원해서가 아니라고 생각해. 그가 원하는 것은 죄의식을 함께 나누는 거야, 로이스. 네가 태어난 후, 어머니는 신경쇠약 증상을 보이기 시작하더니 콤스톡 부인이란 사람에게 가서 함께 울곤 하셨어. 아, 하느님, 그래서 나는 두려움에 떨었지. 어머니는 그렇게 하면 위안이 된다고 하셨어, 불쌍한 어머니. 아니야, 나는 다른 사람들을 돕기 위해 네 자신을 보여야 한다고는 생각하지 않아. 진정한 도움은 네가 존경하는 더 강한 이에게서 오는 거야. 그리고 그 공감이 훨씬 큰 것이다, 인간의 것이 아니기 때문이지."

"하지만 사람들이 원하는 것은 같은 인간들 사이의 공감이에요." 로이스가 반박했다. "사람들은 다른 사람도 유혹에 이끌렸다는 것을 느끼고 싶어 하는 거죠."

"로이스, 그들의 마음속에서 그들이 진정으로 느끼고 싶어 하는 것은 다른 사람도 나약하다는 거다. 그게 그들이 의미하는 인간적인 것이지."

"여기 이 오래된 수도원에서, 로이스." 그가 미소를 지으며 이야기를 계속했다. "그들이 가장 먼저 하는 일은 우리가 우리의 의지 속에 있는 모든 자기 연민과 자존심으로부터 벗어나게 만드는 것이란다. 그래서 우리에게 마루를 닦는 일 같은 것들을 하게 하지. 네 삶을 잃음으로써 네 삶을 구한다는 생각 같은 거야. 우리는 네가 말하는 그 인간이라는 의미에서 한 사람이 덜 인간적일수록 인류에게 더 나은 일꾼이 되어 봉사할 수 있다고 느끼고 있어. 우리는 그것을 극한으로 실행하지. 우리 중 누가 죽어도 그 가족이 와서 데리고 갈 수 없어. 그는 천여 명의 다른 사람들과 함께 소박한 나무 십자가 아래에 묻히게 되지."

그의 어조가 갑자기 바뀌더니 회색 눈을 밝게 빛내며 그녀를 바라보았다.

"하지만 인간의 마음 저 한구석에는 제거할 수 없는 어떤 것들이 있는데, 그중 하나가 바로 내가 내 여동생을 정말 사랑한다는 거란다."

갑작스러운 충동을 느낀 그녀는 풀밭에 무릎을 꿇고 그의 옆에 앉아서 몸을 기울여 그의 이마에 입을 맞추었다.

"오빠는 단단한 사람이에요." 그녀가 말했다. "난 그래서 오빠를 사랑해요. 그리고 오빠는 다정한 사람이고요."

III

응접실에서 로이스는 키스의 특별한 친구들 대여섯을 더 만났다. 그중에 자비스라는 이름의 젊은이가 있었는데 좀 창백하고 섬세한 외모의 소유자였다. 그녀는 그가 고향에 있는 자비스 부인의 손자가 틀림없다고 생각하며, 마음속으로 이 수도자와 그의 방탕한 삼촌을 비교해 보았다.

그리고 리건이 있었다. 그는 흉터 있는 얼굴에 사람을 꿰뚫을 듯 강렬한 눈빛으로 실내 여기저기를 다니는 그녀의 뒤를 좇았고, 때로는 숭배와도 같은 느낌으로 키스를 바라보기도 했다. 그녀는 키스가 말했던 '싸움을 할 때 같은 편이고 싶은 좋은 사람'이란 뜻을 알 것 같았다.

그는 선교사 타입이었다. 중국 같은 곳에 가면 어울릴 거라고 그녀는 막연히 생각했다.

"키스의 여동생이 시미 댄스가 어떤 건지 보여 줬으면 좋겠는데요." 한 청년이 크게 미소를 지으며 말했다.

로이스가 웃음을 터뜨렸다.

"원장 신부님께서 시미를 추는 저를 대문으로 쫓아내실까 봐 걱정되는데요. 게다가 전 전문가도 아니에요."

"적어도 지미의 영혼을 위해서는 최선이 아니라고 생각해." 키스가 무겁게 말했다. "지미는 시미 댄스 같은 것에 신경 쓰는 경향이 있거든. 요즘은 마시세 댄스가 막 유행하기 시작했지, 그렇지 않아, 지미? 지미는 수도사가 된 첫 해 내내 댄스를 잊지 못했지. 감자 껍질을 벗길 때 팔을 양동이에 두르고 발로 불경스러운 동작들을 하는 걸 볼 수 있었거든."

모두 웃었고, 로이스도 함께 따라 웃었다.

"미사에 오는 노부인이 키스에게 이 아이스크림을 보내주셨어요." 자비스가 웃음소리 가운데 말했다. "노부인도 당신이 온다는 이야기를 들었거든요. 좋은 분이죠?"

로이스의 눈에서 눈물이 그렁거리고 있었다.

IV

그리고 반 시간 후 예배당에서 갑자기 모든 것이 다 틀어졌다. 로이스는 몇 년 만에 성체강복식에 참석하는 것이어서, 처음에는 가운데에 백색의 원이 있는 눈부신 성체 안치기를 보는 것만으로도 가슴이 떨렸다. 향료 냄새가 짙게 밴 공기는 가라앉아 있었고, 머리 위 성 프랜시스 하비에르의 스테인드글라스 창문으로는 햇빛이 쏟아져 들어와 그녀 앞에 앉은 사제의 가운 위로 따뜻하고 붉은 격자무늬가 되어 떨어지고 있었다. 그러나 찬송가「오, 구원을 위한 희생」의 첫 소절에서 그녀는 어떤 육중한 무게가 그녀의 영혼 위에 내려앉는 것처럼 느껴졌다. 키스는 그녀의 오른쪽에, 자비스는 왼쪽에 있었는데, 그녀는 두 사람을 불편한 눈길로 흘깃 훔쳐보았다.

내가 왜 이러지? 그녀는 초조하게 생각했다.

그녀는 다시 그들을 보았다. 두 사람의 옆모습에 원래 그녀가 전에는 미처 보지 못했던 이런 차가움이 있었던가? 입가의 창백함과 눈가에 깃든 기이하고 완고한 표정 같은 것들이? 그녀의 몸이 조금 떨렸다. 그들은 죽은 사람 같았다.

그녀는 자신의 영혼이 갑자기 키스의 영혼으로부터 멀어지는 것을 느꼈다. 이 사람이 그녀의 오빠다. 이, 이 부자연스러운 사람이. 그녀는 자신이 조그맣게 웃고 있는 것을 발견했다.

"도대체 내가 왜 이러는 걸까?"

그녀는 손으로 눈을 가렸고, 그러자 중압감은 더 커졌다. 향료 때문에 구토가 일었고, 성가대 테너 중 한 사람의 소리가 거칠고 부조화해서 분필 긋는 소리처럼 귀에 거슬렸다. 그녀는 안절부절못하다가 손을 머리로 올려 이마에 대어보니 물기가 만져졌다.

"여기가 더운 거야, 지독하게 더워."

다시 그녀는 희미한 웃음을 억눌렀고, 바로 그 순간 그녀 가슴 위의 무게가 갑자기 차가운 두려움이 되어 흩어졌다……. 그것은 제단 위의 촛불이었다. 모두 잘못되었어, 모두……. 왜 아무도 그걸 보지 못하지? 뭔가가 그 안에 있었어. 뭔가가 거기서 나오고 있었어, 그 위로 형체와 모양을 이루고 있었다고.

그녀는 점점 커지는 돌연한 공포와 싸우려 애쓰며, 촛불의 심지 때문이라고 스스로에게 말했다. 심지가 똑바르지 않았다면 촛불들이 뭔가를 한 것이다. 그러나 이것은 촛불들이 한 일이 아니다! 가늠할 수 없는 빠른 속도로 어떤 힘이 그녀 안에서 하나로 뭉치고 있었다. 거대하고 동질한 힘이 그녀의 뇌의 모든 감각과 모든 구석으로부터 끌어모아졌다. 그 힘이 그녀 안에서 치솟자 그녀는 공포에 질린 엄청난 혐오감을 느꼈다. 그녀는 키스와 자비스로부터 거리를 두어 두 팔을 몸에 꼭 붙였다.

촛불에 있는 무언가를……. 그녀는 앞으로 몸을 기울였다. 다음 순간, 그녀는 자신이 촛불을 향해 가고 있는 것을 느꼈다. 아무도 저걸 보지 못했어?…… 아무도?

"악!"

그녀의 옆에 빈 공간이 느껴졌고, 뭔가에서 그녀는 자비스가 놀라며 아주 급하게 앉았다는 것을 깨달았다……. 그리고 그녀는 무릎을 꿇었고, 불꽃같이 빛나는 성체 안치기가 천천히 사제의 손에서 제단을 떠날 때, 황급히 서두르는 요란한 소음이 귀에 들렸다. 망치로 때리는 것처럼 종들이 부딪쳤고……그리고 나서 영원 같은 순간이 흐르자, 거대한 물결이 그녀의 가슴 위로 흘렀다……. 외침이 들렸다, 그리고 밀어닥치는 파도들…….

……그녀는 부르고 있었다. 키스를 부르는 자신이 느껴졌고, 그녀의 입술이 움직여 말을 하려 했지만 그 말이 나오지 않았다.

"키스! 오, 맙소사! 키스!"

갑자기 그녀는 그녀의 앞에 새로운 존재가, 따뜻하고 붉은 격자무늬로 완성되고 표현된 외적인 어떤 존재가 있음을 알게 되었다. 그것은 성 프랜시스 하비에르의 스테인드글라스 창문이었다. 그녀의 마음은 그것을 붙잡았고 마침내 그것에 매달렸다. 그리고 그녀는 다시금 끝없이 무력하게 키스, 키스! 하고 외치고 있는 자신을 느꼈다.

그때 거대한 침묵으로부터 목소리 하나가 들려왔다.

"하느님의 은총이 있기를."

웅성거림이 점점 더 커지며 웅창이 무겁게 예배당에 울려 퍼졌다.

"하느님의 은총이 있기를."

그 말이 그녀의 가슴속에서 즉시 노래가 되었다. 향료가 신비롭고 달콤한 평화가 되어 공기 중에 깔렸고, 제단 위의 촛불은 꺼진 상태였다.

"거룩하신 이름으로 은총이 있으라."

"거룩하신 이름으로 은총이 있으라."

모든 것이 흐려지며 흔들리는 안개가 되었다. 그녀는 숨을 헐떡이고 비명을 내지르며 앞뒤로 흔들리다 뒤쪽으로 비틀거렸고, 급하게 뻗은 키스의 팔에 쓰러지고 말았다.

V

"그대로 누워 있어라, 얘야."

그녀는 다시 눈을 감았다. 그녀는 바깥의 풀밭에서 키스의 팔을 베고 누워 있었고, 리건이 차가운 수건으로 그녀의 머리를 닦아주고 있었다.

"난 괜찮아요." 그녀가 조용히 말했다.

"안다. 하지만 조금 더 그냥 누워 있으렴. 그 안이 너무 더웠나 보더라. 자비스도 그랬다고 하더군."

그녀는 리건이 다시 조심스럽게 수건을 그녀에게 갖다 대자 웃었다.

"괜찮아요." 그녀가 되풀이해서 말했다.

하지만 따스한 평화가 그녀의 정신과 가슴을 채우고 있었음에도, 그녀는 기이하게 부서지고 억눌린 듯한 느낌을 받았다. 마치 누군가 그녀의 영혼을 벗겨 내어 들고서 웃고 있는 것만 같았다.

VI

반 시간 후 그녀는 키스의 팔에 기대어 중앙에 난 긴 길을 걸어 문으로 향하고 있었다.

"너무나도 짧은 오후였어." 그가 한숨을 쉬었다. "네가 아프니 내 마음이 좋지 않구나, 로이스."

"오빠, 지금은 괜찮아요, 정말이에요. 걱정하지 않았으면 좋겠어요."

"가엾은 것. 성체강복식이 네게는 그렇게 긴 행사라는 걸 미처 깨닫지 못했구나. 네가 더운 날씨에 여기까지 여행을 했다는 것을 생각했어야 했는데."

그녀가 쾌활하게 웃었다.

"그런데 사실은 내가 성체강복식에 그리 익숙하지 않아서였던 것 같아요. 미사까지가 내 종교 행사의 한계였던 거죠."

그녀는 말을 멈췄다가 다시 빠르게 이어갔다.

"오빠에게 충격을 주고 싶진 않아요, 키스. 그런데 어떻게 얘기해야 할지 모르겠네요……. 가톨릭 신자라는 것이 얼마나 불편한 일인지요. 이젠 정말 더 이상 맞지 않는 것 같아요. 내가 아는 도덕적으로 가장 방탕한 남자아이들도 가톨릭 신자예요. 그런데 가장 똑똑한 아이들, 그러니까 많이 읽고 많이 생각하는 아이들은 더 이상 그 어떤 것도 믿지 않는 것 같아요."

"얘기를 해보렴. 버스는 반 시간은 더 있어야 올 거다."

그들은 길 옆 벤치에 앉았다.

"예를 들면, 제럴드 카터는 소설을 출간했어요. 그는 사람들이 불멸을 말할 때면 심하게 으르렁거리죠. 그리고 하워…… 글쎄, 최근에 내가 잘 아는 어떤 남자는 하버드 파이베타카파[26]인데 지적인 사람은 초자연적인 기독교를 믿을 수 없다고 하더군요. 하지만 그는 예수가 위대한 사회주의자라고는 했어요. 내가 오빠를 놀라게 하나요?"

그녀가 갑자기 말을 중단했다.

키스가 미소를 지었다.

"수도사에게 충격을 줄 순 없단다. 수도사는 전문적인 충격 흡수제거든."

"글쎄." 그녀가 하던 말을 계속했다. "그게 거의 다예요. 너무너무 편협한 것 같아요, 교회 학교들도 마찬가지고요. 더 많은 자유들이 있는데 가톨릭 사람들은 보질 못하는 것 같아요. 예를 들면 피임 같은 문제들 말이에요."

키스가 거의 알아챌 수 없을 만큼 멈칫했지만 로이스는 그것을 보았다.

"아, 요즘엔 누구나 모든 주제에 대해 이야기를 한답니다." 그녀가 얼른 설명했다.

"그 방식이 더 나을지도 모르지."

"네, 훨씬 더 나아요. 어쨌든, 그게 다예요, 키스. 난 그냥 내가 왜 요즘 좀 미온적인지 얘기하고 싶었던 거예요."

"난 충격받지 않았다, 로이스. 난 네가 생각하는 것보다 더 잘 이해한단다. 우리 모두 그 시기를 겪었으니까. 하지만 곧 잘되리라는 것도 안단다. 우리에게, 너와 내게는 신념이라는 선물이 있고, 그것으로 해서 우리는 나쁜 순간들을 넘기게 되거든."

그는 이야기를 하며 일어섰고, 그들은 다시 길을 따라서 걸었다.

"때때로 나를 위해 기도해 줬으면 좋겠구나, 로이스. 나는 네 기도가 바로 내가 필요로 하는 걸 거라 생각한다. 왜냐하면 우리는 이 몇 시간 동안 아주 가까워졌으니까. 난 그렇게 생각해."

그녀의 눈에서 갑자기 빛이 났다.

"그럼요, 그럼요!" 그녀가 소리쳤다. "난 이제 이 세상 누구보다도 오빠가 가깝게 느껴져요."

그가 갑자기 걸음을 멈추더니 길옆을 가리켰다.

"우리 잠시······."

그것은 피에타였다. 실물 크기의 성모마리아 조각상이 반원의 돌 안에 놓여 있었다.

약간 겸연쩍어하며 그녀는 그의 옆에 무릎을 꿇고 기도를 하려고 애를 쓰고 있었다.

그녀가 기도를 반밖에 하지 못했을 때 그가 벌써 일어섰다. 그는 그녀의 팔을 다시 잡았다.

"나는 우리가 이렇게 함께하게 해주신 것을 성모님께 감사드리고 싶었다." 그가 간결하게 말했다.

로이스는 목에서 무언가 울컥하는 것을 느꼈고, 자신에게도 이 만남이 얼마나 의미 있었는지 말하고 싶었다. 그러나 뭐라 표현할 수가 없었다.

"난 늘 기억하고 있을 거다." 그의 목소리가 약간 떨리고 있었다. "너와 함께 보낸 이 여름 하루를. 내가 기대했던 그대로였다. 넌 내가 기대했던 그대로였어, 로이스."

"나도 정말 너무 기뻐요, 키스."

"있잖니, 네가 어렸을 때 부모님이 네 스냅사진을 계속 보내주셨단다. 처음에는 아기였다가, 다음엔 해변에서 장난감 삽과 양동이를 가지고 놀고 있는 양말 신은 아이, 그리고 나선 갑자기 생각에 잠긴 순수한 눈을 가진 소녀가 되어 있었지. 난 네게 내 꿈을 걸곤 했단다. 남자는 살면서 애착을 가질 무언가가 있어야 하지. 나는 로이스, 네 순백의 작은 영혼을 내 곁에 두려고 노력했단다. 인생이 가장 소란스러울 때, 신에 대한 모든 지적인 생각들이 순전히 조롱거리로 보일 때, 그리고 욕망과 사랑과 수많은 것들이 내게 다가와, '여기 나를 봐! 자, 내가 인생이야. 너는 내게서 등을 돌리고 있어!' 라고 외칠 때조차도 말이야. 로이스, 나는 그 어둠을 헤치고 나오면서 늘 네 아기 같은 영혼이 내 위에서 날아다니는 것을 보았단다. 아주 연약하고 깨끗한, 그리고 아름다운 네 영혼이."

로이스는 조용히 울고 있었다. 그들은 정문에 이르렀고, 그녀는 문에 팔을 올린 채 황급히 눈물을 훔쳤다.

"그리고 후에 네가 아팠을 때는, 애야, 나는 하룻밤 내내 무릎을 꿇고 하느님에게 나를 위해 너를 구해 달라고 부탁드렸단다. 왜냐하면 그때는 내가 더 많은 것들을 원하고 있다는 것을 깨달았기 때문이야. 하느님이 더 많이 원하라고 가르쳐주셨거든. 나는 네가 나와 같은 세상에서 움직이고 호흡한다는 것을 느끼고 싶었다. 나는 네가 자라는 것을, 네 하얀 순수함이 불꽃으로 변화하여 다른 허약한 영혼들에게 빛을 주는 것을 보고 싶었어. 그리고 언젠가는 네 아이들을 내 무릎에 앉히고 그 아이들이 이 괴팍한 늙은 수도사를 키스 삼촌이라고 부르는 것을 듣고 싶었지."

그는 이제 이야기를 하며 웃고 있는 것 같았다.

"아, 로이스, 로이스, 난 하느님에게 더 많은 것을 부탁드렸어. 나는 네가 편지를 써주기를 원했고, 네 식탁 위에서 너와 함께할 내 자리를 원했단다. 난 정말 엄청나게 많은 걸 원했단다, 로이스."

"너무 감동적이에요, 키스." 그녀가 흐느꼈다. "알죠? 안다고 말해 줘요. 아, 내가 너무 아이처럼 구네요. 하지만 난 오빠가 이럴 거라곤 생각지도 못했어요. 그리고 나는, 오, 키스, 키스……."

그가 그녀의 손을 잡고 부드럽게 다독였다.

"버스가 오는구나. 다시 와주겠니?"

그녀는 두 손으로 그의 뺨을 잡고 얼굴을 가까이 당겨 그녀의 눈물 젖은 얼굴을 그의 얼굴에 비볐다.

"오, 키스, 오빠. 언젠가 해줄 이야기가 있어요."

그는 그녀가 타는 것을 도와주었고, 그녀가 손수건을 내리면서 그를 향해 밝게 미소 짓는 것을 보았다. 버스 기사가 철커덕하는 소리를 내더니 버스가 출발했다. 그리고 짙은 먼지 구름이 일어나며 그녀는 떠났다.

몇 분 동안 그는 거기 길 위에 선 채, 손을 정문 기둥에 올리고 미소를 짓느라 입술을 다물지 못하고 있었다.

"로이스." 그는 일종의 경이로움에 차서 큰 소리로 말했다. "로이스, 로이스."

후에, 지나가던 몇몇 신학생들은 그가 피에타 상 앞에 무릎을 꿇고 있는 것을 보았고, 시간이 흐른 후 돌아오는 길에도 여전히 그가 그곳에 있는 걸 볼 수 있었다. 그는 새벽 여명이 밝아올 때까지, 그리고 고마운 나무들이 머리 위에서 수다스러워질 때까지, 어두운 풀밭에서 귀뚜라미들이 그들 몫의 노래를 다시 부르기 시작할 때까지 그곳에 있었다.

VII

볼티모어 역의 전보 부스 첫 번째 사무원이 그의 뻐드렁니 사이로 휘파람을 불어 두 번째 사무원을 불렀다.

"왜 그래?"

"그 여자, 아니, 커다랗고 검은 물방울무늬 베일을 쓴 예쁜 아가씨 말이야. 너무 늦었군, 가버렸네. 네가 놓치고 못 봤구나."

"그 여자가 왜?"

"아냐. 그냥 너무 예뻐서. 어제 여기 와서 어떤 남자에게 어디선가 만나자고 전보를 보냈거든. 그런데 조금 전에 미리 써 온 전보를 들고 나에게 주려고 서 있더니, 마음을 바꿨는지 갑자기 찢어버리더라고."

"흠."

첫 번째 사무원이 카운터로 돌아가더니 바닥에 있던 종잇조각 두 장을 집어 들고는 천천히 하나로 맞춰보았다. 두 번째 사무원이 그의 어깨 너머로 읽으며 무의식적으로 몇 단어인지 세어보고 있었다. 열세 단어였다.

이건 당신에게 영원한 작별 인사로 보내는 거예요. 난 당신에게 이탈리아를 권하고 싶네요.

로이스.

"찢었다고, 응?" 두 번째 사무원이 말했다.

델리림플 잘못되다

새 천년, 한 교육 천재가 미몽을 깨우치는 날, 모든 젊은이들에게 줄 책을 한 권 쓸 것이다. 이 저술은 몽테뉴의 『수상록』과 새뮤얼 버틀러의 『노트북』의 분위기, 그리고 톨스토이와 마르쿠스 아우렐리우스적 요소도 약간 포함하게 될 것이다. 책은 유쾌하지도 재미있지도 않겠지만 인상적인 유머가 담긴 구절들이 많을 것이다. 일류 정신은 그 어떤 것도 경험하기 전에는 결코 굳게 믿지 않기 때문에, 이 책의 가치는 순전히 상대적이다……. 서른이 넘은 사람들은 모두 그 책을 '우울하다.'고 말할 것이다.

이 서문은 당신과 나처럼 그 책 이전에 살았던 한 청년의 이야기를 위한 것이다.

II

브라이언 델리림플이 속한 세대는 사춘기를 벗어나 트럼펫의 힘찬 팡파르 쪽으로 흘러가고 있었다. 브라이언은 후퇴하는 독일 전선 뒤에서 벌어진 루이스 기관총과 아흐레 동안의 격투가 포함된 전투의 스타였다. 행운의 승리인지, 아니면 정서가 온통 그래서였는지, 그는 줄줄이 메달을 받았고, 미국에 도착했을 때는 그가 퍼싱 장군과 요크 상사[27] 다음으로 중요한 사람이라는 말을 들었다. 신나는 일들이 많았다. 주지사와 불쑥 나타난 뜨내기 국회의원, 시민 위원회가 호보켄 부두에서 그에게 거듭 미소를 보내며 "존경하는 각하."라고 외치고 있었다. 신문기자들과 사진사들도 나와서 "저기 좀."이라든지 "부탁 좀 드릴까요?" 하며 말을 걸었다. 고향에서는 노년의 부인들이 그에게 이야기를 하며 눈가가 붉어졌고, 1912년 그의 아버지의 사업이 망한 이후로는 그를 잘 기억하지도 못했던 여자들이 나타났다.

하지만 그 모든 외침이 사라지고 나자 그는 자신이 시장의 집에서 한 달째 묵고 있는 손님 신세이고 수중엔 14달러밖에 없음을, '우리 주(州)의 역사와 전설 속에 영원히 살아남을 이름'은 이미 어둠 속에서 쥐 죽은 듯이 살고 있음을 깨달았다.

어느 아침, 그가 늦게까지 침대에 누워 있는데 바로 문밖에서 위층 하녀가 요리사에게 하는 이야기가 들려왔다. 하녀는 시장의 부인인 호킨스 부인이 일주일째 델리림플에게 집에서 나가란 눈치를 주고 있다고 말했다. 그는 견딜 수 없는 혼란 속에서 11시에 집을 나오며 트렁크를 비브 부인의 하숙집으로 보내달라고 부탁했다.

델리림플은 스물세 살이었고 일을 해본 경험이 없었다. 그의 아버지는 그를 주립 대학에 이 년간 보내주었고, 그의 아들이 아흐레 동안의 격전을 치르고 있을 무렵 세상을 뜨며 아들에게 빅토리아 중기 시대의 가구들과 얇은 종이 다발을 남겼는데, 그건 알고 보니 식료품비 청구서였다. 델리림플은 아주 예리한 회색 눈에 군대 심리 검사관들을 즐겁게 했던 정신, 그것이 무엇이든 간에 이미 얼마 전에 어딘가에서 읽은 것 같은 느낌을 주는 재주를 가졌고, 급한 상황에서 침착하게 행동할 줄 알았다. 그러나 이런 것들이 그가 지금 당장 일을 해야 한다는 것을 깨닫는 순간 무심결에 마지막 한숨을 내쉬는 것까지 막아주진 못했다.

이른 오후, 그는 세론 G. 메이시의 사무실로 갔다. 그 동네에서 가장 큰 식료품 도매상이었다. 그는 퉁퉁하고 부유해 보이는 사람으로, 기분이 좋아지긴 하지만 유머가 없어 보이는 미소를 지으며 델리림플을 따뜻하게 맞았다.

"잘 지내나, 브라이언? 어쩐 일인가?"

자신이 고백하게 될 내용에 긴장해서인지 델리림플에게는 자신의 말이 입 밖으로 나오자 마치 아랍 거지가 우는 소리로 구걸하는 것처럼 들렸다.

"저, 일자리 문제예요." ("일자리 문제예요."라는 말은 그냥 "일자리요."보다는 좀 더 있어 보이는 것도 같았다.)

"일자리?" 메이시의 말투에서 거의 느낄 수 없을 정도의 바람이 일었다.

"저기요, 메이시 씨." 델리림플이 말을 계속했다. "제가 시간을 허비하고 있는 것 같아요. 뭔가 시작을 해보고 싶어요. 한 달 전만 해도 기회가 여럿 있었는데 이제 모두 사라져버린 것······."

"어디 보자." 메이시 씨가 말을 끊었다. "어떤 제안들이었나?"

"저, 처음에는 주지사가 스태프 자리에 공석이 어쩌고 그랬어요. 한동안 그걸 좀 기대하고 있었는데 앨런 그레그에게 그

자리를 주었단 이야길 들었어요. G.P. 그레그의 아들이죠. 주지사는 저한테 한 이야기는 잊어버린 것 같았어요. 그냥 말뿐이었던 것 같아요."

"자네가 더 밀어붙였어야지, 그런 일들은."

"그러고는 토목 탐사 일이 있었는데, 수력학을 하는 사람이 필요하다고 했어요. 그러니까 제 경비를 제가 부담하지 않으면 참가할 수 없다고요."

"대학을 일 년만 다녔던가?"

"이 년이오. 그런데 과학이나 수학 과목들은 듣지 않았어요. 대대가 퍼레이드를 하던 날, 피터 조든 씨가 가게에 빈자리가 있다는 말을 했어요. 오늘 찾아가 봤더니 가게의 매장 감독을 얘기한 거더라고요. 그리고 아저씨께서도 뭔가 얘기를 하셨잖아요." 그는 말을 멈추고 메이시 씨가 말을 받아 이어주길 바랬지만 그는 아무 말 없이 계속 슬며시 뒤로 빼고 있었다. "자리가 있다고요. 그래서 찾아뵐 생각을 했던 겁니다."

"자리가 있었지." 메이시 씨가 마지못해 털어놓았다. "하지만 그 자리는 이미 채웠어." 그가 헛기침을 했다. "자네가 너무 오래 기다린 거야."

"네, 그런 것 같네요. 다들 저한테 서두를 필요 없다고 했고, 저도 제안이 여럿 들어왔었으니까요."

메이시 씨가 요즘 일자리들에 대한 말을 늘어놓는 동안 델리림플은 완전히 딴생각을 하고 있었다.

"비즈니스 경험이 있나?"

"이 년 동안 여름마다 목장에서 목동으로 일했어요."

"아, 그래." 메이시 씨는 그 이야기는 간단히 무시해 버렸다. 그리고 말을 이었다. "자네가 얼마 정도 받을 수 있다고 생각하나?"

"모르겠습니다."

"글쎄, 브라이언, 이렇게 하지. 내가 특별히 고려해서 자네에게 기회를 주겠네."

델리림플이 고개를 끄덕였다.

"그런데 봉급은 많지 않을 걸세. 재고 익히는 일부터 시작을 하게. 그다음엔 사무실로 한동안 나오게 되겠지. 그러고 나면 곧 궤도에 오르게 될 거야. 언제부터 나올 수 있나?"

"내일부터 나올까요?"

"좋아. 출근하면 창고에 있는 핸슨 씨에게 보고해. 그 친구가 일을 알려 줄 거야."

그는 계속 델리림플을 보고 있었다. 델리림플이 마침내 인터뷰가 끝났다는 것을 깨닫고 어색하게 자리에서 일어났다.

"저, 메이시 씨, 정말 감사합니다."

"괜찮아. 도울 수 있어 기쁘군, 브라이언."

잠시 우물쭈물하다 보니 델리림플은 홀에 나와 있었다. 그의 이마는 땀으로 뒤덮여 있었지만, 실내는 덥지 않았다.

"도대체 내가 왜 그 인간에게 고맙다고 한 거지?" 그가 중얼거렸다.

III

다음 날 아침 핸슨 씨는 매일 아침 7시에 출근부에 도장을 찍어야 한다고 냉정하게 말하고는, 같이 일할 동료 찰리 무어에게 데려다 주며 설명을 들으라고 했다.

찰리는 스물여섯 살이었고, 희미한 나약함의 냄새가 그의 주변을 떠돌고 있었는데 종종 그것은 악마의 체취 같은 인상을 주었다. 그가 되는대로 살다가 결국 되는대로 떠날 생각인 듯 그렇게 되는대로 별생각 없이 방종하고 게으르다는 것은 심리 분석가가 아니라도 알 수 있었다. 그는 창백했고, 옷에는 담배 냄새가 절어 있었다. 그는 저속한 버라이어티쇼와 당구, 로버트 서비스[28]를 좋아했으며, 언제나 가장 최근에 그의 흥미를 사로잡은 것들을 돌아보고 있거나 다음 것을 기대하고 있었다. 어렸을 때의 취향은 요란한 넥타이를 좋아하는 것이었지만, 지금은 그런 취향이 퇴색하듯 그의 생기도 퇴색하여 연보라색 넥타이나 모호한 회색 칼라로 표현되고 있었다. 찰리는 중산층의 하층 변두리에서 끊임없이 일어나는 정신적, 도덕적, 육체적 빈혈 증상을 상대로 어차피 지는 싸움을 무심하게 계속하고 있었다.

첫날 아침 그는 시리얼 박스 줄에 큰대 자로 누워 세론 G. 메이시 회사의 한계들을 꼼꼼하게 짚었다.

"여긴 짠돌이 조직이야. 세상에! 나한테 하는 것 좀 보라고. 두어 달 있다 그만둘 거야. 젠장! 이런 인간들하고 더는 있을 수 없지!"

찰리 무어 같은 인간들은 항상 다음 달에 일자리를 바꿀 기세다. 그리고 그렇게 하기는 한다, 인생을 통틀어 한두 번이지만. 그다음, 빈둥빈둥 지난번 일자리와 지금 일자리를 비교하고는 지금 일자리를 한없이 무시하기 시작하는 것이다.

"얼마 벌어요?" 델리림플이 궁금해서 물었다.

"나? 60달러." 다소 거만했다.

"60달러에서 시작했어요?"

"나? 아니, 35달러에서 시작했지. 재고를 익히고 나면 곧 정상 궤도에 올려준다고 했었지. 그런데 그건 누구한테나 하는 이야기야."

"여기 얼마나 있었어요?" 델리림플이 맥이 빠지는 것을 느끼며 말했다.

"나? 사 년. 근데 내 마지막 해가 될 거야, 네 부츠를 걸고 내기해도 좋다."

델리림플은 출근부만큼이나 매장 감시원의 존재가 싫었다. 매장 감시원은 금연 규칙 때문에 얼마 지나지 않아 그와 접촉하게 되었다. 금연 규칙은 그로서는 매우 괴로운 것이었다. 아침에 담배 서너 대를 피우는 것이 습관이었던 그는, 사흘 동안 참다가 결국 찰리 무어를 따라갔다. 한참을 돌아 뒤쪽 계단으로 올라가니 작은 발코니가 있었고, 그곳에서는 평화롭게 담배를 피울 수 있었다. 그러나 그 짓도 오래가진 못했다. 일을 시작한 지 두 번째 주의 어느 날, 계단에서 내려오는 길에 계단 구석에서 마주친 감시원은 다음번에는 메이시 씨에게 보고를 하겠다고 엄격하게 말했다. 델리림플은 마치 자신이 잘못을 저지른 학생처럼 느껴졌다.

불쾌한 사실들도 알게 되었다. 지하실에서 '동굴 거주자'들이 한 달에 60달러를 받고 십 년 혹은 십오 년씩 그곳에서 일을 하고 있다는 것이었다. 그들은 소리가 메아리치며 사라지는 어두컴컴하고 습한 시멘트 벽 복도를 오가며 7시에서 5시 반까지 둥근 통들을 굴리고 박스들을 나르며 지냈다. 그가 그런 것처럼, 한 달에도 여러 번 밤 9시까지 일을 해야 하는 경우도 있었다.

한 달이 지나자 그는 줄을 서서 40달러를 받았다. 그는 담배

케이스와 망원경을 저당 잡히고 간신히 살 수—먹고, 자고, 담배를 피우고—있었다. 하지만 근근이 사는 생활이었다. 그는 절약의 수단과 방법이라고는 조금도 알지 못했고, 두 번째 달에 월급 인상이 없자 불안감을 표현했다.

"네가 메이시 영감 마음에 들었으면 좀 올려줄지도 모르지." 찰리의 절망적인 대답이었다. "그런데 난 거의 이 년이나 지난 다음에 올려줬어."

"나도 먹고살아야 해." 델리림플이 간단하게 말했다. "철로 위에서 노동을 하면 더 많이 받을 수 있을 거야. 하지만, 젠장, 난 내가 더 발전할 기회가 있는 곳에 있다는 느낌을 갖고 싶다고."

찰리는 회의적으로 고개를 흔들었고, 다음 날 메이시 씨의 대답 역시 불만스러웠다.

델리림플은 문 닫는 시간 직전에 사무실로 들어갔다.

"메이시 씨, 드릴 말씀이 있습니다."

"아, 그래." 그가 유머가 결여된 미소를 지어 보였다. 목소리에는 희미하게 싫은 기색이 묻어 있었다.

"봉급 인상에 대해서 말씀드리려고요."

메이시 씨가 고개를 끄덕였다.

"글쎄." 그가 못 미덥다는 듯 말했다. "나는 자네가 정확하게 무슨 일을 하고 있는지 모르네. 핸슨 씨에게 얘기해 보지."

그는 델리림플이 하고 있는 일을 정확하게 알고 있었고, 델리림플도 메이시 씨가 알고 있다는 것을 알았다.

"식품 창고에 있습니다. 온 김에 제가 얼마나 더 거기 있어야 하는지도 여쭤보고 싶습니다."

"글쎄, 잘 모르겠네. 재고를 익히는 데는 당연히 시간이 좀 걸리지."

"일을 시작할 때 두 달 말씀하셨습니다."

"그래. 내가 핸슨 씨와 얘기해 보지."

델리림플은 망설이며 잠시 말을 멈추었다.

"고맙습니다, 사장님."

이틀 후 그는 경리 직원인 헤스 씨가 지시했던 계산 결과를 가지고 사무실에 다시 나타났다. 헤스 씨는 다른 일을 보고 있었고, 델리림플은 기다리면서 속기사 책상 위의 장부를 무심하게 손가락으로 만지작거리고 있었다.

반쯤 무의식적으로 페이지를 넘겼는데, 그의 이름이 눈에 들어왔다. 봉급 명세서였다.

　델리림플
　데밍
　도나호
　에버렛

그의 눈이 멈추었다.

　에버렛……$60

그러니까 톰 에버렛, 턱이 빈약한 그 메이시의 조카는 60달러에서 시작했군. 삼 주만 있으면 그는 포장실에서 나가 사무실로 들어가겠어.

그래, 그거였다! 그는 그냥 그곳에 주저앉아 한 사람, 한 사람, 아들들, 사촌들, 친구의 아들들이 그들의 능력과는 상관없이 자신을 제치고 앞서 나가는 것을 보게 될 것이다. 그는 전

당포를 들락거릴 것이고, 눈앞에 '본격적인 궤도'라고 쓴 미끼가 아른거리는 것을 보며, '알겠네, 내가 한번 알아보겠네.'라는 말과 함께 계속 뒤로 밀려날 것이다. 마흔이 되면, 어쩌면 헤스 영감처럼 경리가 되어 있을지도 모른다. 피곤하고 항상 기운이 없는 헤스는 지루하게 할당된 일을 하고, 하숙집 대화에서는 지루한 배경 노릇이나 하는 인물이었다.

그때야말로 천재가 미몽에 갇힌 젊은이들을 위해 서둘러 책에 손을 댔어야 하는 순간이었다. 하지만 그 책은 아직도 쓰여지지 않았다.

커다란 반발심이 부풀어 오르더니 반항이 되어 솟구쳤다. 반쯤 잊혀졌던 생각들이 혼란스럽게 이해되고 동화되어 그의 정신을 채웠다. 시작하라. 그것이 그의 인생의 규칙이었다. 그리고 그게 다였다. 어떻게 하는지는 중요하지 않았다. 헤스나 찰리 무어처럼만 되지 않는다면.

"난 그렇게 되지 않아!" 그가 큰 소리로 말했다.

경리와 속기사가 놀라서 쳐다보았다.

"뭐?"

잠시 델리림플은 그들을 노려보다가 책상으로 다가갔다.

"여기 자료 있어요." 그가 퉁명스럽게 말했다. "난 더 이상 기다릴 수가 없어요."

헤스 씨의 얼굴에 놀라움의 표정이 떠올랐다.

그는 무슨 일을 해도 상관없었다. 이 판에 박힌 틀에서 벗어나기만 하면 되었다. 꿈속에서 그는 엘리베이터에서 나와 창고로 들어갔고, 사용되지 않는 통로로 걸어가 어느 박스 위에 앉아 두 손으로 얼굴을 가렸다.

그는 자신에게서 진부함을 발견했다는 끔찍한 충격으로 머리가 빙빙 돌았다.

"난 여기서 나가야 해." 그는 큰 소리로 말하고 또 말했다. "난 여기서 벗어나야 해." 단지 메이시의 도매상만을 뜻하는 것은 아니었다.

5시 반, 그가 길을 나섰을 때 비가 퍼붓고 있었지만 그는 하숙집과는 반대 방향으로 걸었다. 그는 낡은 양복을 질퍽하게 적시는 최초의 차가운 물기에서 기이한 희열과 신선함을 느꼈다. 그는 비록 멀리 앞은 볼 수 없다 해도 빗속을 걷는 것과 같은 세상을 원했다. 하지만 운명은 그를 메이시의 악취 나는 창고와 복도라는 세상으로 밀어 넣었다. 처음에는 단순히 엄청난 변화에의 욕구가 그를 사로잡았지만, 곧 대략의 계획이 상상 속에 세워지기 시작했다.

"난 동부로 가겠어. 큰 도시에 가서 사람들을 만나는 거야. 더 잘난 사람들을, 나를 도와줄 사람들을. 재미있는 일들이 어딘가에 있을 거야. 세상 어딘가에 분명히 있을 거야."

그러나 그는 뼈아픈 진실과 함께 자신에게는 사람들을 만날 수 있는 재주가 한정되어 있음을 깨달았다. 세상 그 어느 곳보다 먼저 고향인 이곳에서 사람들에게 알려져야 하고, 유명해져야 한다. 망각의 물결이 밀려와 그를 뒤덮기 전에.

지름길을 택해야 한다, 그럼 되는 거야. 돈 많은 여자와 연애를 하고 결혼을 하자.

몇 마일을 이런 생각들을 반복하며 거기에 빠져 걷던 그는 문득 정신을 차려보니 빗줄기는 더 굵어지고 짙은 회색 어스름 속에 거리도 더 어두워져 있음을, 집들이 점점 멀어지고 있음을 깨달았다. 커다란 블록들의 거리, 커다란 집들, 그리고 작은 집들이 흩어져 있는 거리를 지나가니 안개 낀 시골 동네의 커다랗고 완만하게 굽은 길들이 양쪽으로 펼쳐졌다. 이곳에서는 걷는 것 자체가 힘이 들었다. 인도가 흙투성이 도로로 바뀌며 갈색 개울이 세차게 흐르고 있었고, 신발 주위로 그 물이 철벅거리며 튀어댔다.

지름길로 가기, 그 단어들이 하나하나 떨어져 나가더니 그 부서진 조각들에서 빛이 나며 다시 흥미로운 문장들이 만들어져 갔다. 낱낱의 단어들이 문장들로 녹아들었는데, 그 하나하나가 이상하리만큼 낯익은 울림을 갖고 있었다.

지름길로 간다는 것은, 성공은 맡은 바에 충실할 때 오는 것이고 악마는 반드시 벌을 받고 미덕은 반드시 보상을 받으며 정직한 가난이 부정한 부유함보다 더 큰 행복을 가져다준다는 어린 시절의 그런 원칙들을 거부하는 것을 의미했다.

그것은 냉정해지는 것을 의미했다.

이 문장이 그에게 와 닿았고, 그는 여러 번 이 문장을 되풀이해 보았다. 그것은 메이시 씨와 찰리 무어에게서, 그들의 태도와 그들 각자의 방식에서 어떤 식으로든 영향을 받은 것이었다.

그는 멈춰 서서 옷을 만져보았다. 뼛속까지 젖어 있었다. 그는 주위를 둘러본 후, 나무 한 그루가 우산이 되어주고 있는 울타리로 가서 그 위에 걸터앉았다.

그는 생각했다. 내가 사람을 잘 믿던 시절에 사람들은 내게 악마는 일종의 더러운 색깔이라고, 때 묻은 옷깃처럼 분명하다고 말했었지. 하지만 이제 내게 악마는 냉혹한 행운의 방식일 뿐이거나 상속과 환경에 의한 것이거나, 혹은 '발견되는 것'이다. 악마는 찰리 무어 같은 서투른 신참의 흔들림 속에 숨어 있듯 메이시의 관용 없는 옹졸함 속에도 분명 숨어 있는 거야. 만일 악마가 더 가시적인 것이 된다면, 그것은 다른 사람들의 삶 속에 있는 불쾌한 것들에 자의적으로 붙여 버리는 이름표에 불과하게 되는 거지.

그리고 그는 결론을 내렸다. 실제로 무엇이 악마적이고 무엇이 아닌지 염려하는 일은 별로 가치가 없어. 선과 악은 내게 어떠한 기준도 될 수 없어. 그것은 내가 무언가를 원할 때 지독한 장애가 될 수 있거든. 내가 무언가를 절실히 원하면, 상식은 가서 그것을 가지라고, 그리고 들키지 말라고 말하지.

그리고 그때 문득 델리림플은 자신이 무엇을 가장 원하는지 깨달았다. 그는 밀린 하숙비를 낼 15달러가 필요했다.

격렬한 에너지를 느낀 델리림플은 울타리에서 뛰어내리며 웃옷을 홱 벗은 후, 검은색 안감에서 칼로 5인치 정도의 사각형을 잘라냈다. 그러고는 가장자리에 두 개의 구멍을 낸 후 그것을 얼굴에 고정시키고 모자를 아래로 눌러써서 움직이지 않고 자리를 잡을 수 있도록 했다. 그것은 괴이하게 펄럭거리다가 비에 젖으며 이마와 뺨에 달라붙었다.

이제…… 어스름은 뚝뚝 떨어지는 어둠으로 변해 있었다……. 새카만 어둠이었다. 그는 마을을 향해 다시 뒤돌아 빠르게 걷기 시작했다. 마스크를 벗을 생각은 없었지만, 들쑥날쑥 자른 두 개의 구멍으로 길을 보는 것은 힘이 들었다. 그는 전혀 초조함을 의식하지 못했다……. 그가 느낀 긴장은 오직 이 일을 가능한 빨리 해치우고 싶다는 욕망에서만 기인한 것이었다.

그는 첫 번째 인도에 도착했고, 가로등에서 멀리 떨어진 울타리가 보일 때까지 계속 걷다가 그 울타리 뒤로 들어갔다. 곧 그는 여러 명의 발걸음 소리를 들었다. 기다렸다. 여자였다.

그는 숨을 죽이고 그 여자가 지나가기를 기다렸다……. 다음엔 남자, 노동자였다. 그는 다음 행인이 그가 원하는 사람일지도 모른다고 느꼈다……. 그 노동자의 발걸음 소리가 비에 젖은 거리 위로 점점 사라져갔다……. 또 다른 발걸음 소리가 가까이 다가오고 있었고, 갑자기 커졌다.

델리림플은 마음을 다잡았다.

"손들어!"

그 남자는 멈춰 서더니 바보 같은 신음 소리를 내지르며 땅딸한 두 팔을 하늘을 향해 올렸다.

델리림플은 그의 양복 조끼를 뒤졌다.

"이제, 난쟁이 너는." 그는 총이 있음을 암시하듯 손을 자기 뒷주머니에 넣으며 말했다. "뛴다, 달린다, 마구! 만일 네 발소리가 멈추면 당장 따라가 쏠 거다!"

그러고 나서 그는 그 자리에 서서 참을 수 없는 웃음을 터뜨리며 겁에 질린 발소리가 허겁지겁 어두운 밤 속으로 뛰어가는 소리를 들었다.

잠시 후 그는 지폐 한 뭉치를 주머니에 쑤셔 넣고 마스크를 잡아당겨 벗은 다음 재빨리 뛰어서 길을 건너 골목길로 뛰어들어갔다.

IV

아무리 델리림플이 자신을 지적으로 정당화해도, 그는 결심을 했던 바로 그다음 몇 주 동안 여전히 안 좋은 순간들을 겪어야 했다. 엄청난 심경의 압박과 물려받은 전통적 인습이 계속해서 그의 태도와 충돌을 일으켰다. 그는 정신적으로 고독했다.

그의 첫 모험이 있은 그다음 날 점심 때 그는 찰리 무어와 함께 작은 구내식당에서 밥을 먹었다. 찰리가 신문을 펼치는 것을 보며 그 전날의 노상강도에 대한 언급을 기다렸다. 하지만 그 노상강도가 신문에 나지 않았든지, 찰리가 관심이 없는 듯했다. 찰리는 심드렁하게 스포츠 면을 펴더니 닥터 크레인의 진부한 경험담을 읽고는, 입을 좀 벌린 채로 야망에 관한 사설을 읽더니 곧 만화 「머트와 제프」로 건너뛰었다.

불쌍한 찰리. 희미한 악의 기운과 집중하기를 거부하는 정신 상태에서 그는 장난기가 발동하여 맥 빠지는 솔리테어 카드놀이를 하고 있었다.

아직 찰리는 울타리 저 너머에 속한다. 그의 내부에 있는 모든 올바름의 불꽃과 비난을 선동할 수 있을 것이다. 그리고 그는 여전히 무대에서 여주인공이 순결을 잃을 때면 울 것이고, 불명예라는 생각에 거만한 눈길로 경멸을 보낼 것이다.

델리림플은 생각했다. 내 쪽에는 쉴 곳이 전혀 없다. 큰 범죄를 지은 사람은 사소한 범죄는 쉽게 저지르기 마련이며, 따라서 이쪽은 모든 것이 게릴라전이다.

이 모든 것들이 내게 어떤 영향을 줄 것인가? 그는 지속적으로 계속되는 피로를 느끼며 생각했다. 명예가 있는 삶에서 그 색깔을 빼앗을 것인가? 내 용기를 사라지게 하고 내 정신을 둔하게 만들 것인가? 내게서 정신적인 것을 완전히 빼앗을 것인가? 그렇다면 영원한 황량함, 영원한 자책과 실패를 의미하는 것인가?

분노가 치밀어 오르는 것을 느끼며 그는 그의 정신을 벽 저 너머로 던져버리고 자존심이라는 번쩍이는 총검을 들고 거기 그렇게 서 있었다. 다른 사람들은 정의와 자선의 법을 깨고도 모든 세상에 거짓말을 한다. 그래도 그는 적어도 자신에게만은 거짓말을 하지 않을 것이다. 그는 지금 바이런 이상의 사람이다. 돈 후안[29] 같은 정신적 반항아도 아니고, 파우스트 같은 철학적 반항아도 아니다. 그는 바로 이 세기의 새로운 심리적 반항아, 즉 그의 정신보다 선행하는 감성적인 것에 도전하는 반항아인 것이다.

행복이 그가 원하는 것이었다. 그리고 그 행복은 평범한 욕구의 충족에서 오는 만족감이 서서히 커가는 데서 느낄 수 있는 것이었다. 그리고 그는 만약 행복에의 영감이 아니라면 그 재료가 되는 물질들이라도 돈으로 살 수 있다는 강한 믿음을 갖고 있었다.

V

밤이 찾아와 그를 두 번째 모험으로 이끌었다. 어두운 거리를 걷고 있을 때 그는 자신 안에서 고양이와 매우 닮은 점을, 어떤 나긋함과 기운찬 유연함 같은 것을 느꼈다. 그의 근육은 건강하게 마른 살결 아래에서 미끈하고 매끈하게 물결치고 있었고, 그는 거리를 따라 뛰다가 나무들 사이로 몸을 피하며 달려가 부드러운 풀밭 위로 재주를 넘고 싶다는 터무니없는 욕구를 느꼈다.

청량한 공기는 아니었지만 그 속에 어떤 희미한 신랄함 같은 것이 깔려 있었다. 냉기를 주기보다 영감을 주는 것이었다.

"달은 졌고, 나는 시계 소리를 듣지 못했습니다![30)"

그는 그 문장을 읊으며 기쁨에 겨운 웃음을 터뜨렸다. 예전의 기억이 그 문장에 조용하고 멋진 아름다움을 더해 주었던 것이다.

그는 한 남자를 지나쳤고, 몇 백 미터 더 가다가 또 한 남자를 지나쳤다.

그는 이제 필모어 가에 있었으며 거리는 매우 어두웠다. 그는 최근 예산 집행위에서 건의를 했음에도 시 위원회가 새 가로등을 설치하지 않은 것에 감사했다. 빨간 벽돌로 지은 스터너의 집이 대로의 초입에 있었다. 조든 씨의 집, 그리고 아이젠하워, 덴트, 마크햄, 프레이저, 그리고 자신이 하숙생으로 있었던 호킨스 씨의 집, 윌로비, 에버렛의 집은 식민지 시대 건축양식으로 잘 꾸며져 있었다. 그리고 와트 집안의 옛 하녀들이 살았던 작은 오두막이 웅장한 메이시 씨의 집과 크루프슈타트 씨의 집 사이에 있었다. 크레이그 씨의 집……

아…… 저기! 그는 멈춰 서서 심하게 동요했다. 거리 저 멀리 위로 점처럼 보이는 한 남자가 걷고 있는 것이 보였는데 경찰관 같았다. 영원 같은 순간이 지난 후 그는 가로등의 희미하고 불규칙한 그림자를 따라서 몸을 아주 낮게 숙인 채 잔디밭을 뛰어서 건너갔다. 그리고 자신의 먹잇감인 석회암 집의 그림자 속에서 아주 긴장한 상태로 숨을 죽이고 혹은 숨 쉴 필요도 없이 그렇게 서 있었다.

끝도 없이 계속 귀를 기울였다. 저 멀리서 고양이 한 마리가 울어댔고, 그러자 그보다 가까이서 또 다른 고양이가 악마같이 으르렁거리며 그 노래를 뒤이었다. 그는 가슴이 철렁 내려앉으며 곤두박질하는 것을 느꼈다. 정신적 충격에 대한 완충

장치 역할을 한 것이었다. 다른 소리들도 들렸다. 아주 멀리서 들릴 듯 말 듯한 노래 구절이 들려왔고, 골목 대각선 건너편의 뒷베란다에서는 귀에 거슬리는 수다스러운 웃음소리가 새어 나왔다. 그리고 귀뚜라미 소리. 귀뚜라미들은 듬성듬성 무늬를 이루며 달빛이 빛나는 마당 풀밭에서 노래하고 있었다. 집에는 불길한 침묵만이 흐르고 있었다. 그는 이 집에 누가 사는지 몰라서 다행이라고 생각했다.

그의 가벼운 떨림은 강철처럼 단단해졌고, 강철이 다시 부드러워지면서 그의 신경이 가죽처럼 유연해졌다. 그는 두 손을 꽉 쥐어보며 손이 유연한 것을 확인하고 감사했다. 칼과 펜치를 꺼낸 그는 제일 바깥에 있는 망사문으로 가서 작업을 시작했다.

자신을 본 사람이 없다고 확신한 그는 순식간에 식당으로 들어갔고, 몸을 기울여 망사문을 제자리로 잡아당겨 놓았다. 균형을 잘 맞추고 우연히 떨어져 나가거나 갑자기 나가야 할 상황에 방해가 되지 않도록 해놓았다.

그러고는 펴진 칼을 웃옷 주머니에 넣고서 손전등을 꺼내어 발끝으로 조심스럽게 실내를 디뎠다.

거기에는 쓸 만한 것이 없었다. 애초에 식당은 그의 계획에 포함되어 있지 않았다. 이곳은 동네가 너무 작아서 은제품을 처리하는 데 문제가 있기 때문이었다.

사실 그의 계획이라는 것 자체가 몹시 모호했다. 그는 자기 같이 지력과 직관, 번개 같은 결정력을 가진 정신의 소유자는 대략적인 계획의 뼈대만 세우는 것이 최선임을 알고 있었다. 기관총 사건에서 이미 그것을 배웠던 것이다. 미리 방법을 궁리해두면 위기가 닥쳤을 때 두 가지 생각을 하게 될까 봐 두려웠다.

두 가지 생각을 한다는 것은 주저함을 뜻하기 때문이었다.

그는 의자에 살짝 부딪혔다. 숨을 죽이고 귀를 기울이다 계속 앞으로 나아가자 홀과 계단이 보였다. 계단을 오르기 시작했다. 일곱 번째 계단에서 삐걱거리는 소리가 났고, 아홉 번째, 열네 번째. 그는 자동적으로 계단을 세고 있었다. 세 번째 삐걱 소리에서 그는 다시 멈추고 일 분 정도 기다렸다. 그 일 분 동안, 그는 일찍이 그때처럼 외롭다고 느껴본 적이 없었다. 정찰을 나가 전선 사이에 혼자 있을 때조차도 그의 뒤에는 그에게 정신적인 응원을 보내는 5억의 사람들이 있었다. 하지만 이제 여기 혼자 남은 그는 똑같이 무법자라는 정신적인 압박에 맞서 싸우고 있었다. 그는 이렇게 두려운 적도 없었지만, 이렇게 희열을 느낀 적도 없었다.

계단이 끝나고 문이 나왔다. 그는 안으로 들어가 귀를 기울였다. 고른 숨소리가 들려왔다. 그는 발걸음을 최소화하고, 때때로 몸을 기울여 뻗어서 서랍장을 더듬은 후 괜찮은 물건들을 주머니에 넣었다. 십 초 후엔 아마 그 물건들이 무엇이었는지도 열거하지 못할 것이다. 혹시 바지가 있나 해서 의자를 더듬었는데 뭔가 부드러운 옷 같은 것이 만져졌다. 여자 속옷이었다. 그의 입가에 무의식적으로 미소가 떠올랐다.

다른 방으로 갔다. …… 규칙적인 숨소리가 들렸지만 갑작스러운 코 고는 소리에 그는 또다시 깜짝 놀라 가슴을 쓸어내려야 했다. 둥근 물건, 시계인가 보다. 체인, 지폐 뭉치, 넥타이핀, 반지 두 개. 그는 다른 서랍장에서도 반지들을 가져왔다는 걸 기억했다. 그는 밖으로 나가다가 앞에서 자신을 향해 번득이는 희미한 빛에 움찔했다. 맙소사! 그것은 그가 팔을 뻗을 때 자신의 손목시계에서 반사된 빛이었다.

계단을 내려갔다. 삐걱대는 계단 두 개는 건너뛰었지만 한 개가 더 남아 있다는 걸 깨달았다. 이제 그는 괜찮다, 정말로 안전하다. 그는 바닥에 가까워지자 약간의 심심함을 느꼈다. 그는 은식기를 생각하며 식당으로 들어갔지만 다시 그만두기로 마음먹었다.

하숙집의 자기 방으로 돌아온 델리림플은 새롭게 재산 목록에 추가될 물품들을 살펴보았다.

지폐로 65달러.

중간 크기 다이아몬드 세 개가 박힌 플래티넘 반지, 아마도 7백 달러 정도는 될 것 같다. 다이아몬드 가격은 점점 오르고 있었다.

싸구려 금도금에 O.S.라는 이니셜과 안에 '03이란 년도를 새긴 반지 하나, 아마도 졸업 기념 반지인 것 같았다. 몇 달러 가치밖에 없었고 팔 수도 없는 것이었다.

틀니가 든 빨간 헝겊 케이스.

은시계.

시계보다 더 비싼 금으로 만든 체인.

빈 반지 상자.

중국의 신을 새긴 상아 조각. 책상 장식품인 듯 보였다.

잔돈으로 1달러 62센트.

그는 돈은 베개 아래에, 다른 물건들은 군화 안에 넣고 그 위를 양말로 막았다. 두 시간에 걸쳐 그의 정신은 힘센 엔진처럼 그의 삶 여기저기를, 과거와 미래를, 두려움과 웃음 속을 달리며 돌아보았다. 그러고는 결혼을 했었더라면 하는 막연하고 시기적으로 적절치 못한 희망 사항과 함께 5시 반경 깊은 잠에 빠져들었다.

VI

　신문에서 강도 사건을 다루며 틀니를 언급하지는 않았지만 그는 그 틀니 때문에 상당히 근심스러웠다. 한 사람이 시원한 새벽, 잠에서 깨어나 틀니를 찾느라 더듬거리다가 찾지 못하는 광경이, 이 없이 먹을 수 있는 부드러운 아침 식사가, 기이하고 텅 빈 혀 짧은 목소리가 경찰서에 전화하는 광경이, 피곤하고 맥이 빠져 치과를 찾아가는 모습이 그에게 부성애 같은 동정심을 일게 했다.

　틀니가 여자 것인지 남자 것인지 확인하기 위해 그는 틀니를 조심스럽게 케이스에서 꺼낸 다음 입 가까이에 들고 보았다. 그러고는 자기의 턱을 시험 삼아 움직여 보았다. 손가락으로 크기도 재어보았다. 하지만 결론을 내릴 수 없었다. 어쩌면 입이 큰 여자나 입이 작은 남자의 틀니일지도 모른다.

　따뜻한 충동에서 그는 군용 트렁크 바닥에 있던 갈색 종이에 그 틀니를 싼 다음 연필로 서툴게 '틀니'라고 썼다. 그리고 그다음 날 밤, 필모어 가를 걸어가다 그 꾸러미를 잔디밭 위 문 가까이에 던져놓았다. 다음 날 신문은 경찰이 단서를 발견했다고 발표했다. 그 강도가 마을에 있다는 것을 안다고 했다. 그러나 그 단서가 무엇인지는 언급하지 않았다.

VII

　한 달이 끝나 갈 무렵, '실버 구역의 강도 빌'은 간호사 아가씨들이 아이들을 겁줄 때 사용할 정도가 되었다. 다섯 건의

강도 사건이 그의 소행으로 여겨졌지만, 델리림플은 그중 세 건만 진짜 자신이 저질렀음에도 불구하고 과반수가 넘으므로 자기가 그 타이틀을 받는 것도 적절하다고 생각했다. 그는 딱 한 번 목격되었는데 '덩치가 크고 비대한 인간이 지금껏 본 가장 비열한 얼굴을 하고 있었다.'고 언급되었다. 헨리 콜먼 부인은 새벽 2시에 전등 불빛이 그녀의 눈을 비추어 잠에서 깼는데, 비록 지난 독립 기념일에 브라이언 델리림플을 향해 국기를 흔들기는 했지만 그녀가 그를 알아보길 기대하는 건 무리였다. 그녀는 그를 '무모한 타입 같지는 않아요, 그렇죠?'라고 표현했었다.

델리림플은 상상력을 극도의 긴장 상태로 유지할 때면 하찮은 양심의 가책과 회오로부터 벗어나 있을 수 있었다. 그러나 일단 자신의 생각이 무장해제 상태로 떠돌게 허용하면, 전혀 예상하지 못했던 공포와 우울이 그를 엄습하곤 했다. 그러면 다시 확신을 얻기 위해 모든 것을 다시 돌이켜 생각해 봐야 했다. 그는 자신을 반항아로 간주하는 것을 포기하는 편이 낫다는 것을 깨달았다. 차라리 다른 사람들 모두를 바보 취급하는 편이 훨씬 위안이 되었다.

메이시 씨에 대한 그의 태도도 변화를 겪었다. 그는 더 이상 그에게 어렴풋한 증오도 열등감도 느끼지 않았다. 가게에서 일한 지 넉 달이 다 되어가면서 그는 자신이 거의 형제애와도 같은 태도로 메이시 씨를 대하고 있음을 알게 되었다. 그는 막연하긴 하지만 메이시 씨가 영혼 가장 깊은 곳에서는 자신을 지원하고 인정하고 있음을 분명히 확신할 수 있었다. 그는 더 이상 자신의 미래에 대해 걱정하지 않았다. 그는 몇 천 달러를 저축할 생각을 하고 있었다. 그리고 나면 떠나는 것이다. 동부로, 다시 프랑스로, 남미로. 지난 두 달 동안 그는 여러 번 일을 거의 그만둘 뻔했지만, 돈이 있다는 사실이 사람들의 시선을 끌까 두려워 그러지 않았다. 그는 계속 일했다. 더 이상 마지못해서가 아닌 경멸이 섞인 즐거움을 느끼며.

VIII

그때 뭔가 놀랍고 갑작스러운 일이 생겨서 그의 계획을 바꾸고 강도 짓도 멈추게 했다.

메이시 씨가 어느 날 오후 사람을 보내 그를 부르더니, 유쾌한 비밀이 있는 듯한 태도를 보이며 밤에 약속이 있냐고 물었다. 약속이 없다면 8시에 앨프레드 J. 프레이저 씨를 찾아가 보라는 것이었다. 델리림플은 궁금함과 불안이 뒤섞인 감정을 느꼈다. 그는 처음 오는 기차를 타고 당장 동네를 떠나라는 신호가 아닐까 곰곰이 생각했다. 한 시간 동안 고민한 끝에 그는 자신의 불안감에 아무런 근거가 없다고 결론을 내렸고, 8시에 필모어 가에 있는 프레이저 씨 저택을 찾아갔다.

프레이저 씨는 일반적으로 이 도시에서 가장 큰 정치적 영향력을 끼치고 있는 인물이었다. 그의 형은 프레이저 상원 의원이며, 사위는 국회의원 데밍이었다. 그는 자신의 영향력을 불쾌한 보스가 군림하는 방식으로 휘둘러 대지는 않았지만, 그럼에도 그의 영향력이 강력한 것임은 틀림없었다.

그는 얼굴이 커다랗고, 깊이 쑥 들어간 눈에 대문짝만한 윗입술을 가졌는데, 그 모든 조합은 길고 프라우든 턱에 이르면 훌륭한 절정에 달했다.

델리림플과 대화를 나누는 동안 그의 표정은 미소를 지으며 시작했다가 쾌활한 낙관주의에 이르렀다가는 다시금 침착함으로 물러섰다.

"안녕한가?" 그가 손을 내밀며 말했다. "앉게. 내가 왜 자네를 보자 그랬는지 궁금할 거라 생각하네. 앉지."

델리림플이 자리에 앉았다.

"델리림플, 몇 살인가?"

"스물세 살입니다."

"젊구먼. 그렇다고 젊다는 것이 어리석다는 뜻은 아니지. 델리림플, 내가 하려는 말은 오래 걸리지 않을 걸세. 내가 제안을 하나 하지. 처음부터 얘기하자면 난 지난 독립 기념일에 자네가 트로피에 대한 답례로 연설을 한 이후로 줄곧 자네를 지켜보고 있었네."

델리림플은 별것 아니라고 주저하며 말했지만, 프레이저는 손을 흔들어 말을 중단시켰다.

"내가 기억할 만한 연설이었어. 명석한 연설이더군. 아주 진솔했고, 그래서 군중 모두를 감동시켰지. 난 알 수 있네. 오랜 세월 군중들을 보아왔으니까." 그는 군중들에 대한 자신의 지식을 더 이야기하고 싶은 듯 헛기침을 하다가 다시 말을 이었다. "하지만 델리림플, 나는 미래가 촉망되는 젊은이들이 너무나 많이 망가지는 것을, 일관성 부족으로 실패하는 것을, 그리고 너무나 큰 야심을 꿈꾸며 정작 열심히 일할 자세는 부족한 것을 많이 봐왔네. 그래서 기다렸어. 자네가 어떻게 하는지 보고 싶었어. 자네가 매일 일을 하러 가는지, 시작한 일을 꾸준히 하는지 보고 싶었다고."

델리림플은 어떤 빛 한 줄기가 자신에게 내려앉는 것을 느졌다.

"그래서." 프레이저가 말을 계속했다. "세론 메이시로부터 자네가 그 친구 회사에서 일을 시작했다는 말을 듣고 난 후부터 계속 지켜봤지. 그 친구를 통해서 근무 기록도 주시했고. 첫 달은 좀 염려스럽더군. 들리는 말이, 자네가 점점 안정을 잃고 자네 능력보다 못한 일을 하고 있다고 생각해서 봉급을 올려달라고 했다는 거였지……"

델리림플은 화들짝 놀랐다.

"하지만 그 이후로는 마음을 고쳐먹고 군소리 없이 열심히 일을 했다더군. 내가 젊은이들에게 바라는 게 바로 그런 거야! 그래야 결국 이기는 거라고. 내가 이해하지 못한다고 생각지 말게. 나는 자네에게는 그것이 더 힘들었을 거라는 걸 안다네. 수많은 노인네들이 그렇게들 치켜세워 줬으니 말일세. 그동안 얼마나 힘들게 자신과 싸웠을지 안단 말이야……."

델리림플의 얼굴이 밝게 타오르고 있었다. 그는 자신이 젊고 기이할 정도로 영리하게 느껴졌다.

"델리림플, 자네는 머리가 있고, 끈기도 있어. 바로 내가 원하는 거지. 내가 자네를 주 상원에 넣어주겠네."

"어디요?"

"주 상원. 우리는 머리가 있는 젊은이를 원하지만, 성실하기도 해야 하지. 게으름뱅이는 안 돼. 나는 지금 주 상원만을 말하고 있지만 거기서 멈추진 않을 걸세. 우리는 지금 곤경에 처해 있네. 젊은이들을 정치에 입문시켜야만 해. 늙은 피들이 해마다 정당 티켓으로 출마를 해왔다는 걸 자네도 알 걸세."

델리림플이 입술을 핥았다.

"저를 주 상원에 출마시켜 주실 겁니까?"

"나는 자네를 주 상원에 넣어줄 걸세."

프레이저 씨의 표정은 이제 거의 미소에 가까워져 있었고, 경박한 행복에 취한 델리림플은 마음속으로 어서 미소를 지으라고 재촉하고 있는 자신을 느꼈다. 그러나 미소는 거기서 멈추고 굳어져 사라져버렸다. 대문짝만한 윗입술과 턱 사이에 못처럼 곧은 일자의 선이 생겼다. 델리림플은 간신히 그것이 입이고 자신이 그것에게 말을 했었다는 사실을 기억할 수 있었다.

"하지만 전 이미 끝났습니다." 그가 말했다. "제 평판은 죽었습니다. 사람들은 제게 싫증을 느끼고 있어요."

"그런 일들은 기술적인 거야. 활자는 명성을 되살려 낼 수 있지. 다음 주부터 《헤럴드》를 보면 알 걸세, 물론 자네가 우리와 손을 잡는다면 말이야. 그리고." 프레이저 씨의 목소리가 좀 굳어졌다. "일들을 다루는 방식에 대해 자네가 너무 많은 아이디어들을 갖고 있지 않다면 말이지."

"아닙니다." 델리림플은 진솔하게 그의 눈을 바라보며 말했다. "처음에는 선생님께서 많은 조언을 해주셔야 할 겁니다."

"잘 알겠네. 그럼 내가 자네의 명성 문제는 해결하도록 하지. 자네는 계속 울타리의 이쪽, 올바른 편에 있기만 하면 되는 거야."

델리림플은 그가 최근에 너무나도 많이 생각해 왔던 문장이 이렇게 반복되자 깜짝 놀랐다. 문에서 갑자기 벨이 울렸다.

"메이시로군." 프레이저가 말하며 일어났다. "내가 가서 열어줘야 해. 하인들이 모두 자러 가서 말이야."

그는 델리림플을 꿈속에 남겨 둔 채 떠났다. 세상이 갑자기 활짝 열리고 있었다. 주 상원, 연방 상원, 그래, 인생은 결국 이런 거였구나. 지름길로 가기, 지름길로 가기, 상식, 그게 규칙이었다. 이제 더 이상 어리석고 위험한 짓은 하지 말아야 한다. 절대적으로 필요한 경우가 아니라면 말이다. 하지만 냉엄해지는 것이 중요하다. 그러니 결코 후회나 자책 때문에 밤잠을 설치지 말자. 인생이 용기의 검이 되도록 하라. 응징의 대가는 없었다. 그 모든 것은 철없는 소리였다, 철없는 소리. 그는 주먹을 꽉 쥐고 당당하게 자리에서 일어났다.

"브라이언." 메이시 씨가 입구의 커튼 사이로 들어오며 말했다.

나이 든 두 사람이 그를 향해 반쯤 미소를 지었다.

"자, 브라이언." 메이시 씨가 다시 말했다.

델리림플도 미소를 지었다.

"안녕하세요, 메이시 씨?"

그는 그들 사이의 어떤 텔레파시가 이 새로운 인식을 가능하게 한 게 아닐까 생각해 보았다, 어떤 보이지 않는 이해가…….

메이시 씨가 손을 내밀었다.

"우리가 이 계획에 함께하게 되어서 기쁘네. 나는 줄곧 자네 편이었네. 특히 최근에는 말이야. 우리가 울타리의 같은 편에 있어서 기쁘다네."

"정말 감사드립니다, 사장님." 델리림플이 간단히 말했다. 그는 눈 안쪽에서 묘하게 물기가 고이는 것을 느꼈다.

네 개의 주먹

지금으로선 내가 아는 이들 중에 아주 조금이라도 새뮤얼 메러디스를 때리고 싶은 욕구를 지닌 사람은 없다. 이건 아마도 쉰을 넘긴 남자는 자칫하면 적대적인 주먹의 충격에 심각하게 다치기 쉽다는 것도 이유겠지만, 내가 생각하기에는 그에게 주먹을 부르는 면모들이 거의 사라졌기 때문인 것 같다. 그러나 그의 인생 이런저런 시기에는 그의 얼굴에 주먹을 부르는 면들이 있었다는 것은 확실하다. 마치 소녀의 입술에 키스를 하고 싶은 면모가 깃들어 있는 것처럼 말이다.

나는 누구든 그런 사람을 만나봤을 거라고 믿는다. 자연스럽게 소개를 받고, 친구가 되었지만 격렬한 혐오를 불러일으키는 사람, 누구는 저절로 주먹이 쥐어진다고 표현하고, 또 누구는 '포크를 들고' 그것을 그 눈에다 재빨리 '내려치고' 싶다고 중얼거리게 되는 그런 사람을. 새뮤얼 메러디스의 외관상 특징들을 함께 모으면 그런 면모가 너무나 강해졌고, 그것이 그의 인생 내내 영향을 끼쳤다.

그것은 과연 무엇이었을까? 외모는 아니었다, 분명. 왜냐하면 그는 어린 시절부터 잘생긴 얼굴이었기 때문이다. 눈썹 간격이 널찍하고 회색 눈은 담백하고 다정했다. 나는 그가 자신의 '성공' 스토리를 취재하기 위해 방 안 가득 모인 기자들에게 진실을 얘기하는 것이 부끄럽다고 말하는 것을 들었다. 그는 기자들이 자신의 스토리를 믿지 못할 것이며 그 스토리는 하나가 아니라 네 개라는 것, 그리고 대중들은 맞으면서 유명 인사가 된 사람의 이야기를 읽고 싶어 하지 않을 거라고 했다.

이야기는 그가 열네 살 때인 필립스 앤도버 아카데미에서 시작되었다. 그는 유럽의 수도들 반을 돌며 캐비아를 먹고 벨보이들의 인사를 받으며 자랐다. 그의 어머니가 신경쇠약 환자였고, 그래서 그의 교육을 연약하지 않고 편견이 덜한 손에 맡겨야 했던 것은 순전히 행운이었다.

앤도버에서 그는 길리 후드라는 룸메이트를 배정받았다. 길리는 열세 살로 나이에 비해 덩치가 작고 학교의 애완동물 취급을 받는 그런 아이였다. 9월의 개강 날이 되자 메러디스 씨의 시종이 새뮤얼의 옷들을 가장 좋은 서랍장에 정리한 후 떠나며 물었다. "더 시키실 일이 있나요, 새뮤얼 도련님?" 길리는 학교가 자신을 속였다고 소리쳤다. 그는 자기 어항에 누군가 금붕어를 넣어 화가 난 개구리가 된 기분이었다.

"맙소사!" 그는 자신에게 공감해 주는 동료들에게 불평했다. "월리, 새뮤얼 그 자식은 정말 거만해. 걔가 '여기 사람들은 신사들인가?' 하고 말하길래 내가 '아니, 소년들이지.' 그랬더니, 나이는 중요하지 않다는 거야. 그래서 내가 말했지, '누가 나이가 중요하다 그랬냐?' 하고. 나한테 그렇게 건방을 떨어보라지, 넙데데하게 생겨가지고는."

삼 주 동안 길리는 새뮤얼이 길리의 친구들의 옷과 습관에 대해 한마디씩 하는 것을 참아냈고, 대화에 불어 문장을 섞어 쓰는 것을 참아냈고, 백 가지는 되는 다분히 여성적인 쪼잔함들을, 신경증이 있는 어머니가 아들을 가까이 두면 그 아들에게 어떤 영향을 끼치는지를 보여 주는 그런 행동들을 참아냈다. 그리고 마침내 그 어항에 폭풍우가 몰아쳤다.

새뮤얼은 방에 없었다. 아이들이 모여서 길리가 그의 룸메이트가 최근에 저지른 잘못들에 분개하는 것을 듣고 있었다.

"그 녀석이 '오, 나는 밤에 창문이 열린 걸 좋아하지 않아, 조금은 괜찮지만.' 그러더라고." 길리가 불평했다.

"대장 노릇을 못하게 해."

"나한테 대장 노릇을? 절대 못하지. 창문은 내가 열 수 있어. 근데 그 멍청한 바보가 교대로 아침에 창문 닫는 일을 하지 않는 거야."

"하게 해, 길리, 왜 안 하냐?"

"할 거야." 길리가 열을 내며 머리를 끄덕여 동의했다. "걱정 마. 걔도 곧 내가 지 집사가 아니라는 걸 알게 될 테니."

"네가 그렇게 만드는 것 좀 보자."

이때 그 멍청한 바보가 들어와서는 예의 그 짜증나게 하는 미소로 사람들을 둘러보았다. "안녕, 메러디스." 아이 둘이 말했다. 다른 아이들은 차가운 눈길을 던진 후 길리와 하던 이야기를 계속했다. 하지만 새뮤얼은 불만스러워 보였다.

"내 침대에 앉지 않아줬으면 좋겠구나." 그가 그의 침대에 아주 편안하게 앉아 있던 길리의 친구 두 사람에게 예의 바르게 말했다.

"어?"

"내 침대. 영어 못하니?"

이것은 상처에 모욕까지 준 셈이었다. 여기에 침대의 위생 조건과 동물들의 삶에서 드러난 증거 등에 대한 몇 가지 언급들이 더 있었다.

"도대체 네 낡은 침대가 뭐가 문젠데?" 길리가 공격적으로 물었다.

"침대는 괜찮아. 하지만……."

길리는 새뮤얼의 말을 중단시키며 벌떡 일어나 그에게 다가갔다. 그러고는 코앞까지 가서 멈춰 서서 새뮤얼의 눈을 격렬하게 노려보았다.

"너와 네 젠장맞을 침대." 그가 입을 열었다. "너와 네 젠장맞을 침대."

"몰아붙여, 길리." 누군가 나지막이 말했다.

"저 멍청한 바보에게 보여 줘."

새뮤얼은 냉정하게 그 시선과 마주했다.

"글쎄." 그가 마침내 입을 떼었다. "이건 내 침대고……."

그는 더 이상 말을 할 수가 없었다. 길리가 한 팔을 뒤로 뺐다가 그의 코에 한 방 날린 것이다.

"예! 길리!"

"친구를 괴롭히는 놈에게 따끔한 맛을 보여 줘!"

"널 때리게 해봐, 그럼 알게 되겠지!"

아이들이 그들을 둘러쌌고, 새뮤얼은 생전 처음으로 지독한 미움을 받는다는 것의 참기 힘든 불편함을 깨달았다. 그는 흥분 상태에 빠진 거칠고 적대적인 얼굴들을 속절없이 둘러보았다. 그는 룸메이트보다 머리 하나는 컸다. 그래서 만약 그가 되받아 친다면 약자를 괴롭히는 놈이란 말을 들을 것이 분명하고, 오 분 안에 대여섯과 더 싸워야 할 것이다. 하지만 그렇다고 가만히 있으면 겁쟁이가 되는 것이다. 잠시 그는 길리의 이글거리는 눈을 마주 보며 서 있다가, 갑작스럽게 목이 메는 듯한 소리를 내며 둘러싼 무리를 뚫고 급히 방을 나가 버렸다.

그다음 한 달은 그의 인생에서 가장 비참한 삼십 일로 기억되었다. 깨어 있는 매 순간 그는 학우들의 빈정거림 속에 있어야 했다. 그의 습관들과 무의식적인 버릇들은 참을 수 없는 조롱의 대상이 되었다. 물론 사춘기의 예민함은 더 큰 가시가 되었다. 그는 자신을 타고난 천덕꾸러기로 간주했고, 학교에서 인기가 없는 것이 평생 그를 따라다닐 것이라 생각했다. 크리스마스 방학 동안 집으로 돌아갔을 때 너무나도 낙담해 있는 그의 모습에 새뮤얼의 아버지는 그를 신경과 전문의에게 보냈다. 그가 앤도버로 다시 돌아갈 때에는 역에서 학교로 들어가는 버스에 혼자 있게 하기 위해 일부러 늦게 도착하도록 시간을 잡기도 했다.

물론 그가 입을 다물고 있는 법을 배우고 나자, 모두들 빠르게 그에 대한 기억을 다 잊어버렸다. 다음 해 가을이 되자 다른 사람에 대한 배려란 신중한 태도임을 깨달은 그는 청소년기의 기억이 짧다는 것을 이용하여 그에게 주어진 새로운 시작을 깨끗하게 출발할 수 있었다. 고등학교 마지막 학년이 시작될 무렵, 새뮤얼 메러디스는 그의 학년에서 가장 인기 있는 학생이었고, 길리 후드는 그의 첫 친구이자 지속적인 동료가 되어 누구보다도 든든한 그의 지지자였다.

II

새뮤얼은 1890년대 초 온갖 마차들을 타고 프린스턴과 예일과 뉴욕을 오가며 풋볼 경기의 사회적 중요성을 높이 평가하는 그런 대학생이 되었다. 그는 좋은 매너에 대해 열정적인 믿음을 가지고 있었다. 그가 어떤 장갑을 고르고, 넥타이를 어떻게 매고, 어떻게 고삐를 잡는가 하는 것들은 그에게 감명을 받은 신입생들의 모방의 대상이 되었다. 그가 속한 계층 밖에서 그는 좀 상류층 티를 내는 사람으로 간주되었지만, 그의 계층은 그야말로 최고 계층이었기에 그는 전혀 신경 쓰지 않았다. 그는 가을에는 풋볼을 했고, 겨울에는 하이볼을 마셨으며, 봄에는 조정 경기에서 노를 저었다. 새뮤얼은 신사가 아닌 단순한 스포츠맨 또는 스포츠맨이 아닌 단순한 신사를 경멸했다.

그는 뉴욕에 살았고, 주말엔 종종 친구들 몇 명을 집으로 데리고 오기도 했다. 당시는 대중교통이 말이 끄는 마차였던 시절이었으며, 마차 안이 만원일 경우엔 물론 새뮤얼과 같은 계층의 사람이 자리에서 일어나 격식을 갖춰 고개를 숙이며 서 있는 여인에게 자리를 양보하는 것이 적절한 행동이었다. 새뮤얼이 대학 3학년이던 해의 어느 밤, 그는 친구 두 명과 함께 마차를 탔다. 빈 좌석이 세 곳 있었다. 새뮤얼이 자리에 앉고 보니 옆자리에는 졸음에 눈꺼풀이 무거운 노동자가 불쾌한 마늘 냄새를 풍기며 새뮤얼 쪽으로 약간 기운 채 앉아 있었다. 그는 피곤한 사람들이 대개 그렇듯 지나치게 널브러진 자세로 앉아 있어서 너무 많은 공간을 차지했다.

마차가 몇 블록 더 가서 멈추었을 때 아가씨 네 사람이 탔고, 당연히 경우를 아는 세 남자가 벌떡 일어나 형식을 갖춰

자리를 제공했다. 그런데 불행하게도 그 노동자는 넥타이와 여우 사냥을 하는 이들의 코드에 익숙지 않았기에 그들이 보인 모범을 따르지 못했다. 그래서 한 아가씨가 당황한 모습으로 남게 되었다. 열네 개의 눈들이 힐난의 눈빛으로 그 야만인을 노려보았다. 일곱 개의 입술 끝이 말려 올라갔다. 그러나 비난의 대상은 자신의 비열한 행동을 전혀 의식하지 못한 채 무신경하게 앞만 바라보고 있었다. 새뮤얼이 가장 심하게 열을 받았다. 그는 남자가 그렇게 행동한다는 것에 모욕을 느꼈다. 그가 큰 소리로 말했다.

"숙녀가 서 있습니다." 그가 준엄한 목소리로 말했다.

그 정도면 충분히 알아들었어야 했다. 그러나 비난의 대상은 멍한 눈으로 그를 잠깐 쳐다보았을 뿐이었다. 서 있던 아가씨가 소리 죽여 웃으며 친구들과 불안한 시선을 교환했다. 새뮤얼은 화가 났다.

"숙녀가 서 있다고요." 그가 되풀이했다. 이번에는 귀에 거슬리는 목소리였다. 남자는 알아들은 것 같았다.

"나도 내 차비 냈소." 그가 조용하게 말했다.

새뮤얼은 얼굴을 붉히며 주먹을 쥐었다. 그러나 운전기사가 그들을 바라보았고, 친구들이 주의를 주듯 고갯짓을 하자 그는 언짢아하며 노여움을 가라앉혔다.

그들은 목적지에 도착했고 마차는 떠났다. 그 노동자도 마차에서 내려 작은 양동이를 흔들며 그들의 뒤에서 걸어왔다. 이 기회를 잡은 새뮤얼은 더 이상 그의 귀족적 성향에 저항하지 않았다. 그는 돌아서서 완전히 싸구려 소설에나 나올 법한 경멸의 말을 내뱉으며 저속한 동물들이 감히 인간과 같은 차에 타는 일에 대해 큰 소리로 언급했다.

순식간에 그 노동자는 양동이를 내던지고는 그에게 일격을 가했다. 예기치 못한 공격에 새뮤얼은 턱을 한 방 깨끗하게 맞고 조약돌을 박아 만든 수로에 큰대 자로 처박히고 말았다.

"날 비웃지 마!" 공격자가 말했다. "난 하루 종일 일했고, 더럽게 피곤하단 말이야!"

말을 하는 동안 그의 눈에서 순간적으로 번득이던 분노는 가라앉고 다시 피로함이 그의 얼굴을 덮었다. 그는 돌아서서 양동이를 집어 들었다. 새뮤얼의 친구들이 그를 향해 재빨리 한 걸음 내딛었다.

"기다려!" 새뮤얼이 천천히 일어나더니 그들에게 뒤로 물러서라는 몸짓을 했다. 언젠가, 어디선가, 전에도 이렇게 맞아 본 적이 있다. 그때의 기억이 떠올랐다. 길리 후드. 침묵 속에서 그는 몸의 흙을 털었고, 앤도버 기숙사 방에서의 광경 전체가 눈앞에 떠올랐다. 그리고 그는 직관적으로 자신이 또다시 틀렸음을 알았다. 이 남자의 힘과 그의 휴식은 그의 가족에 대한 보호다. 그는 그 젊은 아가씨보다 더 마차의 좌석이 필요했을 것이다.

"괜찮아." 그가 거친 목소리로 말했다. "그 사람 건드리지 마. 내가 멍청한 바보였어."

물론 한 시간 이상 혹은 일주일 이상이 걸려서야 새뮤얼은 좋은 매너의 본질적 중요성에 대한 그의 생각을 정리할 수 있었다. 처음 그는 단순히 길리 앞에서 자신이 무력해졌던 것처럼 그의 잘못이 그를 무기력하게 만들었다는 것을 인정했다. 그러나 궁극에 가서는 그 노동자에 대한 실수가 그의 태도 전반에 영향을 미쳤다. 최고 계층다운 태도란 결국, 단순히 거만하게 자란 좋은 혈통에 불과하다고 생각하게 된 것이다. 새뮤얼의 행동 코드는 그대로 유지되었다. 하지만 그것을 다른 사람에게 똑같이 강요하는 일은 조금씩 사라져갔다. 그 해가 끝나기 전에, 그의 학우들도 이제는 그를 가리키며 상류층 티를 낸다고 하지 않게 되었다.

III

몇 년이 지난 후 새뮤얼의 대학은 대학 교육이 그의 넥타이가 반영하는 영광 속에서 충분히 빛이 났다는 결론을 내렸고, 그에게 라틴어로 연설을 해준 다음, 그가 돌이킬 수 없을 만큼 잘 교육받았음을 증명하는 종이를 10달러에 내주고 혼돈 속으로 그를 내보냈다. 그는 충만한 자신감과 몇몇 친구들, 그리고 몇 가지 무해한 나쁜 버릇들과 함께 세상으로 나왔다.

그때쯤 그의 가족은 설탕 시장이 갑자기 쇠퇴하는 바람에 다시 셔츠 바람의 서민으로 돌아와 있었고, 새뮤얼이 일을 시작할 무렵엔 이미 단추까지 풀어 헤친 상태였다. 그의 정신은 이따금 대학 교육이 남겨 주곤 하는 정교한 백지 상태였지만, 에너지와 영향력 둘 모두를 갖추고 있었기에 민첩하게 몸을 피하던 전직 하프백으로서의 능력을 살려 붐비는 월 스트리트 여기저기를 누비고 다니며 한 은행의 수금원으로 일했다.

그가 한눈을 파는 곳이 있다면 바로 여자 문제였다. 그것도 대여섯은 되었다. 두세 명의 사교계 아가씨들, 이류 여배우, 남편과 별거 중인 여자, 그리고 결혼을 해서 저지시티의 작은 집에 사는 감상적인 갈색 머리 여자가 있었다.

그들은 페리보트에서 만났다. 새뮤얼은 뉴욕에서 일 때문에

강을 건너고 있었고, (이때 그는 벌써 여러 해째 일을 하고 있었다.) 그녀가 사람들 사이에서 떨어뜨린 꾸러미를 찾는 일을 도와주게 되었다.

"자주 이쪽으로 건너오세요?" 그가 별생각 없이 물었다.

"그냥 쇼핑하러는 다녀요." 그녀가 수줍게 대답했다. 그녀는 커다란 갈색 눈과 연민을 자아내는 작은 입을 가졌다. "결혼한 지 이제 겨우 석 달 됐어요. 강 건너 저편에 사는 게 더 싸더라고요."

"그 사람, 그러니까 당신 남편은 당신이 여기 이렇게 혼자 있어도 괜찮다고 하나요?"

그녀가 웃었다. 상쾌하고 젊은 웃음이었다.

"오, 세상에, 아니죠. 만나서 같이 저녁을 먹기로 했는데, 내가 장소를 잘못 알았나 봐요. 남편이 많이 걱정할 거예요."

"그럼요." 새뮤얼이 못마땅하다는 듯이 말했다. "남편분은 당연히 그래야죠. 허락하신다면 제가 집까지 모셔다 드리겠습니다."

그녀는 고마워하며 그의 제안을 받아들였고, 두 사람은 함께 전차를 탔다. 그들은 그녀의 작은 집으로 향하는 길을 걸어가다 집에 불이 켜진 것을 보았다. 그녀의 남편이 그녀보다 먼저 도착해 있었다.

"그 사람은 굉장히 질투가 심해요." 그녀가 미안하다는 듯이 웃으며 말했다.

"알겠습니다." 새뮤얼이 다소 딱딱하게 말했다. "전 여기서 가는 게 좋겠습니다."

그녀는 고맙다는 인사로 손을 흔들어주었고, 그는 떠났다.

그게 전부일 수도 있었다. 그들이 일주일 후 어느 아침 5번

가에서 마주치지만 않았더라면 말이다. 그녀는 깜짝 놀라며 얼굴을 붉혔는데, 다시 만난 것을 아주 반가워하는 것 같았고, 그들은 오랜 친구처럼 이야기를 나눴다. 그녀는 양장점에 가는 길이었고, 텐 식당에서 혼자 점심을 먹은 후 오후 내내 쇼핑을 하고 5시에 페리보트에서 남편을 만날 예정이었다. 새뮤얼은 그녀에게 그녀의 남편이 행운아라고 말했다. 그녀는 다시 얼굴을 붉히며 잰걸음으로 걸어갔다.

새뮤얼은 사무실에서 하루 종일 휘파람을 불었다. 하지만 12시가 되어가자 사방에서 그 연민을 자극하며 무언가 호소하는 듯한 작은 입과 갈색 눈이 떠오르기 시작했다. 그는 안절부절못하며 시계를 보았다. 그는 그가 점심을 먹고 남자들끼리 모여 무거운 대화를 나누는 아래층의 식당을 생각했다. 그리고 그와 너무나 대조되는 광경, 그러니까 텐 식당의 작은 테이블에서 갈색 눈과 작은 입의 소유자와 마주하고 있는 광경이 떠올랐다. 12시 30분이 되기 몇 분 전, 그는 급히 모자를 쓰고 전차를 향해 달려갔다.

그녀는 그를 보자 상당히 놀라워했다.

"어머나, 안녕하세요." 그녀가 말했다. 새뮤얼은 그녀가 기분 좋게 놀란 것임을 느낄 수 있었다.

"함께 점심을 먹으면 어떨까 생각했어요. 남자들만 많은 데서 먹으면 너무 재미없거든요."

그녀가 좀 주저했다.

"글쎄요, 나쁠 것 없겠죠. 왜 나쁘겠어요!"

그녀는 남편이 그녀와 점심을 먹었어야 했다는 생각을 했다. 하지만 남편은 대개 정오 무렵엔 너무 바빴다. 그녀는 새뮤얼에게 남편에 대해 모두 말했다. 그는 새뮤얼보다 약간 작앉지만, 오, 훨씬 잘생겼다고 했다. 그는 경리였고 돈을 많이 벌지는 못하지만 그들 부부는 행복하며 삼사 년 안에 부자가 될 거라 기대한다고도 했다.

새뮤얼은 지금 삼사 주째 그 별거 중인 여자와 다투는 분위기였기 때문에, 그와 대조되는 이 만남에서 더 큰 즐거움을 느꼈다. 그녀는 너무나 신선했고, 진실했으며, 어렴풋하긴 하지만 대담했다. 그녀의 이름은 마조리였다.

그들은 다음 약속도 잡았다. 실제로 그들은 한 달 동안 일주일에 두세 번씩 점심을 함께 먹었다. 남편이 늦게까지 일하는 것이 확실한 날이면 새뮤얼은 그녀와 페리를 타고 뉴저지까지 같이 간 후 항상 집 앞 작은 포치 위까지 그녀를 바래다주었다. 그녀는 안으로 들어간 다음, 바깥에 남자가 지키고 있다는 든든함을 느끼며 불을 켰다. 이것은 점차 하나의 의식이 되어 갔고, 점점 그를 화나게 했다. 앞 창문들을 통해 안락한 불빛이 비치면, 그것이 그가 떠나야 한다는 신호였기 때문이다. 아직까지 그는 집에 들어가겠다는 제안을 한 번도 하지 않았고, 마조리도 그에게 들어오라는 말을 하지 않았다.

새뮤얼과 마조리가 때때로 그들이 매우 좋은 친구 사이라는 것을 보여 주기 위해 서로의 팔을 부드럽게 만지기도 하는 단계에 이르렀을 때, 마조리와 남편은 부부가 서로를 대단히 아끼지 않으면 결코 빠져들 수 없는 그런 매우 민감하고 상당히 아슬아슬한 말다툼을 하게 되었다. 처음엔 차가운 양고기나 가스가 새는 버너 따위로 시작했지만, 어느 날 새뮤얼은 텐 식당에서 그녀가 갈색 눈 아래 어두운 그림자를 드리운 채 무섭도록 시무룩한 얼굴로 앉아 있는 것을 보았다.

이즈음 새뮤얼은 자신이 마조리와 사랑에 빠졌다고 생각했고, 그래서 이 다툼을 최대한 이용했다. 그는 그녀의 가장 친한 친구였기에 그녀의 손을 다독였고, 그녀가 가늘게 흐느끼며 남편이 아침에 한 말을 낮은 목소리로 털어놓는 동안 그녀의 갈색 곱슬머리 가까이로 몸을 기울였다. 그리고 그는 그녀의 가장 가까운 친구 이상이었기에 이륜마차로 페리까지 그녀와 함께 갔다.

"마조리." 그가 평소와 마찬가지로 포치에 그녀를 남겨 두고 떠나면서 부드럽게 말했다. "언제든 당신이 나를 부르고 싶다면 기억해요. 내가 늘 기다리고 있다는 걸, 내가 항상 기다리고 있다는 걸."

그녀가 진지하게 고개를 끄덕이고는 두 손으로 그의 손을 잡았다.

"알아요. 당신이 내 친구라는 걸, 내 가장 소중한 친구라는 걸 알아요." 그녀가 말했다.

다음 주 내내 새뮤얼은 초조한 혼란 속에서 지냈다. 이성적인 기질은 끈질기게 그에게 경고를 보내왔다. 근본적으로 그와 마조리는 공통점이 거의 없었다. 그러나 그런 경우, 물속에 너무 많은 진흙이 있어서 그 근본이 되는 바닥을 보기가 쉽지 않은 법이다. 한편, 모든 꿈과 야망은 그에게 그가 마조리를 사랑한다고, 그녀를 원한다고, 그녀를 가져야 한다고 거듭 말했다.

말다툼은 점점 더 커져 갔다. 마조리의 남편은 늦은 밤까지 뉴욕에 있는 일이 잦아졌고, 여러 번 불쾌하도록 흥분한 상태로 들어오곤 했으며, 그녀를 전반적으로 비참하게 만들었다. 그들은 자존심이 너무 강하여 이야기로 풀지를 못하는 것 같았고 —마조리의 남편은 어쨌든 상당히 괜찮은 사람이었으니까——오해가 또 다른 오해를 낳고 있었다. 마조리가 새뮤얼을 찾는 일이 더욱 잦아졌다. 여자가 남자의 동정을 받아들일 수 있는 것은, 그것이 다른 여자들에게 가서 우는 것보다 훨씬 만족스럽기 때문이다. 하지만 마조리는 자신이 얼마나 많이 그에게 의지하기 시작했는지, 그가 자신의 작은 우주에 얼마나 많은 부분을 차지하고 있는지 미처 깨닫지 못하고 있었다.

어느 날 밤, 마조리가 안으로 들어가고 불을 켜면 그가 돌아가는 대신, 그들은 함께 작은 거실의 소파에 앉았다. 그는 매우 행복했다. 그는 그들의 집이 부러웠고, 고집불통 자존심 때문에 이런 소중한 사람을 무시하는 남자는 바보이며, 아내에 대한 자격이 없다고 느꼈다. 하지만 그가 마조리에게 처음으로 키스를 하자 그녀는 작은 소리로 울며 그에게 가달라고 말했다. 그는 무모한 흥분의 날개를 타고 집으로 돌아갔다. 그는 이 로맨스의 불씨에 바람을 불어넣으리라 결심했다. 그것이 아무리 큰 불길로 번진다 해도 혹은 누가 그 불에 다친다 해도 상관없었다. 당시 그는 그러한 자신의 생각이 그녀를 위한 이타적인 것이라고 생각했다. 후에야 그는 그녀가 영화를 비추는 하얀 스크린 그 이상의 의미는 아니었음을 깨달았다. 그것은 그냥 새뮤얼이었다, 무언가를 맹목적으로 갈구하는.

다음 날 텐 식당에서 그들이 만나 점심을 먹을 때, 새뮤얼은 모든 겉치레를 버리고 그녀에 대한 솔직한 사랑을 고백했다. 그는 아무런 계획도, 분명한 의도도 없었다. 그저 그녀의 입술에 다시 키스하고 싶었고, 그녀를 팔에 안아 느끼고 싶었을 뿐이었다. 아주 자그마한 그녀, 연민을 불러일으키는 사랑스러운 그녀를……. 그는 그녀와 함께 그녀의 집으로 갔다. 그리고 이번엔 두 사람의 가슴이 세차게 뛸 때까지 키스했다. 단어와 문장들이 그의 입술 위에서 만들어졌다.

그때 갑자기 포치에서 발소리가 들렸고, 손 하나가 바깥문을 열었다. 마조리가 하얗게 질렸다.

"기다려요!" 그녀가 새뮤얼에게 겁에 질린 목소리로 속삭였다. 하지만 키스를 방해받은 것에 분노한 그는 참지 못하고 현관으로 걸어가 문을 열어젖혔다.

모두 한 번쯤은 무대에서 그런 장면을 보았을 것이다. 사실 너무나도 자주 보았기에 실제로 그런 일이 일어나면 사람들은 그 배우들과 상당히 유사하게 행동을 한다. 새뮤얼은 자신이 그런 배역 하나를 연기하고 있는 것처럼 느꼈고 대사가 아주 자연스럽게 흘러나왔다. 그는 누구나 자기의 삶을 살 권리가 있다고 선언하고는 마치 감히 그런 권리를 의심하냐는 듯 마조리의 남편을 위협적으로 바라보았다. 마조리의 남편은 자신에게 가정이 요즘 들어 그다지 신성하지 않았다는 것을 잊은 채 가정의 신성함에 대하여 말하고 있었다. 새뮤얼은 계속 '행복의 권리'에 대한 대사를 읊었다. 마조리의 남편은 화기(火器)와 이혼 법정을 언급했다. 그리고 갑자기 말을 멈춘 그는 두 사람을 자세히 살펴보았다. 불쌍한 마조리는 소파에 쓰러져 있었고, 새뮤얼은 의식적으로 자신이 영웅이라도 되는 양 사람이 가구냐며 장광설을 늘어놓고 있었다.

"2층으로 올라가, 마조리." 남편이 다른 어조로 말했다.

"그냥 거기 있어요!" 새뮤얼이 재빨리 받아쳤다.

마조리는 일어섰다가 동요하더니 다시 앉았다. 그러다 다시 일어섰고 주저하며 계단을 향해 가기 시작했다.

"밖으로 나와." 그녀의 남편이 새뮤얼에게 말했다. "당신에게 할 이야기가 있어."

새뮤얼은 마조리를 보았다. 그녀의 눈에서 뭔가 메시지를 얻고 싶었던 것이다. 그러곤 입술을 굳게 닫고 밖으로 나갔다.

밝은 달이 떠 있었다. 마조리의 남편이 계단을 내려올 때 새뮤얼은 그가 괴로워하고 있음을 분명히 알 수 있었지만, 안됐다는 생각은 들지 않았다.

그들은 조금 떨어져 선 채 서로를 바라보았다. 남편이 목이 멘 것처럼 헛기침을 했다.

"내 아내야." 그가 조용하게 말했다. 그러자 갑자기 격심한 분노가 치밀어 올랐다. "망할 자식!" 그가 소리를 지르며 온 힘을 다해 새뮤얼의 얼굴을 한 대 쳤다.

다음 순간, 새뮤얼은 바닥에 쓰러졌고, 예전에도 두 번이나 이렇게 맞아본 일이 있었다는 생각이 그의 뇌리를 스쳤다. 그와 동시에 이 사건이 마치 꿈처럼 변했고, 그는 불현듯 그 꿈에서 깨어나는 것을 느꼈다. 기계적으로 일어난 그는 방어 자세를 취했다. 남편은 주먹을 위로 올리고 그에게서 좀 간격을 둔 채 기다리고 있었다. 그러나 새뮤얼은 자신이 육체적으로 그보다 몇 인치 더 크고 무게도 더 나간다는 것을 알았지만 그를 칠 생각은 없었다. 상황은 기적적으로, 그리고 완전히 바뀌었다. 조금 전만 해도 새뮤얼은 자신을 영웅으로 여겼었다. 그런데 이제 그는 비열한 사람, 국외자인 것 같았다. 작은 집의 불빛을 배경으로 실루엣만 보이는 마조리의 남편이 영원한 영웅적 인물이자 그 가정의 수호자였다.

잠시 침묵이 흘렀고, 새뮤얼은 곧 돌아서서 그 길을 내려갔다. 그 길을 내려가는 건 그게 마지막이었다.

IV

 물론 세 번째 한 방을 맞은 새뮤얼은 여러 주에 걸쳐서 면밀한 자기반성의 시간을 가졌다. 몇 년 전 앤도버에서 맞았을 때는 비위에 거슬리는 그의 성격 때문이었다. 대학 시절 그 노동자는 자신에게서 상류층연하는 태도를 날려 주었다. 그리고 마조리의 남편은 그의 탐욕스러운 이기심에 충격의 물결을 안겨 주었다. 그는 일 년이 걸려서야 그의 생활 범주에 있는 여자들을 정리했고 미래의 아내를 만났다. 시간과 노력을 쏟을 만한 가치가 있는 유일한 여자는 마조리의 남편이 그녀를 보호했듯 그렇게 자신이 보호를 해주고 싶은 생각이 드는 사람인 것 같았다. 새뮤얼은 남편과 별거 중인 드페리아크 부인을 위해 자신이 정당한 한 방을 날릴 수 있을 거라고는 상상이 되지 않았다.

 삼십 대 초에 그는 탄탄한 경제적 기반을 갖게 되었다. 그는 당시 전국적으로 유명한 인물이었던 피터 카하트와 함께 일하고 있었다. 그의 외모는 다듬지 않은 헤라클레스 조각 같았고, 그의 삶도 그만큼 견고했다. 그의 인생을 기록하는 일이 순수한 기쁨이 될 만큼 비열한 착취도, 떳떳하지 못한 스캔들도 없었다. 그는 새뮤얼의 아버지의 매우 가까운 친구였지만, 그 아들을 육 년 동안이나 지켜본 후에야 자기 사무실로 불러들였다. 그는 당시 가히 알기 힘들 만큼 많은 것들, 광산이며 철도, 은행, 여러 도시들을 통째로 관리하고 있었다. 새뮤얼은 그와 아주 가까이 지냈고, 그의 호불호를, 그의 편견과 약점, 그리고 많은 강점들을 알고 있었다.

 하루는 카하트가 사람을 보내 새뮤얼을 부르더니, 사무실

문을 닫으며 의자와 시가를 권했다.

"잘 지내고 있나, 새뮤얼?" 그가 물었다.

"네."

"내가 보긴 자네가 좀 지쳐가고 있는 것 같아."

"지치다니요?" 새뮤얼이 당황했다.

"자네 십 년 가까이 사무실 바깥 일은 해보지 않았지?"

"하지만 휴가도 다녀왔습니다, 아디론으로……."

카하트가 손을 흔들어 말을 중단시켰다.

"내 말은, 바깥 일 말일세. 우리가 항상 여기서 조종하는 일들이 어떻게 돌아가고 있는지 보는 일 말이야."

"네. 아직 해보지 못했습니다." 그가 인정했다.

"그럼." 그가 불쑥 말했다. "한 달이 걸리는 바깥 일을 주겠네."

새뮤얼은 말없이 받아들였다. 사실 그 제안이 마음에 들었기에 그는 그 일이 무엇이든 카하트가 원하는 대로 하기로 마음먹었다. 그것은 회장의 가장 큰 취미였고, 그의 주변 사람들은 보병대의 졸병들처럼 직접 명령을 받으면 군말이 없었다.

"샌안토니오로 가서 하밀을 만나게. 그 친구에게 일거리가 있는데, 그 일을 맡아 할 사람을 원하더군."

하밀은 남서부에서 카하트 회사의 일들을 담당하는 인물이었다. 그는 회장의 그늘 아래서 성장한 사람이었고, 한 번도 만난 일은 없었지만 새뮤얼과 사무적인 연락은 하고 있었다.

"언제 떠납니까?"

"내일 가는 게 좋겠어." 카하트가 달력을 보며 말했다. "5월 1일이군. 6월 1일에 이 자리로 돌아와 보고하게."

다음 날 아침 새뮤얼은 시카고로 떠났고, 이틀 후 그는 샌안토니오 상업은행 사무실 테이블 건너로 하밀과 마주하고 있었다. 일의 요점을 파악하는 데는 오래 걸리지 않았다. 석유 관련한 큰 계약 건이 있는데, 이웃하고 있는 열일곱 개의 거대한 목장들을 사들이는 일을 처리해야 했다. 이 구매 건은 일주일 안에 마쳐야 했는데 완벽한 갈취와 다름없었다. 이미 압력이 가해지고 있는 중이어서 열일곱 명의 목장 주인들은 진퇴양난에 놓여 있었다. 따라서 새뮤얼의 역할은 푸에블로 근처의 작은 마을에서 이 문제를 단순히 '처리하기만' 하면 되는 것이었다. 능력 있는 사람이라면 요령 있게, 그리고 효율적으로 아무런 충돌 없이 끝낼 수 있었을 것이다. 그냥 운전석에 앉아 운전대만 단단히 잡고 있으면 되는 일이었기 때문이다. 눈치가 빨라서 이미 회장에게 여러 번 도움이 되었던 하밀은 이 열린 시장에서 그 어떤 계약보다 훨씬 더 큰 이익을 얻을 수 있도록 이미 상황을 정리해 놓은 상태였다. 새뮤얼은 하밀과 악수를 하고 이 주일 후에 돌아오기로 약속했다. 그리고 뉴멕시코의 샌펄리페이를 향해 떠났다.

물론 그도 카하트가 그를 시험하고 있다는 생각을 했다. 그가 이 일을 어떻게 처리하는지에 대해 하밀이 올리는 보고서가 앞으로 그가 맡게 될 뭔가 큰 일을 결정하는 데 중요한 역할을 할 것이다. 하지만 그게 아니더라도 그는 최선을 다해 이 일을 마칠 생각이었다. 뉴욕에서 십 년을 지내며 그는 감상적인 기질을 모두 버렸고, 시작한 일은 무엇이든 끝마칠 뿐 아니라 그보다 조금 더 나아가는 일에도 상당히 익숙해져 있었다.

처음에는 모든 것이 잘 진행되었다. 열의 같은 것은 없었지만 열일곱 명의 목장주들은 모두 새뮤얼의 비즈니스를 알고 있었고, 그의 뒤에 무엇이 버티고 있는지도, 그리고 유리창의

파리처럼 그들도 끝까지 버틸 가망성이 거의 없다는 것도 알고 있었다. 몇몇은 체념을 했고, 몇몇은 맹렬하게 파고들었지만, 어쨌든 그들은 여러 차례 이야기를 해보고, 변호사와 함께 따져본 결과 빠져나갈 구멍이 없음을 알게 되었다. 다섯 개의 목장에는 분명히 석유가 있었고, 다른 열두 개에는 일부 가능성이 있는 정도였지만 하밀의 목적에는 어떤 경우든 상당히 필요한 곳들이었다.

새뮤얼은 곧 매킨타이어라는 이름의 초기 정착민이 리더임을 알 수 있었다. 쉰 정도의 나이에 백발, 깨끗하게 면도한 얼굴, 뉴멕시코에서 마흔 번의 여름을 보내며 만들어진 구릿빛 피부, 그리고 텍사스와 뉴멕시코 기후에서나 가능한 깨끗하고 흔들리지 않는 눈을 가진 사람이었다. 그의 목장에서는 아직 석유가 나오지 않았지만 그도 그 무리에 속해 있었다. 그는 누구보다 목장을 잃는 것을 싫어했다. 모두들 처음에는 이 불행을 피하기 위해 그에게 기대를 걸었고, 그는 모든 곳을 다 찾아다니며 가능한 법적 수단을 구하고자 했지만 결국 실패했고 그도 그 사실을 알고 있었다. 그는 계속 새뮤얼을 피했지만, 새뮤얼은 계약서에 서명을 하는 날에는 그가 나타나리라는 것을 확신하고 있었다.

그날이 왔다. 뜨겁게 찌는 5월의 어느 날이었다. 뜨거운 열기가 바짝 마른 대지 위로 올라와 사람의 눈이 닿는 한 가장 멀리까지 물결치고 있었다. 새뮤얼은 그의 작은 임시 사무실에서—의자 몇 개, 벤치 하나, 나무 테이블이 다였다.—무더위에 지친 채 이 일이 거의 끝나 간다는 것을 감사하게 생각하고 있었다. 그는 간절히 동부로 돌아가고 싶었다. 가서 아내와 아이들을 만나 일주일 동안 해변에서 보낼 생각이었다.

약속이 4시로 잡혀 있었기에 3시 30분에 문이 열리면서 매킨타이어가 들어왔을 때 그는 다소 놀랐다. 새뮤얼은 그 사람의 태도를 존경하지 않을 수 없었고, 좀 안됐다는 생각도 들었다. 매킨타이어는 저 초원에 깊은 애착을 가지고 있는 것 같았고, 새뮤얼은 도시 사람들이 자연 속에서 사는 사람들에 대해 갖는 그런 부러움을 잠깐 느꼈다.

"안녕하쇼." 매킨타이어가 열린 문 앞에 서서 말했다. 다리를 벌리고 손은 허리에 얹은 자세였다.

"안녕하십니까, 매킨타이어 씨." 새뮤얼은 자리에서 일어났지만 악수를 청하는 형식은 취하지 않았다. 그는 매킨타이어가 자신을 진심으로 미워하고 있다고 생각했고, 그것에 대해 그를 비난할 생각은 조금도 없었다. 그는 들어와 천천히 자리에 앉았다.

"당신이 이겼소." 그가 불쑥 말했다.

대답을 요구하는 말이 아니었다.

"나는 카하트가 이 일의 뒤에 있다는 이야기를 듣고서, 포기했소."

"카하트 씨는……." 새뮤얼이 말을 시작했지만, 매킨타이어는 조용히 하라는 손짓을 했다.

"그 더럽고 야비한 도둑놈 이야기는 하지 마시오."

"매킨타이어 씨." 새뮤얼이 무뚝뚝하게 말했다. "삼십 분 동안 이런 종류의 이야기만 계속하시겠다면……."

"오, 입 닥치게, 젊은이." 매킨타이어가 말을 끊었다. "자네는 이런 일을 하는 사람을 욕하지 못하겠지."

새뮤얼은 대답하지 않았다.

"이건 그냥 더러운 좀도둑질이야. 세상에는 그 인간처럼 너무 커서 다룰 수가 없는 스컹크 같은 놈들이 있지."

"후한 가격으로 보상을 해드립니다." 새뮤얼이 말했다.

"닥치게!" 매킨타이어가 갑자기 소리를 질렀다. "얘기는 나만 하겠네." 그는 문을 향해 걸어가더니 땅을 둘러보았다. 태양이 비추는 뜨거운 목초지가 거의 그의 발치에서 시작하여 저 멀리 회녹색 산맥까지 이어졌다. 그가 돌아섰을 때 그의 입은 떨리고 있었다.

"자네 같은 사람들은 월 스트리트를 사랑하나?" 그가 쉰 목소리로 말했다. "아니면, 어디든 자네들의 그 더러운 음모가……." 그는 말을 멈췄다. "사랑하겠지. 어떤 형편없는 짐승 같은 인간도 자기가 일하는 곳은 사랑하니까. 그곳에서 자기의 최선을 다해 땀을 흘리니까."

새뮤얼이 난처하게 그를 바라보고 있었다. 매킨타이어는 커다란 푸른색 손수건으로 이마의 땀을 닦고 이야기를 계속했다.

"그 썩어빠진 늙은 악마는 백만 달러가 더 갖고 싶은 거겠지. 우리는 그저 그가 마차 몇 대나 그런 것들을 더 사기 위해 제거해야 하는 가난한 거지들에 불과한 걸 테고." 그가 문을 향해 손을 흔들었다. "저기 저곳에 내가 열일곱 살 때 내 손으로 직접 집을 지었어. 스물하나에 저곳에서 아내를 맞았고 그래서 옆으로 두 칸을 더 늘려 지었지. 그리고 비루한 수송아지 네 마리로 일을 시작한 거야. 마흔 번의 여름 동안 나는 저 산 위로 해가 떠오르고 저녁이면 피처럼 붉게 해가 떨어지는 것을 보았네. 그러고 나면 열기가 물러가고 별들이 나오지. 나는 저 집에서 행복했네. 아들이 저기서 태어났고 저기서 죽었어. 어느 늦은 봄, 오늘 오후처럼 그렇게 뜨거울 때였지. 그리고 아내와 나는 둘이서 다시 전처럼 살았어. 가정이란 걸 가지려고 노력했지. 결국 진짜 가정이 아니라 그에 가까운 것에 불과했지만. 아들이 항상 가까이 있는 것 같았기 때문이야. 우리는 얼마나 많은 밤마다 아이가 저녁을 먹으러 저 길을 뛰어 올라오기를 기다렸는지 모른다네." 목소리가 흔들려서 그는 거의 이야기를 잇지 못했다. 그는 다시 문을 향해 돌아섰다. 그의 회색 눈이 찌푸려져 있었다.

"내 땅이 저기 있어." 그가 팔을 뻗으며 말했다. "내 땅이, 오, 맙소사. 세상에서 내가 가진 전부인데, 내가 원했던 전부인데." 그는 소매로 얼굴을 닦았다. 말투가 바뀌면서 그가 천천히 돌아 새뮤얼을 바라보았다. "하지만 이제는 그들이 원하니 떠나야 할 땅이겠군. 가버릴 땅이야."

새뮤얼은 무언가 이야기를 해야 했다. 그는 조금만 더 있으면 이성을 잃고 말 것 같았다. 그래서 그는 가능한 침착한 목소리로 입을 열었다. 내키지 않는 의무를 다해야 할 경우를 위해 감추어두었던 그런 말투였다.

"이건 사업입니다, 매킨타이어 씨. 법의 테두리 안에서 하는 일이고요. 그렇지 않았다면 우리는 아마도 두세 곳 목장은 어떤 가격에도 살 수 없었을 겁니다. 대부분은 맞는 가격에 마음을 움직이셨고요. 발전은 희생을 요구하기 마련이죠······."

일찍이 그렇게 부적절하다고 느낀 적은 없었다. 그래서 멀리서 말발굽 소리들이 들려왔을 때 그는 크게 안도했다.

그러나 그의 말에 매킨타이어의 눈에 깃들었던 슬픔이 분노로 바뀌었다.

"이놈, 그리고 네 더러운 사기꾼 깡패놈들!" 그가 소리를 질렀다. "네놈들 중 누구도 이 세상 그 무엇에 대해서든 정직한 사랑을 갖고 있는 인간은 없어! 그저 돈밖에 모르는 돼지들 같으니라고!"

새뮤얼이 자리에서 일어났고 매킨타이어는 그를 향해 한 발짝 다가섰다.

"이 말만 많은 녀석. 넌 우리 땅을 빼앗았어, 피터 카하트 대신 이거나 받으시지!"

그는 번개처럼 빠르게 어깨부터 힘을 실어 팔을 휘둘렀고, 새뮤얼은 엉덩방아를 찧으며 쓰러졌다. 그는 희미하게 문가에서 나는 발소리를 들었고, 누군가 매킨타이어를 붙잡고 있다는 것을 알았다. 하지만 그럴 필요는 없었다. 매킨타이어는 의자에 주저앉아 머리를 두 손에 묻고 있었다.

새뮤얼의 머리가 윙윙거렸다. 그는 네 번째 주먹이 그를 쳤음을 깨달았다. 그리고 거대한 감정의 홍수가 밀려와 그의 삶을 엄격하게 지배했던 규칙들이 다시금 흔들리고 있다고 외쳤다. 반쯤 멍한 상태에서 일어난 그는 그 방에서 성큼성큼 걸어 나왔다.

그다음 십 분은 아마도 그의 인생살이에서 가장 힘든 순간이었을 것이다. 사람들은 신념에 대한 용기를 이야기하지만, 실제 인생에서 남자는 가족에 대해 가지는 의무 때문에 만일 그가 엄격한 방침을 고집할 경우, 그 강직함이란 것이 결국 이기적인 방종처럼 보이게 된다. 새뮤얼은 그의 가족에 대해 생각했다. 하지만 정말로 동요되지 않았다. 그 충격이 그를 정신 차리게 한 것이었다.

그가 다시 사무실로 돌아갔을 때 모두들 걱정스러운 얼굴로 그를 기다리고 있었지만, 그는 시간을 낭비하지 않고 곧장 설명에 들어갔다.

"여러분." 그가 말했다. "매킨타이어 씨가 친절하게도 이 문제에 관한 한 여러분이 절대적으로 옳다는 것을, 피터 카하트 회사가 절대적으로 틀렸다는 것을 제게 확신시켜 주셨습니다. 제가 관여하는 한, 여러분은 여러분의 목장을 계속 지킬 수 있습니다."

그는 놀라워하는 사람들을 뚫고 그곳을 나가 반 시간도 지나기 전에 두 개의 전보를 보냈고, 그 전보들은 사업에 대해 전혀 알지 못하는 전보 교환수조차 깜짝 놀라게 했다. 하나는 샌안토니오에 있는 하밀에게, 하나는 뉴욕에 있는 피터 카하트에게 보내는 것이었다.

새뮤얼은 그날 밤 잠을 거의 이룰 수 없었다. 그는 사업에 뛰어든 이후 처음으로 자신이 참담하고 비참한 실패를 했음을 깨달았다. 그 안의 어떤 본능이, 의지보다 강력하고 훈련보다 뿌리 깊은 어떤 본능이, 어쩌면 그의 야망과 행복에 종지부를 찍게 할지도 모르는 일을 하게끔 만들었다. 하지만 어쨌든 이제 끝난 일이었고, 그가 다시 돌아간다 해도 다르게 행동했을 거라는 생각은 들지 않았다.

다음 날 아침, 두 개의 전보가 그를 기다리고 있었다. 처음 것은 하밀이 보낸 것이었다. 세 단어였다.

이 빌어먹을 멍청아!

두 번째 것은 뉴욕에서 온 것이었다.

일은 끝났음 즉시 뉴욕으로 올 것 카하트.

일주일 안에 모든 일이 다 일어났다. 하밀은 자신의 계획을 격렬하고 거칠게 방어했다. 그는 뉴욕으로 소환되었고, 피터 카하트 사무실의 카펫 위에서 굴욕적인 반 시간을 보냈다. 그는 7월에 카하트 회사와 결별했고, 8월에 새뮤얼 메러디스는 서른다섯의 나이로 사실상 카하트의 파트너가 되었다. 네 번째의 주먹이 제값을 한 것이다.

나는 모든 사람에게 그의 성격과 기질과 일반적인 견해를 가로지르며 흐르는 비신사적인 야비한 성향이 있다고 생각한다. 어떤 사람들에게 그것은 비밀이고, 우리는 그들이 어느 날 밤 어둠 속에서 우리에게 일격을 가하기 전까지는 그런 성향이 있다는 것을 결코 알지 못한다. 그러나 새뮤얼은 그러한 성향이 행동으로 나타날 때, 그것을 목격한 사람들이 격노한다는 것을 눈으로 직접 보았다. 그는 그 점에서는 다소 행운이 따랐다. 왜냐하면 그의 작은 악마가 튀어나오는 순간마다 그 악마를 힘없고 허약한 상태로 내쫓아 버리는 반응과 만났기 때문이었다. 바로 그 악마와 그 비신사적 성향 때문에 그는 길리의 친구들에게 침대에서 내려오라고 명령을 했고, 마조리의 집 안으로 들어갔던 것이다.

새뮤얼 메러디스의 턱을 손으로 만져보면 혹 하나가 느껴질 것이다. 그도 어떤 주먹이 남긴 건지 확실히 모르겠다고 한다. 하지만 그는 그 혹을 그 무엇과도 바꾸지 않을 것이다. 그는 개자식은 여전히 개자식이기 때문에 가끔씩은 어떤 일에 대한 결정을 내리기 전에 턱을 만져보는 일이 큰 도움이 된다고 말한다. 기자들은 그 동작을 쉽게 초조해하는 그의 성격 탓이라고 했으나, 사실은 그게 아니었다. 그렇게 함으로써 그는 다시금 그 아름다운 명징함을, 그 네 개의 주먹이 안겨 준 빛나는 건전한 정신을 느낄 수 있기 때문이었다.

옮긴이 주

1) 미국의 흑인 지도자, 교육가.
2) 소설의 주인공, 극단적 낙천주의자.
3) 시에 등장하는 인물.
4) 입센의 희곡.
5) 1차 세계대전을 촉발한 오스트리아 황태자 부부 암살범을 의미.
6) 플루트와 유사한 악기.
7) 배우, 작곡가.
8) 담배 이름.
9) 조지 버클리, 데이비드 흄, 철학자의 이름들.
10) 페르시아 시인, 수학자.
11) 담배 이름 중에도 오마르가 있음.
12) '수면을 조장하는' 이라는 뜻의 형용사(Soporific)를 병명으로 착각한 듯 보임.
13) 남부 민화 모음집의 극중 화자.
14) 고대의 서정 시인.
15) 합리성(rationality)과 국적(nationality)을 혼동한 것.
16) 베르그송(bergsonian)이라는 단어를 브라질(brazilian)이라고 잘못 알아들은 것.
17) 뮤지컬 작가.
18) 토마스 칼라일. 수필가, 철학자.
19) 영국의 철학자.
20) 새뮤얼 피프스의 17세기 런던 생활 기록.
21) *Mens sana in corpore sano.* '건강한 몸에 건강한 정신' 이란 뜻의 라틴어.
22) *Quod Erat Demonstrandum* '증명되었다.', '완성되었다.' 는 뜻의 라틴어.
23) 유명 정치인과 전설적인 야구 선수.
24) 감성적인 동화 작가.
25) 기타와 비슷한 일종의 현악기.
26) 성적 우수 졸업자 클럽 회원.
27) 1차 세계대전의 영웅들.
28) 캐나다 시인, 작가. 알래스카와 유콘 지방의 이야기를 주로 씀.
29) 바이런의 작품.
30) 셰익스피어, 「맥베스」의 한 구절.

PENGUIN CLASSICS

벤자민 버튼의 시간은 거꾸로 간다
스콧 피츠제럴드 서문 오도넬/박찬원 옮김

광막한 사르가소 바다 진 리스
서문 앤젤라 스미스/윤정길 옮김

기쁨의 집 이디스 워튼
서문 신시아 그리핀 울프/최인자 옮김

데이지 밀러 헨리 제임스
서문 데이비드 로지/최인자 옮김

왕자와 거지 마크 트웨인
남문희 옮김·작품해설 제리 그리스월드

동물농장 조지 오웰
서문 맬컴 브래드버리/최희섭 옮김

지킬 박사와 하이드 스티븐슨
서문 로버트 미갤/박찬원 옮김

도리언 그레이의 초상 오스카 와일드
서문 로버트 미갤/김진석 옮김

별에서 온 아이 오스카 와일드
서문 이안 스몰/김전유경 옮김

유토피아 토머스 모어
서문 폴 터너/류경희 옮김

고독의 우물 래드클리프 홀
임옥희 옮김·작품해설

켈트의 여명 윌리엄 버틀러 예이츠
서혜숙 옮김·작품해설

크리스마스 캐럴 찰스 디킨스
서문 마이클 슬레이터/이은정 옮김

로빈슨 크루소 대니얼 디포
서문 존 리체티/남명성 옮김

피터 팬 제임스 매튜 배리
서문 잭 자이프스/이은경 옮김

좁은 문 앙드레 지드
이혜원 옮김·작품해설

야간 비행·남방 우편기 생텍쥐페리
서문 앙드레 지드/허희정 옮김

세월의 거품 보리스 비앙
이재형 옮김·작품해설 질베르 페스튀로

크로이체르 소나타 레프 톨스토이
서문 도나 터싱 오윈/이기주 옮김

첫사랑 이반 투르게네프
서문 V.S.프리쳇/최진희 옮김

이반 일리치의 죽음 레프 톨스토이
서문 앤서니 브릭스/박은정 옮김

지하로부터의 수기 도스토옙스키
조혜경 옮김·작품해설

차라투스트라는 이렇게 말했다
니체 서문 홀링데일/홍성광 옮김

이탈리아 기행 괴테
홍성광 옮김·작품해설

젊은 베르테르의 슬픔 괴테
김재혁 옮김·작품해설 마이클 헐스

성 프란츠 카프카
홍성광 옮김·작품해설

군주론 니콜로 마키아벨리
서문 앤서니 그래프턴/권기돈 옮김

인상과 풍경 로르카
엄지영 옮김·작품해설

홍길동전 허균
정하영 옮김·작품해설

금오신화 김시습
김경미 옮김·작품해설